아Q정전

KB075375

아Q정전

루쉰 소설선

전형준 옮김

창비

차
례

광인일기 __ 7

쿵이지 __ 26

약 __ 34

고향 __ 49

아Q정전 __ 65

복을 비는 제사 __ 130

술집에서 __ 157

비누 __ 174

상서(傷逝) __ 191

홍수를 다스리다 __ 222

관문 밖으로 __ 247

해설 중국문학의 루쉰과 동아시아문학의 루쉰 | 전형준 __ 263
연보 __ 286

일러두기

1. 이 소설선집은 『루쉰전집(魯迅全集)』(北京, 人民文學出版社 1981)을 원본으로
   삼았다.
2. 총 32편의 단편소설과 1편의 중편소설 가운데 단편소설 10편과 중편소설 1편을
   편역자가 가려 뽑아 쓰인 순서대로 배열했다.
3. 각 작품의 말미에 밝힌 날짜는 루쉰이 그 작품을 탈고한 날짜이다.
4. 고유명사의 발음 표기는, 지명은 우리말 한자 독음에 따르는 것을 원칙으로 하되
   경우에 따라 중국어 독음에 따르기도 하였고, 인명의 경우에는 고대인은 우리말
   한자 독음에 따르고 현대인은 중국어 독음에 따랐다. 중국어 독음 표기는 실제 발
   음에 충실할 것을 원칙으로 하였다.
5. 원작의 행갈이를 그대로 살렸고, 쉼표 등의 문장부호도 최대한 원작을 따랐다.

광인일기

　모씨 형제는, 여기서 그 이름을 밝히지는 않겠거니와, 둘 다 옛날 중학교 시절의 좋은 친구들인데, 헤어진 지 여러 해 되어 소식이 점점 끊어졌다. 일전에 우연히 그중 하나가 크게 병이 났다는 소식을 듣고, 마침 고향으로 돌아가는 길에 좀 에돌아 찾아가서 그중 한 사람만을 만났는데, 병이 난 것은 그 동생이라고 했다. 자네가 먼 길을 보러 와줘서 고맙지만, 벌써 병이 나아서 모지(某地)의 후보(候補: 임관을 기다리는 예비 관리─역주)로 갔다는 것이다. 그러고서 크게 웃고, 일기 두 권을 내보이며, 당시의 증상을 알 수 있는데 옛 친구에게 주어도 무방하다고 말했다. 가지고 돌아와 읽어보니, 앓았던 병이 대체로 '피해망상증' 종류임을 알 수 있었다. 말이 자못 뒤엉키고 두서가 없었으며 부조리한 말이 많았고 날짜도 쓰지 않는데, 먹빛과 글씨체가 한결같지 않은 것으로 보아 한꺼번에 쓴 것이 아님은 알 수 있었다. 개중에는 다소 맥락을 갖춘 것도 있어서, 여기에 발췌하여 한 편의 글로 만들어 의학자들의 연구 자료로 제공한다. 일기 중에 말이 틀린 것이 있어도 한 글자도 고치지 않았는데, 단지 인명(人名)만은, 비록 모두 시골 사람이고 세상에 알려져 있지도 않으므로 별 상관이 없겠지만, 그래도 역시 다 고쳤다. 글의 제목은, 본인이 낫고 나서 붙인 것이니, 다시 고치지 않는다. 민국(民國) 7년 4월 2일 적음.(여기까지는 한문으로 쓰였고, 나머지는 구어체인 백화문白話文으로 쓰였다―역주)

1

오늘 밤은 달빛이 좋다.

내가 이것을 못 본 지도 이미 삼십여 년이 되었는데, 오늘 보니 기분이 아주 상쾌하다. 지난 삼십여 년이 전부 혼미 상태였음을 이제야 비로소 알겠다. 하지만 십분 조심해야 한다. 그렇지 않다면, 저 짜오(趙)씨네 개가 어째서 나를 흘낏흘낏 훔쳐본단 말인가?

내가 무서워하는 데는 그럴 만한 이유가 있다.

2

    오늘은 전혀 달빛이 없는 것으로 보아, 조짐이 좋지 않다는 것을 알 수 있다. 아침에 조심조심 외출했는데, 짜오꾸이(趙貴) 영감의 눈빛이 이상스러웠다. 나를 무서워하는 것 같기도 했고, 나를 해치려 하는 것 같기도 했다. 그 밖에도 예닐곱 명의 사람들이 머리를 맞대고 귓속말로 나에 대해 수군거리고 있었는데, 그러면서도 내가 볼까봐 겁을 내고 있었다. 길에서 만난 사람들이 다 그랬다. 그중에 가장 흉측한 사람은 입을 크게 벌리고 나를 보며 껄껄 웃었다. 나는 머리끝부터 발끝까지 소름이 오싹 끼쳤고, 그들의 음모가 이미 다 짜여졌다는 것을 알아차렸다.

    그래도 나는 무서워하지 않고 여전히 내 갈 길을 갔다. 앞에서 한 무더기 어린아이들까지 나에 대해 수군거리고 있었는데, 눈빛도 짜오꾸이 영감과 똑같았고 얼굴색도 온통 푸르뎅뎅했다. 나와 무슨 원한이 있기에 아이들까지 저러는 걸까 하고 나는 생각했다. 참을 수가 없어서 큰 소리로 말했다. "나한테 말해봐!" 그러자 그들은 도망쳐버렸다.

    나는 생각했다. 내가 짜오꾸이 영감과 무슨 원한이 있는 걸까, 길에서 만난 사람들과는 또 무슨 원한이 있는 걸까. 단지 이십 년 전에, 꾸쥬(古久) 선생의 낡은 장부를 발로 밟는 바람에 꾸쥬 선생이 몹시 불쾌해한 적은 있었다. 짜오꾸이 영감은 그를 알지 못하지만 틀림없이 소문을 듣고 분개하여, 길에서 만난 사람들과 짜고 나를 적대시하는 것이리라. 하지만 아이들은? 그 당시에 그들은 아직 태어나지도 않았는데, 어째서 오늘, 나를 무서워하는 것 같기도 하고 나를 해치려 하는 것 같기도 한, 이상스러운 눈빛을 하고 있었을까. 나는 정말 그것이 무서웠고, 그것이 이상했으며 가슴 아팠다.

알겠다. 그것은 그 부모들이 가르친 것이다!

3

밤에는 도무지 잠을 이룰 수가 없다. 모든 일은 연구를 해야 알 수 있는 것이다.

그들 중에는 지현(知縣: 청나라 때의 지방 관리로서 현縣의 지사―역주)에게 칼 씌움을 당했던 자도 있고, 신사(紳士: 원래는 청나라 때의 사대부 계급의 별칭이나 흔히 지주나 퇴직 관리 등 지방 유지를 가리킴―역주)에게 뺨을 맞았던 자도 있고, 아전에게 자기 마누라를 뺏긴 자도 있고, 부모가 빚쟁이에게 핍박받아 죽은 자도 있는데, 그때의 그들의 얼굴은 어제처럼 그렇게 무서워하지도 않았고 그렇게 흉악하지도 않았다.

가장 이상스러운 것은, 어제 길에서 만난 그 여자가 자기 아들을 때리며 입으로는 "이 새끼야! 너를 물어뜯어야 분이 풀리겠다!"라고 말하면서 눈으로는 나를 쳐다보고 있었다는 것이다. 나는 깜짝 놀라는 기색을 감출 수가 없었다. 얼굴이 창백하고 이빨이 날카로운 한 무리의 사람들이 모두 크게 웃기 시작했다. 천라오우(陳老五)가 다가와서 억지로 나를 집으로 끌고 갔다.

집으로 끌어다 놓고, 집안사람들은 전부 나를 모르는 체했는데, 그들의 눈빛도 다른 사람들과 완전히 똑같았다. 서재로 들어가자 밖에서 문을 잠갔다. 꼭 한 마리 닭이나 오리를 가둬놓듯이 말이다. 그 바람에 나는 자세한 사정을 더욱 알 수 없게 되었다.

며칠 전에, 랑즈춘(狼子村: 허구의 지명. 이리 마을이라는 뜻임－역주)의 소작인이 흉년이 들었다고 사정하러 와서 형에게 말했었다. 자기들 마을의 한 흉악범이 사람들에게 맞아 죽었는데, 몇몇 사람이 그의 심장과 간을 꺼내어, 담을 크게 해준다면서 기름에 튀겨 먹었다는 것이다. 내가 말참견을 하자, 소작인과 형은 나를 힐끔힐끔 쳐다보는 것이었다. 그들의 눈빛이 바깥의 그 사람들과 완전히 똑같다는 것을 오늘에야 알았다.

그것을 생각하니 머리끝부터 발끝까지 소름이 끼친다.

그들이 사람을 잡아먹는다면, 나를 잡아먹지 못하리라는 법도 없는 것이다.

그렇다, "너를 물어뜯겠다"는 그 여자의 말이나 얼굴이 창백하고 이빨이 날카로운 사람들이 웃은 웃음이나 전날 소작인이 한 말들은 분명히 암호인 것이다. 그들의 말 속에는 독이 가득하고 웃음 속에는 칼이 가득하고 그들의 이빨은 온통 하얗게 날카롭게 박혀 있는데, 그것들이 바로 사람을 잡아먹는 도구라는 것을 나는 알아차렸다.

　나는 나 자신을 악인(惡人)이 아니라고 생각해왔지만, 꾸(古)씨네 장부를 밟은 이후로는 꼭 그렇다고 말하기도 어렵게 되었다. 그들에게는 다른 속셈이 있는 것 같은데 나는 전혀 짐작할 수가 없다. 하물며 그들은 안면을 바꾸었다 하면 금세 남을 악인이라고 하거늘. 형이 내게 논설 쓰는 법을 가르쳐주면서 아무리 좋은 사람이라 하더라도 그를 비난하면 잘했다고 동그라미를 쳐주고, 나쁜 사람을 변호하면 "하늘도 놀랄 만한 뛰어난 재주로다, 범상함과는 다르도다"라고 말하던 것을 나는 아직도 기억한다. 내가 그들의 속셈이 대체 어떤 것인지 어떻게 짐작할 수 있겠는가. 하물며 잡아먹으려고 하는 때에야.

　모든 일은 연구해야만 알 수 있다. 옛날부터 항상 사람을 잡아먹어왔다는 것을 나는 기억하지만, 그다지 분명하지는 않다. 역사책을 펼쳐 조사해보니, 이 역사책에는 연대가 없고 어느 페이지에나 '인의도덕(仁義道德)'이라는 몇 글자가 비스듬하게 쓰여 있었다. 어차피 잠도 오지 않고 해서, 한밤중까지 자세히 들여다보았는데, 그러자 글자와 글자 사이에서 또 다른 글자가 보였다. 책에 가득 쓰여 있는 두 글자는 '식인(食人)'이었다!

　책에 이렇게 많은 글자가 쓰여 있고 소작인이 그렇게 많은 말을 했는데도, 오히려 다들 히죽히죽 웃으며 이상한 눈초리로 나를 쳐다본다.

　나도 사람이니까 그들은 나를 잡아먹으려 하는 것이다.

4

아침에, 나는 한동안 가만히 앉아 있었다. 천라오우가 밥을 가져왔다. 채소 한 접시와 생선찜 한 그릇이었는데, 그 생선은 눈깔이 하얗고 딱딱한 데다 입을 벌리고 있는 모습이 사람을 잡아먹고 싶어 하는 그놈들과 똑같았다. 몇 젓가락 먹고 나니, 미끈미끈한 게 생선인지 사람인지 모르겠어서 배 속의 것을 몽땅 토해버렸다.

나는 "라오우, 형님께 말씀드리게, 내가 하도 갑갑해서 마당을 좀 거닐고 싶어 한다고 말야"라고 말했다. 라오우는 아무 대답도 없이 나가더니, 잠시 후 돌아와서 문을 열어주었다.

나는 꼼짝도 않고서, 그들이 나를 어떻게 처리할 것인가에 대해 연구했는데, 그들이 나를 풀어줄 리가 없다는 것은 알 수 있었다. 과연 그랬다! 형이 한 늙은이를 데리고 천천히 걸어왔다. 그는 눈에 흉악한 빛이 가득했는데, 내가 알아챌까봐 두려운 듯 땅을 향해 고개를 숙이고서 안경테 너머로 몰래 나를 살폈다. 형이 "오늘은 좋아 보이는구나"라고 말했다. 나는 "예"라고 말했다. 형은 "오늘은 허(何)선생께 너를 진찰해달라고 부탁했다"라고 말했다. 나는 "그러세요!"라고 말했다. 사실, 그 늙은이는 망나니가 변장한 것임을 내 어찌 모르겠는가! 진맥한다는 명분으로 얼마나 살쪘는지를 살펴보고, 그 공로로 고기를 한 조각 분배받으려는 것이다. 그래도 나는 무섭지 않았다. 사람을 잡아먹지는 않지만, 담은 그들보다 더 컸다. 두 주먹을 내밀고 그가 어떻게 하는가를 보았다. 늙은이는 앉아서 눈을 감고 한참을 더듬어보고는, 또 한참을 우두커니 있다가 그 음흉한 눈을 뜨고 말했다. "쓸데없는 생각은 하지 마세요. 조용히 며칠 요양하면 좋아질 겁니다."

쓸데없는 생각은 하지 말고 조용히 요양하라구! 요양해서 살이 찌면 자기들이야 먹을 게 더 많아지겠지만, 내게 무슨 좋은 점이 있으며, 어떻게 '좋아진다'는 거야? 이놈들은 사람을 잡아먹고 싶어 하면서도 뒤에서 몰래 일을 꾸미며 어떻게 숨길까만 생각하고 감히 직접 손을 쓰지는 못하는 것이니, 정말 웃기는 일이었다. 나는 참을 수가 없어서 소리를 놓아 크게 웃었더니 기분이 아주 좋아졌다. 이 웃음소리 속에 용기와 정기(正氣)가 충만하다는 것을 나 자신이 알 수 있었다. 늙은이와 형은 낯빛이 변했는데, 나의 용기와 정기에 압도당한 것이다.

하지만 내가 용기가 있기 때문에 그들은 더욱더 나를 잡아먹고 싶어 하는 것이다. 이 약간의 용기 덕택에 말이다. 늙은이는 문밖으로 성큼 나가더니 그다지 멀리 가지 않아서 낮은 소리로 형에게 말했다. "얼른 먹읍시다!" 형이 고개를 끄덕였다. 아, 당신마저도! 이 대발견은 뜻밖인 것 같았지만 사실은 이미 짐작하고 있던 것이었다. 패를 지어 나를 잡아먹으려는 사람이 바로 나의 형인 것이다!

사람을 잡아먹는 사람이 나의 형이다!

나는 사람을 잡아먹는 사람의 동생이다!

나 자신은 남에게 잡아먹히지만, 그래도 나는 여전히 사람을 잡아먹는 사람의 동생인 것이다!

5

　요 며칠은 한걸음 물러나 생각해보았다. 그 늙은이가 망나니가 변장한 게 아니라 진짜 의사라 하더라도, 사람을 잡아먹는 사람이라는 데에는 변함이 없다. 그들의 제일가는 스승 이시진(李時珍)이 쓴 『본초(本草) 뭐뭐』(『본초강목本草綱目』을 말함. 그러나 인육을 약용으로 한다는 내용은 『본초강목』이 아니라 당나라 때의 『본초습유本草拾遺』에 나온다. 작가가 일부러 이렇게 비틀어 쓴 것 같다—역주)에 사람고기를 지져 먹을 수 있다고 분명히 쓰여 있는데도 자기는 사람을 잡아먹지 않는다고 말할 수 있단 말인가?
　우리 형으로 말하더라도, 억울하게 누명을 씌우는 것이 절대로 아니다. 그가 내게 글을 가르칠 때에, 자기 입으로 "자식을 바꾸어 먹을" 수 있다고 말했었고, 또 한 번은 우연히 나쁜 사람 하나를 비난하다가 마땅히 죽어야 할 뿐 아니라 "그 살을 먹고 그 가죽을 깔고 자야" 한다고 말했던 것이다. 나는 그때 나이가 어려 하루 종일 가슴이 두근거렸다. 전날 랑즈춘의 소작인이 와서 심장과 간을 먹은 일을 이야기했을 때에도 그는 조금도 이상스러워하지 않고 계속해서 고개를 끄덕였다. 마음이 전과 똑같이 흉악하다는 것을 알 수 있다. "자식을 바꾸어 먹을" 수 있다면, 무엇이든지 다 바꿀 수 있고 어떤 사람이든지 다 잡아먹을 수 있는 것이다. 전에는 그의 이야기를 듣기만 할 뿐 무심히 지나쳤는데, 그가 이야기를 할 때 입가에는 사람 기름을 칠한 채, 마음속은 사람을 잡아먹으려는 생각으로 가득했다는 것을 이제는 알겠다.

6

컴컴해서 낮인지 밤인지 모르겠다. 짜오씨네 개가 또 짖기 시작했다.

사자같이 흉악한 마음, 토끼같이 비겁하고 여우같이 교활하고……

7

나는 그들의 수법을 깨달았다. 직접 죽이는 건, 후환이 있을까 두려워, 하려고 하지도 않고 감히 하지도 못한다. 그래서 그들은 서로 연락하여 그물을 가득 쳐놓고 나를 자살하도록 핍박하는 것이다. 며칠 전 길에서 만난 남녀들의 모습이나 요 며칠간의 우리 형의 행동을 보면 그 십중팔구는 알아차릴 수 있다. 가장 좋기는 허리띠를 끌러 대들보에 걸고 스스로 목을 매어 죽는 것이다. 그들은 사람을 죽였다는 이야기도 듣지 않고 뜻하는 바를 이루게 되므로 모두들 미친 듯이 기뻐하며 거의 흐느끼는 듯한 웃음소리를 낼 것이 분명하다. 그러지 않고 놀라움과 근심 때문에 죽는다면, 좀 마르기는 했어도 그런대로 잘된 거라고 고개를 끄덕일 것이다.

그들은 오직 죽은 고기밖에 먹을 줄을 모른다!…… 무슨 책에선가 본 기억으로는, '하이에나'라는 짐승이 있는데, 눈초리와 모습이 몹시 못생겼고 항상 죽은 고기를 먹으며 아주 큰 뼈다귀까지도 잘게 씹어서 배 속으로 삼킨다고 한다. 생각만 해도 무섭. '하이에나'는 이리의 친척이고, 이리는 개의 일가이다. 전날 짜오씨네 개가 나를 힐끗힐끗 쳐다본 것으로 보아, 그놈도 공모했으며 벌써부터 타협이 되어 있었다는 것을 알 수 있다. 늙은이는 눈을 내리깔고 있었지만 어떻게 나를 속여 넘길 수 있겠는가.

가장 불쌍한 것은 우리 형이다. 그도 사람인데, 어째서 조금도 무서워하지 않고 패를 지어 나를 잡아먹으려 하는 걸까? 옛날부터 습관이 되어 잘못인 줄 모르는 걸까? 아니면 양심을 잃어버렸기 때문에 뻔히 알면서도 잘못을 저지르는 걸까?

나는 사람을 잡아먹는 사람을 저주하는 것도 먼저 우리 형부터 시작하고, 사람을 잡아먹는 사람을 회개시키는 것도 먼저 우리 형부터 시작해야겠다.

8

사실, 이런 이치는, 지금쯤 되면, 그들도 이미 알고 있어야 하는 건데……

갑자기 한 사람이 왔다. 나이는 겨우 스물 안팎이고, 얼굴 모습이 그다지 분명하게 보이지는 않았지만 만면에 웃음을 띤 채 나에게 고개를 끄덕였는데, 그의 웃음은 진짜 웃음 같지 않았다. 내가 그에게 "사람을 잡아먹는 것이 옳은 일인가?"라고 묻자 그는 여전히 웃으면서 "흉년도 아닌데 어떻게 사람을 잡아먹을 수 있겠어요"라고 말했다. 즉각 나는 이놈도 한패로서 사람 잡아먹기를 좋아하는 놈이라는 것을 알아차리고서, 백배 용기를 내어 한사코 그를 추궁했다.

"옳은 일인가?"

"그런 건 물어서 뭐하려고요. 정말로 참…… 농담도 잘하시네…… 오늘은 날씨가 좋군요."

날씨도 좋고, 달도 밝다. 그렇지만 나는 너에게 물어야겠다. "옳은 일인가?"

그는 그렇지 않다는 듯 모호하게 대답했다. "아니……"

"아니라구? 그런데 어째서 잡아먹는 거지?!"

"그런 일은 없는데……"

"그런 일이 없다구? 랑즈춘에서는 지금도 잡아먹고 있고, 그리고 책에도 쓰여 있어, 새빨갛고 신선하다고!"

그는 얼굴빛이 시퍼렇게 변하더니 눈을 크게 뜨고 말했다.
"그럴 수도 있겠죠, 그건 옛날부터 그랬던 거니까……"

"옛날부터 그랬다면, 그럼 옳은 일인가?"

"당신하고 그런 걸 따지고 싶지 않아요. 어쨌든 당신은 그런 소릴 하면 안 돼요, 그런 소리를 하는 건 잘못이야!"

내가 벌떡 일어나 눈을 부릅뜨고 살펴보니 이미 그 사람은 보이지 않았다. 온몸에 흥건히 땀이 났다. 그의 나이는 우리 형보다 훨씬 어리지만, 역시 한패였다. 이것은 틀림없이 그의 부모가 먼저 가르쳐준 것이다. 이미 자기 아들에게도 가르쳐주었을지 모른다. 그래서 어린아이들까지도 나를 흉악하게 쳐다보는 것이다.

9

자기는 사람을 잡아먹고 싶어 하면서도, 다른 사람에게 잡아먹히는 건 두려워서 모두들 극심한 의심의 눈초리로 서로서로를 훔쳐보고……

이런 생각을 버리고, 마음 놓고 일을 하고 길을 가고 밥을 먹고 잠을 자면 얼마나 편안할까. 그것은 단지 문지방 하나, 고비하나의 차이일 뿐이다. 그러나 그들은 아버지와 아들, 형과 아우, 남편과 아내, 친구와 친구, 스승과 제자, 원수와 적, 그리고 서로 모르는 남남까지 다 같이 한패가 되어 서로 격려하고 서로

견제하며 죽어도 그 한걸음을 내디디려고 하지 않는 것이다.

10

아침 일찍 형을 찾아갔다. 그는 대청 문밖에 서서 하늘을 바라보고 있었는데, 나는 그의 등 뒤로 가 문을 막고 서서 몹시 침착하게, 그리고 몹시 부드럽게 그에게 말했다.

"형님, 형님께 드릴 말씀이 있습니다."

"말해봐라." 그는 얼른 얼굴을 돌리고서 고개를 끄덕였다.

"몇 마디만 하면 되는데, 말이 잘 안 나옵니다. 형님, 아마 처음에 야만인들은 모두 다 사람을 잡아먹었을 겁니다. 나중에 생각이 달라졌기 때문에, 어떤 사람들은 사람을 잡아먹지 않고 오직 착해지려고 해서 사람으로 변했죠, 진짜 사람으로 말예요. 어떤 사람들은 계속해서 잡아먹었어요,…… 벌레와 마찬가지로 말이죠, 어떤 사람은 물고기, 새, 원숭이로 변했다가 사람으로까지 변했고요. 어떤 사람은 착해지려고 하지 않아서 아직까지도 벌레인 겁니다. 사람을 먹는 사람은 사람을 먹지 않는 사람에 비해 얼마나 부끄러운 것입니까. 벌레가 원숭이 앞에서 부끄러운 것보다 훨씬 더 부끄러울 겁니다.

역아(易牙)가 자기 아들을 삶아 걸주(桀紂)에게 먹인 것(걸주는 폭군의 대명사 격인 하夏의 걸왕과 은殷의 주왕. 역아가 자기 아들을 삶아 왕에게 바친 것은 걸왕이나 주왕 시대의 일이 아니다. 작가가 일부러 비튼 것이다－역주)은 그래도 먼 옛날의 일입니다. 반고 (盤古)가 천지를 개벽한 이후로 역아의 아들까지 계속 잡아먹었고, 역아의 아들로부터 쉬시린(徐錫林: 청나라 말의 혁명가 쉬시린 徐錫麟의 이름을 비튼 것임－역주)까지 계속 잡아먹었으며, 쉬시린 으로부터 랑즈춘에서 붙잡힌 사람까지 또 계속해서 잡아먹었습니다. 작년에 시내에서 죄인을 죽였을 때는, 폐병 걸린 사람 하나가 만두에다 그 피를 적셔서 먹었습니다.

그들이 나를 잡아먹으려고 하는데, 형님 혼자서는 어쩔 수가 없겠죠. 하지만 말예요, 한패가 될 것까지는 없잖아요. 사람을 잡아먹는 사람이 무슨 짓은 못하겠어요. 그들은 나를 잡아먹을 거고, 또 형님도 잡아먹을 겁니다. 자기들끼리도 서로 잡아먹을 겁니다. 하지만 한걸음 돌아서기만 하면, 즉각 고치기만 하면, 모두들 태평해질 텐데요. 전에는 그랬다고 해도 말이죠, 우리는 오늘부터라도 열심히 착해지려고 할 수 있는 거예요, 안 된다고 하세요! 형님, 저는 형님이 그렇게 말할 수 있다고 믿어요, 전날 소작인이 도지를 감해달라고 했을 때도 형님은 안 된다고 하셨었지요."

처음에 그는 차갑게 웃기만 하다가 나중에는 눈빛이 흉악해 지기 시작하더니, 그들의 비밀을 폭로하기에 이르자 얼굴이 온통 새파랗게 변했다. 대문 밖에 서 있던 한 무리의 사람들이, 그 중에는 짜오꾸이 영감과 그의 개도 있었는데, 두리번거리며 비집고 들어왔다. 마치 보자기로 가린 것처럼 얼굴을 알아볼 수 없는 사람도 있었고, 예의 창백한 얼굴에 날카로운 이빨을 드러내며 입을 벌리고 웃는 사람도 있었다. 그들이 한패이며 모두다 사람을 잡아먹는 자들이라는 것을 나는 알아차렸다. 그러나그들의 생각이 다 같은 것은 아니어서 한 부류는 옛날부터 그래왔으니까 잡아먹는 게 당연하다고 생각하고, 다른 한 부류는 잡아먹어서는 안 되는 줄을 알면서도 여전히 잡아먹으려 하기 때문에 내 말을 듣고 더욱 화가 나는데 차마 화를 내지는 못해 입을 오므리고 차갑게 웃는다는 것도 알아차렸다.

그때, 형이 갑자기 험악한 표정을 지으며 큰 소리로 외쳤다.

"다들 나가요! 미친놈이 뭐 볼 게 있다구 그래요!"

그때, 나는 그들의 교묘한 수법을 또 하나 알아차렸다. 그들은 고치려 하지 않는 것은 물론이고, 미친놈이라는 명분을 준비해두었다가 나에게 뒤집어씌우기로 진작부터 계획을 짜놓은 것이다. 장차 잡아먹어도 무사태평할 뿐만 아니라 사람들에게 동정을 받을 수도 있을 것이다. 소작인이 말한, 사람들이 흉악범을 하나 잡아먹었다는 것도 바로 이 방법이었다. 이것은 그들의 상투적 수단인 것이다!

천라오우도 화를 내며 곧장 다가왔다. 하지만 어떻게 내 입을 막을 수 있겠는가, 나는 한사코 이자들에게 말했다.

"당신들은 고칠 수 있어, 진심으로 고치라구! 앞으로는 사람을 잡아먹는 사람은 세상에 살아갈 수 없게 된다는 걸 알아야지."

"당신들이 고치지 않으면, 자기 자신도 다 잡아먹힐 거야. 아무리 많이 낳아도 진짜 사람들에게 멸망당할 거야, 사냥꾼이 이리를 모조리 잡아 죽이는 것처럼 말야!…… 벌레처럼 말야!"

22

그자들은 천라오우에게 쫓겨났다. 형도 어디론가 사라져버렸다. 천라오우가 나를 방으로 데리고 갔다. 방 안은 온통 컴컴했다. 대들보와 서까래가 머리 위에서 떨기 시작했다. 잠시 떨다가 갑자기 커지면서 내 몸을 짓눌렀다.

　어찌나 무거운지 움직일 수가 없었다. 이놈이 나를 죽이려는 것이다. 나는 이놈의 무게가 가짜라는 것을 알아차리고 몸부림쳐 빠져나왔다. 온몸이 땀투성이가 되었다. 그렇지만 한사코 말했다.

　"지금 당장 고쳐라, 진심으로 고치란 말야! 이걸 알아야 한다구, 앞으로는 안 된다니까, 사람을 잡아먹는 사람은……"

　　11

　해도 뜨지 않고, 문도 열리지 않고, 날마다 두 끼 식사뿐이다.

　젓가락을 들자 형 생각이 났고, 누이동생이 죽은 까닭도 전부 그에게 있다는 걸 깨달았다. 그때 누이동생은 겨우 다섯 살이었는데, 그 귀엽고 불쌍한 모습이 지금도 눈에 선하다. 어머니가 한없이 울자, 그는 어머니에게 울지 마시라고 했다. 아마, 자기가 잡아먹어서, 자꾸 울면 약간 미안한 마음이 들기 때문이었을 것이다. 지금도 미안한 마음을 가질 줄 안다면……

　누이동생은 형에게 잡아먹혔다. 그것을 어머니가 아셨는지 모르셨는지 나는 알 수 없다.

어머니도 아셨으리라 생각된다. 그러나 울기만 할 뿐 아무 말씀도 하지 않으셨는데, 아마도 당연한 일이라고 생각했기 때문일 것이다. 내가 너덧 살 되던 무렵에 대청 앞에 앉아 바람을 쐬고 있는데, 형이, 부모가 병에 걸리면 자식 된 자는 자기 살을 한 점 베어내어 그것을 삶아 부모님께 잡숫게 해야 좋은 사람이라 할 수 있다고 말했었고, 그러자 어머니도 안 된다고 말씀하지 않으셨던 것이 기억난다. 한 점을 먹을 수 있다면 물론 통째로도 먹을 수 있는 것이다. 그러나 그날의 울음은, 지금 생각해도, 정말로 사람의 마음을 아프게 하는 것이니, 이는 참으로 이상한 일이다!

12

더 이상 생각할 수가 없다.

사천 년 동안 늘 사람을 잡아먹어온 곳, 나도 오랫동안 그 속에 섞여 살아왔다는 것을 오늘에야 깨달았다. 형이 집안일을 보고 있을 때 마침 누이동생이 죽었으니, 그가 음식에 섞어 몰래 우리에게 먹였을지도 모르는 것이다.

나도 무의식중에 내 누이동생의 고기를 몇 점 먹었는지 모르는 것인데, 이제는 내 차례가 된 것이다……

사천 년의 식인의 이력을 가진 나는, 처음에는 몰랐었지만, 이제는 알겠다, 진짜 사람을 볼 낯이 없다는 것을!

13

사람을 먹은 적이 없는 아이들이, 혹시 아직 있을까?

아이들을 구하자……

〔1918. 4〕

쿵이지

　노진(鲁镇)의 주점은 구조가 다른 고장과 달랐다. 한결같이 기역 자 모양의 큰 스탠드가 길 쪽을 향해 있고, 스탠드 안쪽에는 뜨거운 물이 준비되어 있어서 언제든지 술을 데울 수 있었다. 노동자들이, 점심때나 저녁때에 일을 마친 뒤, 한 사람 앞에 4문(文: 청나라의 화폐 단위로 동전 1개가 1문이다―역주)의 동전을 내고 술을 한 잔 사서는―그것은 이십여 년 전의 일이고, 지금은 한 잔에 10문으로 올랐을 것이다―스탠드 밖에 기대어 선 채 따끈따끈하게 마시며 쉬었다. 1문을 더 쓴다면 소금물에 삶은 죽순이나 회향(茴香)을 넣어 삶은 콩을 한 접시 사서 안주로 할 수 있었고, 10문 이상을 내면 고기요리를 한 접시 살 수 있었지만, 그러나 그 손님들은 대부분 짧은 옷을 입은 막일꾼들이었으므로 대체로 그렇게 호사를 부리지 못했다. 단지 장삼(長衫)을 입은 사람들만이 가게 안쪽에 있는 방으로 거들먹

거리며 들어가서 술 가져와라 안주 가져와라 하며 느긋하게 앉아서 마셨다.

나는 열두 살 때부터 읍내 초입에 있는 함형(咸亨) 주점에서 점원 노릇을 했는데, 주인은, 내 모습이 너무 멍청해서 장삼 손님을 제대로 시중들지 못할 테니 바깥에서 일을 하라고 했다. 바깥의 짧은 옷 손님들은 말상대하기가 쉬웠지만, 잔소리를 하며 공연히 성가시게 구는 사람들도 꽤 많았다. 그들은 늘 술독에서 황주(黃酒: 중국술에는 양조주인 황주와 증류주인 백주白酒 두 가지가 있다. 보통 황주는 알코올이 20도 이하로 데워서 마시고 백주는 40도 이상으로 차게 마신다—역주)를 퍼내는 걸 자기 눈으로 확인하려 했고, 주전자 바닥에 물이 있지나 않은지 살펴보고, 또 뜨거운 물 속에 주전자를 담그는 것까지 제 눈으로 보고 나서야 안심을 했다. 이런 엄중한 감시 아래에서는 물을 타는 것도 몹시 어려웠다. 그래서 며칠이 지나자 주인은 또 내가 이 일도 제대로 못한다고 불평을 했다. 다행히 소개해준 사람의 체면 때문에 쫓아내지는 못했지만, 대신 술을 데우는 시시한 일만 시켰다.

그 뒤 나는 하루 종일 스탠드 안쪽에 서서 오직 내 임무만 수행했다. 별다른 실수는 없었지만, 늘 단조롭고 무료했다. 주인은 험상궂었고 손님들도 말투가 거칠어서 사람을 주눅들게 했다. 단지 쿵이지(孔乙己)가 가게에 왔을 때만은 비로소 웃을 수 있었기 때문에 지금도 기억을 한다.

쿵이지는 서서 술을 마시는 사람 중에 장삼을 입은 유일한 사람이었다. 그는 키가 컸고 창백한 얼굴에 주름살 사이로 늘 상처가 나 있었으며 희끗희끗한 수염이 마구 헝클어져 있었다. 장삼을 입기는 했지만 더럽고 너덜너덜한 것이 적어도 십 년은 깁지도 않고 빨지도 않은 것 같았다. 사람들하고 이야기할 때는 말끝마다 지(之), 호(乎), 자(者), 야(也)(한문에서 자주 사용되는 글자들—역주) 운운해서 사람들을 아리송하게 만들었다. 그의 성이 쿵(孔)이었기 때문에, 사람들은 습자책에 있는 "상대인(上大人) 쿵이지(孔乙己)"라는 아리송한 말에서 별명을 따와 그를 쿵이지라고 불렀다. 쿵이지가 가게에 오자 술 마시던 사람들이 전부 그를 보고 웃었고, 한 사람이 "쿵이지, 자네 얼굴에 또 상처가 늘었구먼!"이라고 소리쳤다. 그는 대답하지 않고, 주인에게 "따뜻한 술 두 잔, 그리고 회향콩 한 접시"라고 말하며 동전 9문을 내밀었다. 사람들은 일부러 큰 소리로 떠들었다. "자네 틀림없이 또 남의 물건을 훔쳤구먼!" 쿵이지가 눈을 크게 뜨고 말했다. "왜 이렇게 터무니없이 남의 청백을 더럽히는가……" "뭐 청백이라구? 엊그제 자네가 허(何)씨네 책을 훔치다가 매달려가지고 매 맞는 걸 내 눈으로 봤는데." 그러자 쿵이지는 얼굴을 붉히고 이마에 퍼런 힘줄을 가닥가닥 세우며 항변했다. "책을 훔치는 건 도둑질이라고 할 수 없지…… 책을 훔친다!…… 그건 독서인(讀書人)의 일인데, 어떻게 도둑질이라 할 수 있겠나?" 그러면서 계속 "군자는 본디 궁(窮)하니라"(『논어』 위령공편衛靈公篇의 "固守其窮"이라는 구절에서 따온 말—역주)라느니 "……이리오"라느니 하는 알 수 없는 말들을 해서 사람들의 홍소를 자아냈고, 가게 안팎에는 쾌활한 공기가 가득 찼다.

사람들이 뒷전에서 하는 이야기를 들어보면, 쿵이지는 원래 글을 배웠었지만 결국 공부도 더 이상 계속하지 못하고 생계를 꾸려갈 줄도 모르게 되었으며, 그리하여 갈수록 가난해져서 거지가 될 지경으로까지 몰락했다. 다행히 붓글씨는 잘 써서 남에게 책을 필사해주고 근근이 먹고 살았다. 그러나 애석하게도 그는 또 술 마시기를 좋아하고 일하기를 싫어하는 나쁜 버릇이 있었다. 며칠 못 앉아 있고 사람은 물론 책, 종이, 붓, 벼루까지 일제히 행방불명이 된다. 몇 번 이런 일이 있자 필사를 맡기는 사람도 없어졌다. 쿵이지는 별수가 없게 되자, 이따금 도둑질을 하게 되고 말았다. 하지만 그는 우리 가게에서는 다른 사람들보다 오히려 품행이 좋았다. 즉, 이제껏 외상을 미루는 일이 없었던 것이다. 이따금 현금이 없어서 잠시 칠판에 적히기도 했지만, 한 달을 넘기지 않고 반드시 갚아 칠판에서 쿵이지라는 이름을 지워버렸다.

쿵이지가 술을 반 잔쯤 마시고 붉어졌던 얼굴이 차츰 원래대로 돌아오자, 옆 사람이 또 물었다. "쿵이지, 자네 정말로 글을 아는가?" 쿵이지는 묻는 사람을 쳐다보면서 해명할 가치도 없다는 표정을 지었다. 그들이 계속해서, "자넨 왜 반쪽짜리 수재(秀才: 과거응시자격시험에 합격한 자—역주)도 못 땄는가?"라고 말하자, 쿵이지는 금세 당혹스럽고 불안한 기색을 나타내고 얼굴이 잿빛으로 뒤덮인 채 입속말을 했는데, 이번에는 전부 지

(之), 호(乎), 자(者), 야(也) 종류이어서 조금도 알아들을 수가 없었다. 바로 그때 사람들은 일제히 웃음을 터뜨렸고, 가게 안팎에는 쾌활한 공기가 가득 찼다.

이럴 때에는 나도 따라 웃을 수 있었다. 주인이 결코 나무라지 않았던 것이다. 오히려 주인은 쿵이지를 보면 항상 그런 식으로 물어서 사람들을 웃겼다. 쿵이지 자신도 이 사람들과는 대화가 되지 않는다는 것을 알고 있었으므로 아이들에게만 말을 걸었다. 한 번은 나에게, "너 글을 배운 적 있니?"라고 말했다. 나는 약간 고개를 끄덕였다. 그가 말했다. "글을 배웠단 말이지,…… 내가 시험을 좀 해볼까. 회향콩의 회 자는 어떻게 쓰지?" 나는 생각했다. 거지나 마찬가지인 사람이 나를 시험할 자격이 어디 있어? 그러고서 얼굴을 돌려버리고 더 이상 상대하지 않았다. 쿵이지는 한참 동안 기다리다가 몹시 간절하게 말했다. "쓸 줄 모르나 보지?…… 내가 가르쳐줄 테니, 잘 기억해둬라! 이런 글자들은 외워둬야 한다. 장차 주인이 되면 말이다, 장부를 쓸 때 필요하거든." 나는 속으로, 내가 주인이 되려면 아직 멀고도 멀었고 게다가 우리 주인은 회향콩을 장부에 올리는 일이 없다는 생각을 하고는, 우습기도 하고 귀찮기도 해서 마지못해, "누가 가르쳐달랬어요, 초두 밑에 돌아온다(回)의 회 자잖아요?"라고 대답했다. 쿵이지는 몹시 기쁜 표정을 짓고 두 손가락의 긴 손톱으로 스탠드를 두드리면서 고개를 끄덕이며, "맞았어!…… 회 자는 쓰는 법이 네 가지가 있는데, 알고 있니?"라고 말했다. 나는 점점 더 귀찮아져서 입을 삐쭉 내밀고 저쪽으로 가버렸다. 쿵이지는 막 손톱에 술을 묻혀서 스탠드 위에 글씨를 쓰려고 하다가 내가 조금도 관심을 보이지 않자 탄식을 하며 애석하기 짝이 없다는 시늉을 했다.

몇 번인가는, 근처에 사는 아이들이 웃음소리를 듣고 구경을 하러 달려와서 쿵이지를 둘러쌌다. 그는 그들에게 회향콩을 한 사람 앞에 한 개씩 먹으라고 주었다. 아이들은 콩을 먹고 나서도 여전히 흩어지지 않고, 모두들 접시만 쳐다보았다. 쿵이지는 당황하여, 다섯 손가락을 펴서 접시를 가리고 허리를 구부리며, "조금밖에 없어, 나도 이젠 조금밖에 없어"라고 말했다. 그러고서 몸을 일으켜 다시 콩을 살펴보고는, 저 혼자 머리를 흔들며, "없다 없다! 많은가? 많지 않도다"(『논어』 자한편子罕篇의 "君子多乎哉? 不多也"라는 구절에서 따온 말ᅳ역주)라고 말했다. 그러자 아이들은 모두 웃으며 흩어졌다.

쿵이지는 이렇게 사람들을 즐겁게 해주었지만, 그러나 그가 없어도 다른 사람들은 별일 없이 지냈다.

어느 날, 아마도 추석 이삼 일 전이었을 텐데, 천천히 장부를 결산하고 있던 주인이 칠판을 내려놓고 문득, "쿵이지가 오랫동안 안 왔군. 외상이 아직 19문 있는데!"라고 말했다. 그 말에 나도 그가 확실히 오랫동안 오지 않았다는 것을 깨달았다. 술 마시던 사람 하나가 말했다. "그 사람이 어떻게 올 수 있겠나?…… 다리가 부러졌는데." 주인이 말했다. "예?" "그 사람은 여전히 도둑질이야. 이번엔 정신이 나갔지, 거인(擧人: 세 단계로 나누어진 과거시험의 첫 단계인 향시鄕試에 합격하여 관리 임용 자격을 획득한 자―역주) 댁으로 훔치러 들어간 거야. 그 집 물건을 훔칠 수 있을 것 같아?” “그래서 어떻게 됐죠?” “어떻게 됐냐구? 먼저 자술서를 쓰고 그다음엔 얻어맞았지, 한밤중까지 맞고서 나중엔 다리가 부러졌지.” “그래서요?” “그래서 다리가 부러졌다니까.” “다리가 부러지고 나서 어떻게 됐죠?” “어떻게 됐냐구?…… 누가 알아? 아마 죽었겠지.” 주인은 더 이상 묻지 않고 계속해서 천천히 장부를 계산했다.

추석이 지나자 가을바람이 하루가 다르게 쌀쌀해지더니 금세 초겨울이 가까워졌다. 나는 하루 종일 불가에 있으면서도 솜옷을 입어야 했다. 어느 날 오후, 손님이 하나도 없어서 나는 눈을 감고 앉아 있었다. 문득 “술 한잔 데워줘” 하는 소리가 들렸다. 그 소리는 아주 낮았지만 귀에 익은 소리였다. 눈을 뜨고 보았지만 아무도 없었다. 일어서서 바깥을 내다보니, 쿵이지가 스탠드 밑에서 문턱을 향해 앉아 있었다. 그는 얼굴이 시커멓고 야윈 게 이미 꼴이 말이 아니었다. 너덜너덜한 겹저고리를 입고 책상다리를 하고 앉았는데, 밑에다 가마니를 깔았고 그것을 새끼줄로 어깨에 매달았다. 나를 보더니 또, “술 한잔 데워다오”라고 말했다. 주인도 머리를 내밀면서, “쿵이지인가? 자네 아직 외상이 19문 있네!”라고 말했다. 쿵이지는 몹시 의기소침하게 얼굴을 들며 말했다. “그건…… 다음에 갚기로 하지. 이번엔 현금이니까, 술은 좋은 걸로 주게.” 주인은 여전히, 평상시와 똑같이, 웃으면서 그에게 말했다. “쿵이지, 자네 또 도둑질했지!” 하지만 그는 이번에는 그다지 변명하려고 하지 않고, 단지 “농담하지 마!"라는 한마디만 했다. "농담이라구? 도둑질을 안했으면 왜 다리가 부러졌을까?" 쿵이지는 낮은 소리로, "넘어져서 부러졌어, 넘어져서, 넘어져서……"라고 말했다. 그의 눈빛은 주인에게 더 이상 이야기하지 말라고 애원하는 것만 같았다. 이때쯤엔 이미 몇 사람이 모여들어 주인과 함께 웃고 있었다. 나는 술을 데워서 들고 나가 문턱 위에 내려놓았다. 그는 너덜너덜한 옷 주머니 속에서 동전 4문을 꺼내어 내 손에 올려놓았다. 그의 손은 온통 진흙투성이였다. 그는 그 손을 사용하여 여기까지 온 것이었다. 잠시 후, 그는 술을 다 마셨고, 사람들의 웃고 떠드는 소리 속에서, 앉은 채로 그 손을 사용하여 천천히 가버렸다.

그 뒤로 오랫동안 쿵이지를 보지 못했다. 연말이 되자 주인은 칠판을 내리면서, "쿵이지는 아직 외상이 19문 있군!"이라고 말했고, 다음 해 단오가 되자 또, "쿵이지는 아직 외상이 19문 있군!"이라고 말했다. 그러나 추석이 되자 아무 말도 하지 않았고, 다시 연말이 되도록 그를 보지 못했다.

나는 지금까지 끝내 보지 못했다 — 쿵이지는 분명히 죽었을 것이다.

〔1919. 3〕

약

1

가을날 새벽, 달은 졌고 해는 아직 뜨지 않은 채 오직 검푸른 하늘만 남아 있었다. 야행성 동물 이외에는 모든 것이 다 잠들어 있었다. 화라오수안(華老栓)은 갑자기 일어나 앉아 성냥을 켜고 온통 기름투성이인 등잔에 불을 붙였다. 찻집의 두 칸짜리 방에 창백한 빛이 자욱이 퍼졌다.

"샤오수안(小栓) 아버지, 가는 거예요?" 나이 든 여자의 목소리였다. 안쪽의 작은 방에서도 한바탕 기침 소리가 났다.

"응." 라오수안은 귀를 기울이면서 그렇게 대답하고 옷에 단추를 채우고서, 손을 내밀며, "이리 줘"라고 말했다.

화 부인은 베개 밑을 한참 뒤적거리더니 은화(청나라 말에 화폐로 사용하던 은으로는 마제은馬蹄銀과 은화의 두 종류가 있다. 마제

은은 무게가 각기 달랐는데, 은 한 냥이 동전 천 문에 해당했다. 은화
는 멕시코 은화 등의 외국 은화와 그것을 본떠 만든 중국 은화가 통용
되었는데 보통 한 냥짜리였다―역주) 한 꾸러미를 꺼내어 라오수
안에게 건네주었다. 라오수안은 그것을 받아 떨리는 손으로 주
머니에 집어넣고 겉에서 두 번 눌러보고는, 등롱에 불을 붙이고
등잔불을 불어 끈 다음 안쪽 방으로 갔다. 방 안에서 부스럭거
리는 소리가 나더니 이어서 한바탕 기침 소리가 났다. 라오수
안은 기침 소리가 가라앉기를 기다려 나지막하게 불렀다. "샤
오수안…… 일어나지 말아라…… 가게 말이냐? 네 엄마가 볼
거다."

　라오수안은 아들이 더 이상 말이 없자 그가 안심하고 잠이 든
것으로 생각하고, 집을 나서 거리로 나갔다. 거리는 캄캄하고
아무것도 없었고, 오직 한 줄기 희뿌연 길만 뚜렷이 보였다. 등
불이 그의 두 다리가 번갈아 앞으로 나가는 것을 비추었다. 몇
번인가 개와 마주치기도 했는데, 한 마리도 짖지 않았다. 날씨
는 집 안보다 훨씬 더 추웠지만, 라오수안은 오히려 상쾌한 기
분이 들었고, 하루아침에 소년으로 변하고 신통력을 얻어 사람
들에게 생명을 가져다주는 능력이 생기기라도 한 것처럼, 발걸
음이 유난히 가벼워졌다. 게다가 갈수록 길도 점점 더 뚜렷해졌
고, 하늘도 점점 더 밝아졌다.

　라오수안은 길 가는 데에만 열중하다가 문득 흠칫 놀랐다. 멀
리 삼거리가 훤하게 가로놓여 있는 것이 보였던 것이다. 그는
몇 걸음 뒷걸음질쳐 문이 닫힌 가게를 찾아서 처마 밑으로 숨어

들어 문에 기대어 섰다. 한참 그러고 있자 몸에 오한이 났다.

"어이, 영감."

"기쁘시겠어……"

라오수안이 또 흠칫 놀라 눈을 뜨고 보니, 몇 사람이 자기 앞을 지나갔다. 한 사람이 고개를 돌려 그를 쳐다보았는데, 얼굴 모습은 잘 보이지 않았지만, 꼭 오랫동안 굶주린 사람이 먹을 것을 보았을 때처럼 눈에서 와락 달려들려는 듯한 빛이 번뜩였다. 라오수안이 등롱을 보니 이미 불이 꺼져 있었다. 주머니를 눌러보았다. 딱딱한 것이 그대로 있었다. 고개를 들어 양쪽을 둘러보니, 많은 괴상한 사람들이 삼삼오오 짝을 지어 그 근처를 귀신처럼 서성거리고 있었다. 그러나 눈을 똑바로 뜨고 다시 살펴보자 무슨 별다른 이상한 점은 보이지 않았다.

얼마 지나지 않아, 저쪽에서 몇 명의 병사들이 움직이는 모습이 보였다. 제복의 가슴과 등에 커다란 하얀 동그라미가 멀리서도 뚜렷이 보였는데, 앞을 지나갈 때에는 제복의 검붉은 테까지 알아볼 수 있었다…… 한바탕 발걸음 소리가 울리더니 눈 깜짝할 사이에 한 무리의 사람들이 서로 밀고 밀리며 지나갔다. 삼삼오오 흩어져 있던 사람들도 갑자기 한 덩어리가 되어 조수처럼 앞으로 몰려갔는데, 삼거리 입구에 다다르자 갑자기 멈추더니 반원형으로 둘러쌌다.

라오수안도 그쪽을 바라보았지만 보이는 건 떼 지어 모인 사람들의 등뿐이었다. 목을 길게 빼고 있는 것이 마치 오리들이 보이지 않는 손에 붙잡혀 공중에 매달려 있는 듯한 모습이었다.

잠시 조용해졌다가 무슨 소리가 나는 듯하자 다시 술렁거리기 시작했고, 쿵 하는 소리가 나자 일제히 뒤로 물러나며 라오수안이 서 있는 곳까지 흩어져왔는데, 그 바람에 그는 하마터면 밀려 넘어질 뻔했다.

"이봐! 돈을 줘, 물건을 줄 테니까!" 온몸이 시커먼 사람이 라오수안 앞에 서 있었다. 두 자루 칼과도 같은 그의 눈빛에 찔려 라오수안은 몸이 절반으로 오그라들었다. 그 사람은 커다란 한쪽 손을 그를 향해 내민 채 다른 한쪽 손으로는 새빨간 만두를 들고 있는데, 그 빨간 것이 아직도 방울방울 떨어지고 있었다.

라오수안은 황급히 은화를 꺼내어 떨리는 손으로 그에게 건네주려 했으나 그의 물건을 받을 엄두를 내지 못했다. 그 사람이 조급해하며 소리를 질렀다. "뭐가 무서워? 왜 안 가져가!" 라오수안은 여전히 망설였다. 시커먼 사람은 등롱을 빼앗아가더니 단숨에 종이갓을 뜯어서 그것으로 만두를 싸가지고 라오수안에게 쑤셔 넣어준 다음, 한 손으로 은화를 움켜쥐어 집어 들고서 몸을 돌려 가버렸다. 그러면서 혼잣말로, "늙은 놈이……" 라고 중얼거리는 것이었다.

"그걸로 누구를 치료할 거요?" 라오수안은 누군가가 그에게 묻는 소리를 들은 것 같았지만, 대답하지 않았다. 지금 그의 정신은 오직 이 꾸러미에만 쏠려서 마치 십대독자 갓난아이를 안고 있는 것 같았고, 다른 일들은 모두 치지도외였다. 그는 지금 이 꾸러미 속의 새로운 생명을 자기 집으로 이식하여 많은 행복을 수확하고자 하는 것이었다. 해도 떴고, 앞으로는 그의 집까지 뻗은 한 가닥 큰길이 나타났으며 뒤로는 삼거리의 낡은 편액에 씌어진 "고○정구(古○亭口)"(원문에 한 글자가 빠져 있다. 소흥부紹興府의 중심가 이름이 헌정구軒亭口이므로 빠진 글자는 '헌軒'이다―역주)라는 네 개의 빛바랜 금박글자가 빛났다.

2

라오수안이 집에 도착했을 때, 가게는 이미 깨끗이 치워져 있었고 가지런히 배열된 탁자가 반들반들 빛나고 있었다. 그러나 손님은 없었다. 다만 샤오수안이 안쪽 줄 탁자 앞에 앉아 밥을 먹고 있었는데, 굵은 땀방울이 이마에서 흘러내렸고 겹저고리가 등 가운데에 달라붙었으며 두 어깨뼈가 높이 튀어나와 양각으로 '팔(八)' 자를 새겼다. 그 모습을 보자 라오수안은 펴졌던 눈살이 저절로 찌푸려졌다. 그의 아내가 급히 부엌에서 나왔는데, 눈을 크게 뜬 채 입술을 좀 떨었다.

"구했어요?"

"구했어."

두 사람이 함께 부엌으로 내려가 잠시 의논한 다음, 화 부인이 나갔다가 오래지 않아 시든 연잎을 한 장 가지고 돌아와서 탁자 위에 펼쳐놓았다. 라오수안은 등롱 갓을 펼치고 그 빨간 만두를 연잎으로 새로 쌌다. 샤오수안은 밥을 다 먹었고, 그러자 그의 어머니가 급히,

"샤오수안…… 앉아 있거라, 이리 오지 말고."

라고 말하며 아궁이 불을 정돈했고, 그러자 라오수안은 초록색 꾸러미와 울긋불긋한 부서진 등롱을 함께 아궁이 속으로 밀어 넣었다. 검붉은 불꽃이 일었고, 기이한 냄새가 가게 안에 가득 퍼졌다.

"좋은 냄새로군! 무슨 새참을 잡수시나?" 그것은 꼽추 우(五) 도령이 온 것이었다. 이 사람은 매일같이 찻집에서 살다시피 하며 제일 먼저 와서 제일 늦게 가는 사람이었는데, 이때 마침 행길 쪽 벽가 탁자로 앉으면서 물었다. 그러나 아무도 대답하지 않았다. "쌀죽을 쑤는 건가?" 그래도 아무도 대답하지 않았다. 라오수안은 총총히 걸어 나와 그에게 찻물을 따라주었다.

"샤오수안, 들어와라!" 화 부인이 샤오수안을 불러 안쪽 방으로 들어오게 했고 가운데에 놓아둔 걸상에 샤오수안이 앉았다. 그의 어머니는 새까맣고 둥근 것을 접시에 받쳐 들고서 가만히 말했다.

"먹어라,…… 병이 나을 거다."

샤오수안이 그 검은 것을 집어 들고서 잠시 들여다보자, 자신의 생명을 들고 있는 듯하여 마음속으로 말할 수 없이 이상스러웠다. 아주 조심스럽게 쪼개자 검게 탄 껍질 속에서 한 가닥 흰 김이 피어올랐고, 흰 김이 흩어지자 반쪽짜리 밀가루 만두 두 개가 되었다…… 얼마 걸리지 않아 전부 배 속으로 들어갔는데 무슨 맛인지는 조금도 기억에 남지 않았고 앞에는 오직 빈 접시 하나만 남았다. 그의 곁에는, 한쪽에는 아버지가 서 있고 또 한쪽에는 어머니가 서 있었는데, 두 사람의 눈빛이 그의 몸에 무엇인가를 집어넣고 또 무엇인가를 꺼내려는 것 같았고, 그러자 그는 자기도 모르게 가슴이 뛰어 가슴팍을 누르며 또 한바탕 기침을 했다.

"좀 자거라,…… 괜찮아질 거다."

샤오수안은 자기 어머니의 말대로 콜록거리며 잤다. 화 부인은 그의 기침이 가라앉기를 기다려 누덕누덕한 겹이불을 그에게 가만히 덮어주었다.

3

가게에는 많은 사람들이 앉아 있었고 라오수안도 바빠졌다. 커다란 구리 주전자를 들고 이리저리 다니며 손님들에게 찻물을 따라주었는데, 두 눈자위가 온통 거무스름했다.

"라오수안, 어디 불편한가?…… 병이 난 건가?" 수염이 희끗희끗한 사람이 말했다.

"아니오."

"아니라구?…… 하긴 히죽히죽 웃는 걸로 봐서 그런 것 같지는 않았지……" 희끗희끗한 수염이 자기 말을 취소했다.

"라오수안은 바빠서 그래. 만약 자기 아들이……" 꼽추 우도령의 말이 끝나기도 전에 갑자기 얼굴이 험악하게 생긴 사람 하나가 뛰어 들어왔다. 검은색 무명 단삼을 입고 단추는 풀어헤

쳤으며 널찍한 검은색 허리띠를 허리춤에 아무렇게나 묶었다. 문을 들어서자마자 라오수안에게 큰 소리로 말했다.

"먹었어? 나았어? 라오수안, 자넨 운이 좋았어! 운이 좋았지, 내가 소식이 빠르지 않았더라면……"

라오수안은 한 손은 찻주전자를 들고 다른 한 손은 공손히 늘 어뜨린 채 히죽히죽 웃으며 듣고 있었다. 좌중의 사람들도 모두 조용히 귀를 기울였다. 화 부인도 눈가가 거무스름해진 채 싱글 싱글 웃으며 찻잔과 찻잎을 내왔는데 올리브 한 개를 더 가져왔고, 그러자 라오수안이 물을 따라주었다.

"이번엔 낫는다! 이번엔 아주 특별했거든. 생각해봐, 뜨거울 때 가져와서 뜨거울 때 먹었단 말야." 험악한 사람은 계속 떠들 어댔다.

"정말로, 캉(康) 아저씨께서 돌봐주시지 않으면 어떻게 이렇게……" 화 부인이 몹시 감격하며 그에게 감사했다.

"낫는다, 나아! 그렇게 뜨거울 때 먹었으니까. 그런 인혈만두 (人血饅頭)라면 어떤 폐병도 다 낫는다구!"

화 부인은 '폐병'이라는 말을 듣자 언짢은 듯 낯빛이 좀 변했지만, 금세 다시 웃음을 띠고서 천천히 자리를 피했다. 캉 아저씨는 그런 줄도 모르고 여전히 목청을 높여 떠들 뿐이었는데, 그 소리에 안에서 자고 있던 샤오수안도 덩달아 기침을 하기 시작했다.

"원래 이 집 샤오수안이 그런 행운을 만났구먼. 그러면 병은 물론 분명히 완치될 테니까, 라오수안이 하루 종일 웃고 있는 것도 이상한 일이 아니지." 희끗희끗한 수염이 이렇게 말하면서 캉 아저씨 앞으로 다가가 소리를 낮추어 물었다. "캉 아저씨…… 듣자 하니 오늘 해치운 죄인은 샤(夏)씨 집안 자식이라던데, 그게 누구네 집 자식이죠? 대체 무슨 일이죠?"

"누구네 집이냐구? 샤쓰(夏四) 아지매 아들이잖아? 그 자식!" 사람들이 모두 자기 말에 귀를 기울이자 캉 아저씨는 아주 기분이 좋아져서 험악한 얼굴을 씰룩거리며 더욱 큰 소리로 말했다. "그 자식은 죽고 싶어 했으니까 죽으면 그만이지. 하지만 이번에 나는 덕본 게 하나도 없어. 벗긴 옷까지 간수를 맡았던 빨간 눈 아이(阿義)가 가져갔거든…… 첫째는 우리 수안(栓) 아저씨가 운이 좋았던 거라 해야 하고, 둘째는 샤싼(夏三) 어른이 상금으로 눈처럼 하얀 은화를 스물다섯 냥이나 받은 건데 혼자 주머니에 집어넣고 한 푼도 쓰지 않았다구."

샤오수안이 천천히 작은 방에서 나와 두 손으로 가슴팍을 누른 채 연신 기침을 하고는 부엌으로 가 찬밥을 한 그릇 퍼서 더운물을 부은 다음 앉아서 먹었다. 화 부인이 그를 따라가서 가만히 물었다. "샤오수안, 좀 괜찮니?…… 여전히 배가 고프니?……"

"낫는다, 나아!" 캉 아저씨는 샤오수안을 흘낏 쳐다보고서 다시 고개를 돌려 사람들에게 말했다. "샤싼 어른은 정말로 약은 사람이야. 만약 그가 먼저 고발하지 않았다면 말야, 온 집안이 다 결딴났을 거라구. 지금은 어떤가! 은화야!…… 그 자식은 정말로 사람도 아니야! 감옥에 갇혀서도 옥리(獄吏)에게 반역을 하자고 했으니까 말야."

"맙소사, 그럴 수가." 뒷줄에 앉아 있던 스무 살 남짓한 사람 하나가 분개하는 기색을 나타냈다.

"빨간 눈 아이가 여러 가지로 사정을 알아보러 갔더니 오히려 그 자식이 아이에게 말을 걸면서, 이 대청(大淸)의 천하는 우리 모두의 것이라고 했다는 거 아니야. 생각해봐, 그게 사람이 할 소리야? 빨간 눈은 그 자식 집에 노모 한 사람밖에 없는 줄이야 알았지만, 그렇게까지 빈털터리일 줄은 생각지도 못했단 말야. 그래서 기름 한 방울 짜내지 못하고 벌써부터 화가 나서 뱃가죽이 터질 지경이었다구. 그런 데다 대고 약을 올리다가 아이에게 따귀를 두 대 맞았지!"

"이(義) 형은 무술을 잘하니까, 그 두 대로 틀림없이 그 자식을 굴복시켰겠군." 벽가의 꼽추가 갑자기 신바람을 냈다.

"그 천한 자식은 때리는 것도 무서워하지 않고 불쌍하다 불쌍하라고 했대."

수염이 희끗희끗한 사람이 말했다. "그런 자식을 때리는데 뭐가 불쌍하다는 거야?"

캉 아저씨는 한심하다는 듯한 표정을 짓고 차갑게 웃으며 말했다. "자넨 내 말을 못 알아들었구먼. 그 자식 말은 말야, 아이더러 불쌍하다고 한 거라구!"

듣고 있던 사람들의 눈빛이 갑자기 멍청해졌고, 말도 끊어졌다. 샤오수안은 이미 밥을 다 먹었는데, 밥 먹느라고 온몸이 땀투성이가 되었고 머리에서는 김이 피어올랐다.

"아이가 불쌍하다구⋯⋯ 미친 소리, 완전히 미쳤군." 희끗희끗한 수염이 문득 크게 깨달았다는 듯이 말했다.

"미쳤어." 스무 살 남짓한 사람도 문득 크게 깨달은 듯이 말했다.

가게의 손님들은 곧 다시 활기를 나타내며 웃고 떠들기 시작했다. 샤오수안도 그 소란 통에 필사적으로 기침을 했다. 캉 아저씨가 다가와서 그의 어깨를 두드려주며 말했다.

"낫는다! 샤오수안⋯⋯ 그렇게 콜록거리지 않아도 돼. 낫는다!"

"미쳤어." 꼽추 우 도령이 고개를 끄덕이며 말했다.

4

서문 밖 성벽에 잇닿은 땅은 원래 관유지였다. 그 가운데의 꾸불꾸불한 가느다란 길은 길을 질러가려는 사람들이 신발 바닥으로 낸 것이었지만, 오히려 자연스러운 경계가 되고 있었다. 길 왼쪽은 사형당했거나 옥사한 사람들이 묻혀 있었고 오른쪽은 가난한 사람들의 공동묘지였다. 양쪽 모두 무덤이 빽빽이 들어차서, 마치 부잣집에서 생일잔치할 때 차려놓은 만두 같았다.

그해 청명(淸明) 날은 유난히 추워서, 버드나무도 겨우 쌀 반 톨 크기의 새싹을 내밀었다. 날이 밝은 지 얼마 안 되어 화 부인은 오른쪽에 새로 생긴 무덤 앞에서 반찬 네 접시와 밥 한 그릇을 차려놓고 한바탕 곡을 했다. 지전(紙錢: 동전을 본떠서 종이로 만든 돈. 죽은 자의 명복을 빌기 위해 종이돈을 태웠다―역주)을 사르고 땅바닥에 멍청히 앉았는데, 무언가 기다리는 듯했지만 무엇을 기다리는지는 자기 자신도 알지 못했다. 산들바람이 불어와 그녀의 짧은 머리칼을 흩날렸다. 확실히 작년보다 흰머리가 훨씬 더 많아졌다.

소로에 또 한 여자가 나타났는데, 그녀도 머리가 반백이었고 남루한 옷을 입었으며 붉은 옻칠을 한 낡아빠진 둥근 광주리를 들었고 그 밖으로 한 꾸러미의 지전을 걸쳐놓았는데, 세 걸음에 한 번씩 쉬면서 걸었다. 문득 화 부인이 땅바닥에 앉은 채 자기를 쳐다보고 있는 것을 발견하고 약간 주저하며 창백한 얼굴에 부끄러워하는 기색을 나타냈다. 하지만 마침내 마음을 굳게 먹고 왼쪽에 있는 한 무덤 앞으로 가서 광주리를 내려놓았다.

그 무덤과 샤오수안의 무덤은 한 일 자로 나란히 자리를 잡았고 그 사이에는 한 가닥 소로가 있을 뿐이었다. 화 부인은 그녀가 반찬 네 접시와 밥 한 그릇을 차려놓고 선 채로 한바탕 곡을 한 뒤 지전을 사르는 것을 바라보며 마음속으로 몰래, "저 무덤도 아들 무덤이군"이라고 생각했다. 그 늙은 여자는 서성거리며 한차례 둘러보다가, 갑자기 손발을 떨며 비틀비틀 몇 발자국 뒷걸음질을 치더니 눈을 크게 뜬 채 넋을 놓았다.

화 부인은 그 모습을 보고서 그녀가 상심한 나머지 미쳐버릴까봐 걱정이 되었고, 그래서 참다못해 몸을 일으켜 소로를 건너가서는 낮은 소리로 그녀에게 말했다. "저, 할머니, 상심하지 마세요,…… 우리 이제 돌아갑시다."

그 사람은 고개를 끄덕였지만, 눈은 여전히 위를 향해 크게 뜬 채 낮은 소리로 더듬더듬 말했다. "봐요,…… 저게 뭐지요?"

화 부인이 그녀의 손가락을 따라가 보니 시선이 앞의 무덤에 가닿았다. 그 무덤 위의 풀은 아직 뿌리를 다 내리지 못하고 여기저기 황토가 드러나 있어서 보기 흉했다. 더 위쪽으로 자세히 살펴보다가 자기도 모르게 깜짝 놀랐다…… 분명히 붉은색과 하얀색의 꽃들이 원추 모양의 무덤 꼭대기를 둥그렇게 둘러싸고 있었다.

그녀들의 눈은 이미 노화된 지 여러 해 되었지만, 그 붉은색과 하얀색의 꽃들은 분명하게 보였다. 꽃은 그다지 많지 않았고 둥그렇게 하나의 원을 이루고 있는데, 별로 성성하지는 않았지만 가지런했다. 화 부인이 얼른 자기 아들의 무덤과 다른 사람들의 무덤을 살펴보니 추위를 타지 않는 창백한 작은 꽃들이 몇 송이 흩어져 피어 있을 뿐이었다. 문득 마음속으로 일종의 결핍감과 공허감이 들었지만 자세히 따져볼 생각은 들지 않았다. 그 늙은 여자는 몇 걸음 더 다가가 자세히 살펴보고서 혼잣말을 했다. "뿌리가 없으니 저절로 핀 것 같지는 않고…… 이런 곳엘 누가 온담? 아이들이 놀러 올 리도 없고,…… 일가친척들은 벌써 발길을 끊었는데…… 이게 어떻게 된 일이지?" 그녀는 이리저리 생각해보다가 다급히 눈물을 흘리면서 큰 소리로 말했다.

"위얼(瑜兒), 사람들이 너에게 누명을 씌웠지, 너는 그걸 잊지 못하고, 너무나 마음이 아파서, 오늘 특별히 영험을 나타내

내게 알리는 거냐?" 그녀는 사방을 둘러보고 까마귀 한 마리가 잎 진 나무 위에 앉아 있는 모습만 눈에 띄자 계속해서 말했다. "알았다…… 위얼, 불쌍하게도 사람들이 너를 모함했지, 그 사람들은 장차 보응을 받을 거다, 하늘이 다 아시니까 말야. 너는 편히 눈을 감으면 돼…… 네가 정말로 여기 있어서 내 말을 듣고 있다면,…… 저 까마귀를 네 무덤 위로 날아가게 해서 내게 보여다오."

산들바람은 벌써 멎었고, 마른풀들은 마치 철사처럼 빳빳하게 곤두섰다. 한 가닥 떨리는 목소리가 공기 속에서 차츰 가늘어지다가 마침내 사라지자 주위는 온통 죽음과도 같은 정적이었다. 두 사람은 마른 풀밭에 서서 그 까마귀를 올려다보았다. 그 까마귀도 꼿꼿한 나뭇가지 사이에서 머리를 움츠리고 쇠로 만든 주물처럼 앉아 있었다.

많은 시간이 지났다. 성묘하는 사람들이 점점 많아졌고, 노인네들과 어린아이들 몇몇이 무덤 사이로 나타났다 사라졌다 했다.

화 부인은 왠지 모르지만 무거운 짐을 내려놓은 것 같았고 그러자 가야겠다는 생각이 들어서, "우리 이제 돌아갑시다"라고 권했다.

그 늙은 여자는 한숨을 내쉬고서 밥과 반찬을 대충대충 치운 다음 또 잠시 더 머뭇거리다가 마침내 천천히 걸음을 옮겼다. 입속으로는, "이게 어떻게 된 일이지?……"라고 혼잣말을 했다.

그녀들이 이삼십 걸음도 가기 전에 갑자기 등 뒤에서 "까악"

하고 크게 우는 소리가 들렸다. 두 사람이 섬 하여 돌아보니, 그 까마귀가 두 날개를 펴고 한 번 몸을 낮추었다가 곧장 먼 곳의 하늘을 향해 화살처럼 날아가는 것이었다.

〔1919. 4〕

고향

　나는 혹한을 무릅쓰고, 이천여 리나 떨어진 먼 곳에서, 이십여 년 동안 떠나 있던 고향으로 돌아왔다.

　때는 한겨울인 데다가, 점차 고향이 가까워지면서 날씨마저 음울해져서, 차가운 바람이 윙윙 소리를 내며 선창 안으로 불어 들어왔다. 선창 틈으로 바깥을 내다보니 음산한 하늘 아래 여기저기 몇 개인가의 쓸쓸하고 황량한 마을이 활기 없이 가로누워 있었다. 내 마음은 슬퍼지지 않을 수가 없었다.

　아! 이것이 내가 이십 년 동안 늘 그리워하던 고향이란 말인가?

　내 기억 속의 고향은 전혀 이렇지 않았다. 내 고향은 훨씬 더 좋았다. 하지만 그 아름다움을 기억해내고 그 좋은 점을 말로 표현하려 하자 그 모습은 사라져버리고 그것을 표현할 말도 사라져버렸다. 원래부터 이랬던 것 같다. 그래서 나는 스스로 변명했다. 고향은 본래부터 이런 곳이었다고 —— 진보도 없지만, 내가 느낀 바와 같은 슬픔도 마찬가지로 없는 것인지 모른다. 그것은 단지 나 자신의 마음의 변화일 뿐이다. 나의 이번 귀향은 본래 아무런 즐거운 마음도 없는 것이기 때문이다.

이번에 나는 오로지 고향을 떠나기 위해 온 것이다. 우리 가족이 오랫동안 모여 살던 옛집은 의논 끝에 이미 타성바지에게 팔렸고, 집을 넘겨주기로 한 기한이 금년 안이었기 때문에, 정월 초하루 이전까지 정든 옛집과 영원히 작별하고 정든 고향을 멀리 떠나 내가 생계를 꾸리고 있는 타향으로 이사를 해야만 했다.

다음 날 아침 일찍, 나는 우리 집 문 앞에 도착했다. 기와지붕 위에는 시든 풀의 꺾어진 줄기들이 바람에 떨면서, 이 고옥(古屋)이 주인을 바꾸지 않을 수 없게 된 원인을 말해주고 있었다. 몇 방(房: 중국의 전통적 대가족 제도에서 대가족의 구성단위가 방이다. 그 규모는 한 방이 조부 혹은 그 이상을 같이 할 정도로 크다. 여러 개의 방이 한곳에 모여 살며 하나의 대가족을 이루었다—역주)의 일가들은 이미 이사를 했는지 매우 조용했다. 내가 우리 방(房) 바깥에 이르렀을 때, 어머니는 벌써 마중을 나와 있었고 뒤따라 여덟 살 난 조카 홍얼(宏兒)이 나는 듯이 뛰쳐나왔다.

어머니는 몹시 기뻐했지만, 그래도 못내 처량한 심정을 감추고 있는 듯 나를 앉게 하고, 쉬게 하고, 차를 마시게 하고 하면서도 이사 문제에 대해서는 말을 꺼내지 않았다. 홍얼은 나를 본 적이 없기 때문에 멀찍이 맞은편에 서서 바라보고만 있었다.

하지만 필경 우리는 이사 문제를 이야기하게 되었다. 나는, 저쪽의 거처는 이미 빌리기로 했고 가구도 몇 개 사놓았는데, 그 밖의 것들은 집에 있는 목제 가구를 전부 내다 팔아 그 돈으로, 새로 더 사들여야 한다고 말했다. 어머니도 좋다고 하면서, 이삿짐도 대충 다 싸놓았고 운반하기 불편한 목제 가구는 절반 가까이 팔았는데 다만 돈을 다 받지 못했을 뿐이라고 말했다.

"하루 이틀 쉬고, 일가친척들을 한 번 찾아뵙고 나서 떠나도록 하자꾸나." 어머니가 말했다.

"예."

"그리고 룬투(閏土) 말이다, 그 사람이 우리 집에 올 때마다 네 소식을 묻는데, 너를 몹시 만나보고 싶어 해. 네가 집에 올 날짜를 대충 알려줬으니까, 곧 올지도 모른다."

그 순간, 나의 뇌리에 문득 한 폭의 신비스러운 그림이 떠올랐다. 쪽빛 하늘에 황금빛 둥근 달이 걸려 있고, 그 아래는 해변의 모래밭인데 온통 초록빛 수박이 끝없이 심어져 있다. 그 속에서 열한두 살 된 소년이 목에 은목걸이를 차고 손에 쇠작살을 들고서 한 마리의 차(猹: 오소리 비슷한 짐승. 猹는 작가가 만들어낸 글자임—역주)를 힘껏 찌르는데, 차는 몸을 비틀어 그의 가랑이 사이로 도망친다.

그 소년이 룬투였다. 내가 그를 알게 된 것은 겨우 십여 세 되던 때였으니, 지금으로부터 삼십 년이 다 되어간다. 그때는 나의 아버지도 아직 살아계셨고 집안 형편도 좋아서 나는 그야말로 도련님이었다. 그해는 우리 집에서 큰 제사를 지낼 차례였다. 그 제사는 삼십여 년 만에 한 번씩 돌아오는 것이므로 아주 정중하게 지내야 한다고 했다. 정월에 조상의 영정을 모셨는데, 제물이 많았고 제기를 잘 갖추었으며 참배하는 사람도 많았고 제기도 도둑맞지 않게 잘 지켜야 했다. 우리 집에는 망위에(忙月)가 한 사람밖에 없었는데(우리 고장에서는 하인을 세 가지로 나누었다. 일 년 내내 한 집에서 일해주는 것을 창니엔長年이라 하고, 날짜를 정해놓고 일해주는 것을 뚜안꿍短工, 자기 자신도 농사를 지으면서 설이나 명절, 그리고 도지를 거둘 때에만 한 집에서 일해주는 것을 망위에라고 했다), 너무 바빴으므로, 그는 자기 아들 룬투에게 제기를 지키도록 하면 좋겠다고 아버지에게 말했다.

아버지는 허락하셨고, 나도 몹시 기뻤다. 왜냐하면 나는 룬투라는 이름을 진작부터 듣고 있었고, 그가 나와 비슷한 나이이며 윤달에 태어났고 오행(五行)에서 토(土)가 빠졌다고 해서 그의 아버지가 룬투라고 작명했다는 것도 알고 있었기 때문이다. 그는 덫을 놓아 새를 잘 잡았다.

그래서 나는 날마다 설을 기다렸다. 설이 되면 룬투도 올 것이었다. 거의 연말이 다 되었을 때 하루는 어머니가, 룬투가 왔다고 말씀하셨고, 나는 나는 듯이 달려가 보았다. 그는 부엌에 있었다. 검붉은 둥근 얼굴에 머리에는 작은 털모자를 썼고, 목에는 반짝반짝 빛나는 은목걸이를 찼는데, 그것으로 보아 그의 아버지가 그를 얼마나 사랑하는지를 알 수 있었다. 그가 죽을까봐 부처님께 불공을 드리고 목걸이로 그를 지키도록 한 것이다. 그는 사람을 보면 몹시 수줍어했는데 내게만은 수줍어하지 않았고, 곁에 사람이 없을 때면 나에게 말을 걸었다. 그래서 반나절도 되기 전에 우리는 아주 친해졌다.

그때 우리가 무슨 얘기를 했는지는 모르겠으나, 룬투가 몹시 기뻐하며, 성내로 온 뒤 못 보던 것들을 많이 보았다고 말한 것만은 기억이 난다.

다음 날, 나는 그에게 새를 잡아달라고 했다. 그는 말했다.

"그건 안 돼. 큰 눈이 와야 돼. 우리 모래밭에 눈이 오면 말야, 눈을 쓸어내 빈터를 만들고 큰 대나무 소쿠리를 작대기로 받쳐서 거기다 쭉정이를 뿌려두는데, 새가 먹으러 올 때 내가 멀리서 작대기에 묶어놓은 끈을 잡아당기기만 하면 새가 소쿠리 속에 갇히는 거야. 무슨 새든지 다 있어, 참새, 뿔새, 산비둘기, 파랑새……"

그래서 나는 또 눈이 오기를 몹시 고대했다.

룬투는 또 내게 말했다.

"지금은 너무 추우니까, 여름에 우리 동네로 놀러 와. 우리는 낮에 바닷가에 가서 조개껍데기를 줍는데 말야, 빨간 거 파란 거 다 있고, 귀신 쫓기 조개도 있고 부처님 손 조개도 있어. 밤에는 아버지랑 같이 수박을 지키러 가는데, 너도 가자."

"도둑을 지키는 거니?"

"아니. 길 가던 사람이 목이 말라서 한 개쯤 따먹는 건, 우리 동네에서는 도둑질로 치지 않아. 지켜야 하는 건 말야, 오소리,

고슴도치, 차(猹)야. 달빛 속에서 말야, 와작와작하는 소리가 들리면 그건 차가 수박을 먹고 있는 거야. 그러면 작살을 들고, 살금살금 다가가서……"

나는 그때 그 차라는 것이 어떻게 생긴 짐승인지 전혀 몰랐지만—지금도 모른다—그저 작은 개처럼 생겼으면서 아주 사나울 것이라고 멋대로 생각했다.

"사람을 물지 않니?"

"작살이 있거든. 다가가서 차를 보면 찌르는 거야. 이 짐승은 아주 영리해서 말야, 외려 사람 쪽으로 달려들어 가지고, 가랑이 사이로 빠져나간단다. 가죽이 기름처럼 미끄러운데……"

그때까지 나는 세상에 이처럼 신기한 일들이 많이 있는 줄은 몰랐다. 해변에는 오색의 조개껍데기가 그렇게 많다. 수박에는 그처럼 위험한 사연이 있는데 지금까지 나는 그저 과일가게에서 파는 건 줄로만 알았었다.

"우리 모래밭에는 말야, 밀물이 들어오면 날치들이 숱하게 뛰어오르는데, 전부 개구리처럼 발이 두 개 달렸어……"

아! 룬투의 가슴속에는 신기한 일들이 무궁무진하게 들어 있었다. 그것들은 전부 내 보통 친구들은 알지 못하는 것들이었다. 그들은 아무것도 몰랐다. 룬투가 해변에 있을 때 그들은 나와 마찬가지로 마당의 높은 담장 위로 네모난 하늘만 보았던 것이다.

안타깝게도 정월이 지나자 룬투는 집으로 돌아가야 했다. 나는 다급해서 크게 울었고, 그도 부엌에 숨어 울면서 가려고 하

54

지 않았지만 결국은 자기 아버지에게 끌려가고 말았다. 나중에 그는 자기 아버지 편에 조개껍데기 한 꾸러미와 아주 예쁜 깃털 몇 개를 내게 보내주었고, 나도 그에게 한두 번 물건을 보내주 었지만, 그러나 그 뒤로는 다시는 만나지 못했다.

지금 어머니가 그의 말을 꺼내자 그 어렸을 때의 모든 기억들 이 문득 번개처럼 되살아났고, 나는 비로소 내 아름다운 고향을 보는 것 같았다. 나는 대답했다.

"그것 참 잘됐군요! 그 사람은,…… 어떻게 지내죠?……"

"그 사람?…… 그 사람도 형편이 아주 안 좋지……"어머니 는 말하면서 집 밖을 내다보았다. "저 사람들이 또 왔군. 가구 를 산다면서 아무거나 제멋대로 가져간단 말야, 내가 가보아야 겠다."

어머니는 몸을 일으켜 나갔다. 문밖에서 몇 명의 여자 목소리 가 들렸다. 나는 홍얼을 가까이 오라고 불러서 글자를 쓸 줄 아 느냐, 이사 가는 게 좋으냐고 물으며 그에게 말을 붙였다.

"우리 기차 타고 가는 거예요?"

"기차 타고 가지."

"배는요?"

"먼저 배를 타고,……"

"아하! 이거 보게! 수염이 이렇게 기네!"갑자기 예리한 괴성 이 크게 울렸다.

내가 깜짝 놀라 얼른 고개를 들어보니, 광대뼈가 튀어나오고 입술이 얇은 쉰 살 안팎의 여자가 앞에 서 있는데, 두 손을 허리에 짚고 치마도 입지 않은 채 두 다리를 벌리고 있는 모습이 그 야말로 제도 기구 중에서 가느다란 다리를 쩍 벌린 컴퍼스 같았다.

나는 어리둥절했다.

"모르겠어? 안아준 적도 있잖아!"

나는 더욱 어리둥절했다. 다행히 어머니가 들어와서 끼어들었다.

"저 아인 오랫동안 외지에 나가 있었으니 다 잊어버렸지. 너 기억을 좀 해보렴." 하고 나에게 말했다. "이 이는 맞은편 옆집의 양얼(楊二) 아지매야,…… 두부가게를 하던."

아, 생각이 났다. 내가 어린아이였을 때, 맞은편 옆집 두부가게에는 확실히 양(楊)씨집 둘째 아지매라는 사람이 하루 종일 앉아 있었는데, 사람들은 다들 그녀를 '두부서시(豆腐西施)'라고 불렀다. 하지만 하얀 분을 발랐었고, 광대뼈도 이렇게 튀어나오지 않았고 입술도 이렇게 얇지 않았으며, 또 종일 앉아 있었으므로 이런 컴퍼스 같은 자세를 나는 본 적이 없었다. 그 당시에 사람들은 그 여자 때문에 두부가게 장사가 아주 잘된다고 말했었다. 하지만 아마도 나이가 어렸던 탓에 나는 조금도 감화를 받지 않았고, 그래서 까맣게 잊어버렸을 것이다. 그러나 컴퍼스는 몹시 불만스러워하며, 나뽈레옹을 모르는 프랑스 사람이나 워싱턴을 모르는 미국 사람을 비웃듯이 경멸하는 표정을 지었고, 차갑게 웃으며 말했다.

"잊어버렸다구? 귀하신 분은 눈이 높다더니 정말 그러네……"

"그럴 리가요…… 저는……" 나는 당황하여, 일어서며 말했다.

"그렇다면 내 말 좀 들어봐요. 쉰(迅) 도령, 자네는 부자가 되었고 운반하기도 불편한데 이런 낡은 가구가 무슨 소용이야, 나한테나 줘요. 우리 같은 가난뱅이들에겐 쓸모가 있거든."

"저는 부자가 아닙니다. 저는 이것들을 팔아서 그걸 가지고……"

"아이고, 도지사가 되었으면서도 부자가 아니라구? 자넨 지금 첩이 셋이고 밖에 나갈 때는 여덟 명이 메는 큰 가마를 타면서도 부자가 아니라구? 흥, 뭐라고 해도 나는 못 속이지."

나는 할 말이 없다는 것을 깨닫고, 입을 다물고 묵묵히 서 있었다.

"아이고, 돈이 많을수록 더 악착같이 움켜쥐고, 악착같이 움켜쥘수록 더 돈이 많아진다더니 정말로……" 컴퍼스는 분개하여 돌아서면서 투덜대고는 천천히 밖을 향해 걸음을 옮겼는데, 그 김에 어머니의 장갑 한 켤레를 바지춤에 쑤셔 넣고서 나가버렸다.

그다음에는 또 근처의 일가와 친척들이 나를 찾아왔다. 나는 그들을 접대하는 한편으로 짬을 내어 짐을 꾸렸고, 이런 식으로 사나흘이 지나갔다.

몹시 추운 어느 날 오후, 나는 점심을 먹은 뒤 앉아서 차를 마시다가 밖에서 사람이 들어오는 기척을 느끼고 뒤를 돌아보았다. 돌아보는 순간, 나도 모르게 크게 놀랐고, 황급히 일어나 마중을 하러 나갔다.

　이번에 온 사람은 룬투였다. 나는 한눈에 룬투임을 알아보았지만 그러나 그것은 내 기억 속의 룬투가 아니었다. 그의 키는 배나 커졌지만, 옛날의 검붉던 둥근 얼굴은 이미 잿빛으로 변한 데다 깊은 주름살이 파여 있고, 눈도 자기 아버지처럼 가장자리가 온통 벌겋게 부어올라 있었다. 해변에서 농사짓는 사람들은 하루 종일 바닷바람을 쐬기 때문에 대부분 그렇게 된다는 것을 나는 알고 있었다. 그는 머리에는 낡은 털모자를 썼지만 몸에는 아주 얇은 솜옷 하나만을 입은 채 온몸을 움츠리고 있었고, 손에 종이 꾸러미 하나와 긴 담뱃대 하나를 들고 있는데 그 손도 내가 기억하는 발그스름하고 토실토실한 손이 아니라 마치 소나무 껍질처럼 거칠고 울퉁불퉁한 데다 쩍쩍 갈라져 있었다.

　이때 나는 몹시 흥분했지만, 무어라고 말을 해야 좋을지를 몰라 단지 이렇게 말했다.

　"아! 룬투 형,…… 왔어요?……"

　나는 계속해서 수많은 말들이 구슬 꿰미처럼 솟구쳐 나오려 했다. 뿔새, 날치, 조개껍데기, 차,…… 하지만 무엇인가에 막힌 것 같은 느낌이 들며 뇌리에서 맴돌기만 할 뿐 입 밖으로 나오지를 않았다.

　그는 멈춰 섰다. 얼굴에는 기쁨과 슬픔이 뒤섞인 표정이 나타났고, 입술을 움직였지만 소리가 되지는 않았다. 마침내 그의 태도가 공손해졌고, 그는 분명히 말했다.

　"나으리!……"

나는 소름이 끼치는 것 같았다. 우리 사이에 이미 슬픈 장벽이 두텁게 가로놓였다는 것을 나는 깨달았다. 아무 말도 할 수가 없었다.

　그는 고개를 돌리며 말했다. "수이성(水生), 나으리께 절을 해야지." 그리고는 등 뒤에 숨어 있는 아이를 끌어냈는데, 그 아이는 바로 이십 년 전의 룬투였다. 단지 안색이 누렇고 좀 야위었으며 목에 은목걸이가 없을 뿐이었다. "이놈이 다섯째 아입니다. 세상 구경을 못해서 부끄럼을 타지요……"

　어머니와 흥얼이 이층에서 내려왔다. 말소리를 들은 모양이었다.

　"노마님. 편지는 진작에 받았습니다. 저는 정말 너무나 기뻤습니다. 나으리께서 돌아오신다는 걸 알고서요……" 룬투가 말했다.

　"아, 자네 왜 그렇게 정색을 하는가. 옛날에 자네들은 형 아우하고 부르지 않았는가? 옛날 그대로 쉰(迅) 형, 하게나." 어머니가 기뻐하며 말했다.

　"아이구, 노마님도 정말…… 그런 법이 어디 있습니까. 그때는 어린아이라서 철이 없었지요……" 룬투는 말을 하면서 수이성을 끌어내 인사를 시키려 했지만 그 아이는 부끄러워하면서 그의 등 뒤에 찰싹 달라붙을 뿐이었다.

　"그 애가 수이성인가? 다섯째라구? 다 낯선 사람이니 수줍어하는 것도 무리가 아니지. 흥얼이 데리고 가서 같이 놀아줘라." 어머니가 말했다.

홍얼은 그 말을 듣고서 수이성에게 손짓을 했고, 수이성은 긴장을 풀고 그를 따라 나갔다. 어머니가 룬투에게 앉으라고 하자 그는 잠시 망설이다가 결국 앉았는데, 앉아서는 긴 담뱃대를 탁자 옆에 기대어 놓고 종이 꾸러미를 내밀면서 말했다.

"겨울이라 아무것도 없습니다. 마른 청대콩을 조금 가져왔는데요, 우리 집에서 직접 말린 겁니다, 나으리께……"

나는 그의 형편을 물었다. 그는 고개를 저을 뿐이었다.

"아주 어렵지요. 여섯째 아이까지 도와주게 되었지만, 그래도 먹고 사는 데는 모자라요…… 세상은 시끄럽고…… 어딜 가나 다 돈만 뜯어 가는데, 자기들 마음대로예요…… 작황도 나쁘고요. 농사를 지어서 내다 팔아봤자 몇 번 세금으로 뜯기고 나면 본전까지 까먹고, 그렇다고 팔지 않자니 다 썩어버릴 테고……"

그는 고개를 저을 뿐이었다. 얼굴에 수많은 주름살이 새겨져 있었지만 그 주름살은 마치 돌부처처럼 조금도 움직이지 않았다. 그는 괴로움을 느끼기는 하지만 그것을 형용하기가 어려운 듯 잠시 침묵하더니, 담뱃대를 집어 들고 묵묵히 담배를 피웠다.

어머니는 그에게 물어보고서, 그의 집에 일이 바빠서 내일은 돌아가야 하며 아직 점심을 먹지 않았다는 것을 알게 되자, 그에게 부엌으로 가서 손수 밥을 데워 먹으라고 했다.

그가 나간 뒤, 어머니와 나는 그의 형편에 대해 탄식했다. 많은 자식들, 계속되는 흉년, 가혹한 세금, 군벌, 비적(匪賊), 관리, 향신(鄕紳: 재향 신사紳士, 즉 지방의 지주와 퇴직 관리를 가리킨다―

역주), 이 모든 것들이 그를 괴롭혀 하나의 나무인형같이 만들어버린 것이다. 어머니는, 가져가지 않아도 되는 것들은 전부 그에게 주는 게 좋겠으며 그 자신이 고르도록 하는 게 좋겠다고 내게 말했다.

오후에 그는 몇 개의 물건을 골랐다. 긴 탁자 두 개, 의자 네 개, 향로와 촛대 한 벌, 저울 한 개였다. 그는 또 재(이곳에서는 밥을 지을 때 짚을 태우는데, 그 재는 모래밭의 비료로 쓸 수 있다)를 전부 달라고 하면서, 우리가 떠날 때 자기가 배로 실어가겠다고 했다.

밤에도 우리는 이런저런 이야기를 했는데, 전부 다 중요하지 않은 이야기였다. 다음 날 아침, 그는 수이성을 데리고 돌아갔다.

아흐레가 더 지나 우리가 떠나는 날짜가 되었다. 룬투는 아침에 왔는데, 수이성은 데려오지 않고 다섯 살 난 딸 하나만 데리고 와서 배를 지키게 했다. 우리는 종일 바빴고, 더 이상 이야기할 시간이 없었다. 손님도 적지 않았다. 배웅 나온 사람, 물건을 가지러 온 사람, 배웅도 할 겸 물건도 가져갈 겸해서 온 사람들이었다. 저물녘에 우리가 배에 오를 때가 되자, 이 고옥에 있던 크고 작고 굵고 가는 온갖 낡아빠진 물건들은 이미 깨끗이 치워지고 텅 비어버렸다.

우리가 탄 배가 앞으로 나아가자 물가 양쪽의 푸른 산은 황혼 속에서 검푸른 빛깔로 물들며 잇달아 배의 고물 쪽으로 뒷걸음질쳤다.

홍얼과 나는 함께 선창에 기대어 바깥의 흐릿한 풍경을 바라보고 있었는데, 홍얼이 갑자기 물었다.

"큰아버지! 우린 언제 돌아오나요?"

"돌아오냐구? 넌 어떻게 아직 가지도 않았는데 돌아올 생각부터 하니."

"하지만, 수이성이 저더러 자기 집으로 놀러 오라고 했단 말이에요……" 그는 크고 검은 눈을 뜬 채 멍하니 생각에 잠겼다.

나나 어머니도 다소 망연해져서, 다시 룬투 이야기를 꺼냈다. 어머니 말에 의하면, 그 두부서시라는 양얼 아지매는 우리 집이 이삿짐을 싸면서부터 날마다 어김없이 찾아왔는데, 그저께는 잿더미 속에서 십여 개의 그릇을 찾아내고서 이리저리 따져보더니 룬투가 묻어놓은 것이며, 재를 가져갈 때 함께 집으로 가져가려고 한 거라고 결론을 지었다. 양얼 아지매는 그것을 발견하고서 몹시 생색을 내더니 꺼우치사(이것은 우리 고장에서 닭을 치는 데 쓰는 도구로서, 나무쟁반 위에 창살을 치고 그 안에 모이를 넣어두면 닭은 목을 빼어 쪼아 먹을 수 있지만 개는 그럴 수가 없어서 쳐다보며 화를 낼 뿐이다)를 집어 들고 나는 듯이 달아났는데, 전족을 한 작은 발에 굽이 높은 신발을 신고서도 달아나는 건 그렇게도 빨랐다.

옛집은 내게서 더욱 멀어져갔고, 고향의 산천도 내게서 점점 멀어져갔지만, 그러나 나는 조금도 미련을 느끼지 않았다. 단지 사방으로 보이지 않는 높은 담에 둘러싸여 나 혼자 격리된 듯이 느껴졌고, 그러자 몹시 울적해졌다. 그 수박밭의 은목걸이를 한 작은 영웅의 영상도, 원래 그토록 선명하던 것이 갑자기 흐릿해졌고, 그러자 나는 몹시 슬퍼졌다.

어머니와 훙얼은 잠이 들었다.

나는 누운 채 배 밑바닥에 졸졸 흐르는 물소리를 들으며, 나는 나의 길을 가는 중이라는 걸 깨달았다. 나는 생각했다. 나는 결국 룬투와 이 정도까지 격절되었지만, 우리의 후배들은 아직 한마음이다, 훙얼은 수이성을 그리워하고 있지 않은가. 나는 희망한다. 그들은 더 이상 나처럼, 사람들끼리 격절되지 않기를…… 그러나 나는 또한, 그들이 한마음이 되려고 하다가 그 때문에 나처럼 괴롭고 떠도는 삶을 사는 것은 원하지 않고, 그들이 룬투처럼 괴롭고 마비된 삶을 사는 것도 원하지 않으며, 다른 사람들처럼 괴롭고 방종한 삶을 사는 것도 원하지 않는다. 그들은 마땅히 새로운 삶을 살아야 한다, 우리가 아직 살아보지 못한 삶을.

희망을 생각하자 나는 갑자기 무서워졌다. 룬투가 향로와 촛대를 달라고 했을 때 나는 그가 우상을 숭배하면서 언제나 그것을 잊지 못한다고 생각하고 몰래 그를 비웃었었다. 지금 내가 말하는 희망이라는 것도 나 자신이 만들어낸 우상이 아닐까? 다만 그의 소망은 아주 가까운 것이고 나의 소망은 아득히 먼 것이라는 것뿐이다.

몽롱한 가운데, 나의 눈앞에 해변의 초록빛 모래밭이 펼쳐졌다. 그 위의 쪽빛 하늘에는 황금빛 둥근 달이 걸려 있었다. 나는 생각했다. 희망은 본래 있다고 할 수도 없고, 없다고 할 수도 없

다. 그것은 지상의 길과 같다. 사실은, 원래 지상에는 길이 없었
는데, 걸어 다니는 사람이 많아지자 길이 된 것이다.

〔1921. 1〕

아Q정전

제1장 서(序)

내가 아Q(阿Q)를 위해 정전(正傳)을 쓰고자 한 것은 이미 한 두 해 된 일이 아니다. 하지만 막상 쓰려고 하면 한편으로 자꾸 망설여지니, 내가 '입언'(立言: 자기 나름의 이론적 주장을 펼친 글이라는 뜻으로 사실을 기록한 글인 '기사紀事'와 함께 중국 고대 산문의 두 종류임—역주)을 할 만한 사람이 아님을 이것으로 충분히 알 수 있다. 예로부터 불후의 문장으로 불후의 인물을 전해야 하는 것이고 그리하여 사람은 문장을 통해 전해지고 문장은 사람을 통해 전해진다는 것인데—그렇다면 도대체 누가 누구에 의해 전해지는 것인지가 점점 애매해진다. 그런데 결국 아Q를 전하기로 결정짓고 보니, 귀신에 홀린 것만 같다.

그러나 금세 썩어버릴 이 한 편의 문장을 지으려고 붓을 들자 여러 가지 어려움이 느껴진다. 첫째는 문장의 이름이다. 공자 가라사대, "이름이 올바르지 못하면 말이 순조롭지 못하다(名不正則言不順)". 이것은 원래 지극히 주의해야 하는 것이다. 전기의 이름은 아주 많다. 열전(列傳), 자전(自傳), 내전(內傳), 외전(外傳), 별전(別傳), 가전(家傳), 소전(小傳)…… 그러나 애석하게도 아무것도 적합하지 않다. '열전'이라 하자니, 이 문장은 결코 수많은 위인들과 함께 '정사(正史)' 속에 들어가는 것이 아니다. '자전'이라 하자니, 나는 결코 아Q가 아닌 것이다. '외전'이라 하자면, '내전'은 어디에 있는가? '내전'이라는 말을 쓰려 해도, 아Q는 결코 신선이 아니다. '별전'이라 하자니, 아Q는 대총통(大總統)께서 국사관(國史館)에 '본전(本傳)'을 세우라고 분부하신 바가 없다 ── 영국 정사에 '박도열전(博徒列傳)'이 없음에도 문호 디킨즈는 『박도별전』이라는 책을 지었다고 하지만(디킨즈는 코난 도일의 착오임─역주) 그것은 문호니까 가능하지 나 같은 사람으로서는 불가능한 것이다. 그다음은 '가전'인데, 나는 아Q와 일가인지 아닌지도 모를뿐더러 그의 자손으로부터 청탁을 받은 적도 없다. 또는 '소전'이라 하자니, 아Q에게는 달리 '대전(大傳)'이 없는 것이다. 요컨대 이 한편은 역시 '본전(本傳)'인 것이지만, 나의 문장에 대해 생각해보면, 문체가 비속하여 '수레를 끌면서 콩국을 파는 장사치 부류'가 쓰는 말이기 때문에 감히 참칭을 할 수가 없다. 그리하여 삼교구류(三敎九流: 삼교는 유교·불교·도교. 구류는 제자백가 중 유가儒家·도가道家·음양가陰陽家·법가法家·명가名家·묵가墨家·종횡가

縱橫家·잡가雜家·농가農家 − 역주)에 끼지 못하는 소설가(小說家)의 소위 "한담은 그만두고 정전으로 돌아가서(閑話休題言歸正傳)"라는 상투어에서 '정전'이라는 두 글자를 취하여 이름으로 삼는 것인데, 옛사람이 편찬한 『서법정전(書法正傳)』의 '정전'과 글자상으로 몹시 혼동이 된다 하더라도 그것까지 돌아볼 수는 없다.

둘째, 전기를 짓는 통례는, 첫머리를 대체로 "아무개는, 자(字)가 무엇이고, 어느 곳 사람이니라"라고 써야 하는데, 나는 아Q의 성이 무언지를 모른다. 한 번은 그가 짜오(趙)씨인 것 같았는데 다음 날이 되자 곧 모호해졌다. 그것은 짜오 노어른의 아들이 수재(秀才)가 되었을 때였다. 징소리를 징징 울리며 소식이 마을로 전해졌을 때 아Q는 황주(黃酒)를 두 잔 마시고 덩실덩실 춤을 추며, 이것은 자기에게도 영광스러운 일이다, 왜냐하면 그가 원래 짜오 노어른과 일가이기 때문인데 자세히 따져보면 자기가 수재보다 삼대 위라고 말했었다. 그때 옆에서 듣고 있던 몇몇 사람들은 엄숙하게 경의를 표했다. 그러나 뜻밖에도 다음 날 지보(地保: 청나라 말의 지방자치제 경찰. 향신을 위해 일하며 평민들에게는 세도를 부렸고 건달 출신들이 많았는데 부재지주를 위한 소작료 징수를 담당하기도 했다 − 역주)가 아Q를 짜오 노어른 댁으로 데리고 갔다. 노어른은 보자마자 얼굴을 온통 붉으락푸르락하며 소리를 질렀다.

"아Q, 너 이 개 같은 놈! 네가 나를 네 일가라고 말했더냐?"

아Q는 입을 열지 않았다.

짜오 노어른은 점점 더 화가 나서 몇 발자국 뛰어나오며 말했다. "어디다 대고 허튼소리냐! 나에게 어떻게 너 같은 일가가 있을 수 있겠느냐? 네 성이 짜오냐?"

아Q는 입을 열지 않고 뒤로 물러나려고 했다. 짜오 노어른이 달려들어 그의 따귀를 한 대 때렸다.

"네가 어떻게 짜오씨일 수 있냐!…… 네가 어디가 짜오씨 자격이 있냐!"

아Q는 자기가 분명히 짜오씨라고 항변하지 못하고, 단지 손으로 왼쪽 뺨을 어루만지며 지보와 함께 물러나왔을 뿐이다. 바깥에서 또 지보에게 한바탕 훈시를 듣고 사과조로 지보에게 이백 문(文: 청나라의 화폐단위로 동전 1개가 1문 — 역주)의 술값을 냈다. 이 일을 아는 사람들은 모두들 아Q가 너무 황당해서 매를 자초했다, 그는 아마도 짜오씨가 아닐 거다, 정말로 짜오씨라 하더라도 짜오 노어른이 여기 있는 한은 그렇게 함부로 말해서는 안 된다고들 했다. 그 뒤로는 더 이상 아무도 그의 성씨 문제를 꺼내지 않았고, 그래서 나는 아Q의 성이 도대체 무언지 끝내 알지 못했다.

셋째, 나는 또 아Q의 이름을 어떻게 쓰는지도 모른다. 그가 살아 있었을 때 사람들은 다들 그를 아꾸이(阿Quei)라고 불렀는데, 죽은 뒤에는 아무도 더 이상 아꾸이를 입에 올리지 않았으니 '죽백(竹帛)에 기록'하는 일이 있을 리가 없었다. '죽백에 기록하기'로 말하자면 이 문장이 처음이라 해야 할 것이고, 그래서 먼저 이 첫 번째 난관을 만난 것이다. 나는 자세히 생각해보았었다. 아꾸이라는 게 아꾸이(阿桂)일까 아꾸이(阿貴)일까?
그의 호가 월정(月亭)이라거나 팔월 중에 생일을 지낸 적이 있
거나 하면 분명히 아꾸이(阿桂)일 것이다. 그러나 그는 호가 없
었고 ─ 호가 있기는 한데 다만 그것을 아무도 몰랐는지도 모
른다 ─ 생일에 글을 부탁하는 청첩장을 낸 적도 없었으므로
아꾸이(阿桂)라고 쓰는 것은 독단일 것이다. 또 만약에 그가 아
푸(阿富)라는 이름의 형이나 아우가 있다면 분명히 아꾸이(阿
貴)일 것이다. 그러나 그는 단지 그 혼자뿐이니 아꾸이(阿貴)라
고 쓰는 것도 근거가 없는 것이다. 그 밖에 꾸이(Quei)라고 읽
는 벽자들은 더욱더 부적합했다. 전에 내가 짜오 노어른의 아
들 수재 선생에게 물어보았더니 뜻밖에도 그분처럼 박식한 분
도 망연해하는 것이었다. 다만 결론에 따르면, 천뚜슈(陳獨秀)
가 『신청년(新靑年)』을 만들어 서양 글자를 제창한 탓에 국수
(國粹)가 멸망해버려 조사할 길이 없다는 것이었다. 나의 마지
막 수단은 고향 사람에게 부탁해서 아Q 사건의 조서를 조사하
는 것밖에 없었는데, 팔 개월 후에야 온 답신에는, 조서 중에는
아꾸이와 발음이 비슷한 사람이라곤 전혀 없다는 것이었다. 진
짜 없는 것인지 아니면 조사를 하지 않은 것인지는 알 수 없었
지만, 그러나 더 이상은 달리 방법이 없었다. 주음자모(注音字母:
중국어 발음을 표기하는 부호. 1918년에 제정되었음 ─ 역주)는 아직
통용되지 않는 것 같으니 '서양 글자'를 쓰는 수밖에 없다. 영
국에서 널리 사용되는 발음 표기법(웨이드식 중국어 발음 표기법
을 말한다. 그러나 웨이드식에서는 Q를 쓰지 않고 K를 쓴다. 작가가 Q

라고 쓴 것은 의도적이다. 변발이 영어로 queue인 점을 고려하면, Q는 발음상으로나 형태상으로나 변발을 암시하는 것 같다―역주)에 따라 그를 아Quei라고 쓰고, 줄여서 아Q라고 쓴다. 이는 『신청년』을 맹종하는 것과 비슷해서 나 자신도 몹시 언짢지만, 수재 선생조차 알지 못하는데 내게 달리 무슨 좋은 방법이 있겠는가.

넷째, 아Q의 본적이다. 그의 성이 짜오라면 군명을 부르기를 좋아하는 현재의 관례에 따라 『군명백가성(郡名百家姓)』의 주해 그대로 '농서(隴西) 천수(天水) 사람이니라'라고 할 수 있겠지만 애석하게도 그 성이 그다지 믿을 만한 것이 못 되기 때문에 본적도 결정할 수가 없는 것이다. 그가 웨이주앙(未莊)에 오래 살기는 했지만 늘상 다른 곳에서도 살았기 때문에 웨이주앙 사람이라고 할 수도 없는 것이며, '웨이주앙 사람이니라'라고 말한다면 이 역시 여전히 사법(史法)에 어긋나는 것이다.

내가 위안으로 삼는 것은 '아(阿)' 자 하나만은 대단히 정확하고 부회(附會)나 가차(假借)의 결점이 절대로 없으며 어떤 대가보다도 더 올바를 수 있다는 점이다. 그 나머지로 말하자면 천학(淺學)으로서 천착할 수 있는 바가 아니므로, '역사벽과 고증벽'이 있는 후스즈(胡適之: 후스胡適. 스즈는 그의 자字임. 자를 부르는 것은 존경의 뜻이지만 여기서는 풍자적으로 사용한 것임―역주) 선생의 제자들이 장차 수많은 새로운 단서를 찾아낼 수 있기를 희망할 따름이지만, 그때쯤이면 나의 이 「아Q정전」은 이미 사라지고 없을지도 모른다.

이상을 서(序)로 삼기로 한다.

제2장 승리의 기록

　아Q는 성명과 본적이 모호할 뿐만 아니라 그의 이전의 '행장
(行狀)'도 모호했다. 왜냐하면 웨이주앙 사람들은 아Q에 대해
서 그에게 일을 시키거나 그를 놀림감으로 삼을 뿐, 그의 '행장'
에 대해서는 마음을 쓰지 않았기 때문이다. 아Q 자신도 말하지
않았는데, 다만 다른 사람과 말다툼을 할 때 간혹 눈을 크게 뜨
고 이렇게 말하기는 했다.
　"우리도 옛날에는…… 너보다 훨씬 더 잘살았어! 네가 뭐가
대단하다구!"
　아Q는 집이 없어서 웨이주앙의 사당에서 살았다. 일정한 직
업도 없어서 날품팔이를 하며 보리를 베게 되면 보리를 베고 쌀
을 찧게 되면 쌀을 찧고 배를 젓게 되면 배를 저었다. 일이 좀
길어지면 임시로 주인집에서 묵기도 했지만, 일이 끝나면 떠났
다. 그래서 사람들은 바쁠 때에는 아Q를 기억해냈지만 기억해
내는 것은 일하기이지 결코 '행장'이 아니었고, 한가해지면 아
Q조차도 잊어버렸으니 '행장'은 더 말할 필요도 없었다. 딱 한
번, 한 늙은이가 "아Q는 정말 일을 잘해!"라고 칭찬을 했다. 그
때 아Q는 웃통을 벗은 채 마지못해하며 마른 체구로 그의 앞에
서 있었는데, 다른 사람들은 그 말이 진심인지 비웃음인지 분간
이 안 갔지만, 아Q는 몹시 기뻐했다.
　아Q는 또 몹시 자존심이 강했다. 웨이주앙의 주민이 전부 그

의 눈에 차지 않았고, 심지어 두 분 '문동'(文童: 수재 시험을 준비하는 자―역주)에 대해서도 일소(一笑)의 가치도 없다고 여기는 기색이었다. 무릇 문동이라는 것은 장차 수재라는 것으로 변할지도 모른다. 짜오 노어른과 치엔(錢) 노어른이 주민들의 존경을 받는 것은, 돈이 많다는 것 말고도 둘 다 문동의 아버지이기 때문이었다. 그러나 아Q 혼자만은 정신상으로 특별한 존경심을 나타내지 않았다. 그는 생각했다, 내 아들은 훨씬 더 높은 사람이 될 수 있어! 게다가 성내에도 몇 번 갔었기 때문에 아Q가 더욱 자부심을 갖는 것은 당연한 일이었다. 그러나 그는 성내 사람들도 몹시 얕잡아봤다. 예를 들면, 길이 석 자 너비 세 치의 널빤지로 만든 의자를 웨이주앙에서는 '긴 걸상(長凳)'이라고 불렀고 자기도 '긴 걸상'이라고 부르는데 성내 사람들은 '쪽 걸상(條凳)'이라고 불렀다. 그는 생각했다. 그건 틀렸어, 웃기는군! 대구를 지질 때도 웨이주앙에서는 반 치 길이의 파를 얹었는데 성내에서는 실처럼 가늘게 썬 파를 얹었다. 그는 생각했다. 그건 틀렸어, 웃기는군! 하지만 웨이주앙 사람들은 정말로 세상 구경도 못한 가소로운 시골뜨기들이었으니, 그들은 성내의 생선지짐을 본 적이 없는 것이다!

아Q는 "옛날에는 잘살았고" 견식이 높았으며 게다가 "정말 일을 잘했"으므로 원래는 거의 '완전한 사람'이었다. 하지만 애석하게도 그는 체질상으로 약간의 결점이 있었다. 가장 고민스러운 것은 그의 머리에 언제 생겼는지 모르는 나두창(癩頭瘡)의 부스럼 자국이 몇 군데 있다는 점이었다. 그것도 그의 몸에 있는 것이기는 했지만, 아Q의 생각을 살펴보면, 그것만은 귀하지 못한 것이라 여기는 것 같았다. 왜냐하면 그는 '라이(癩)' 및 '라이(賴)'와 비슷하게 발음되는 모든 말을 꺼렸고, 나중에는 더 확대하여 '빛나다(光)'도 꺼리고 '밝다(亮)'도 꺼리고, 더 나중에는 '등불(燈)'이나 '촛불(燭)'까지도 꺼렸다. 금기를 범하면, 알고 그랬건 모르고 그랬건, 아Q는 부스럼 자국을 온통 붉히며 화를 냈는데, 상대를 평가해보고서 어눌한 자 같으면 욕을 했고 힘이 약한 자 같으면 때렸다. 그러나 어떻게 된 일인지 아Q가 손해를 보는 때가 많았다. 그래서 그는 차츰 방침을 바꾸어 대개는 화난 눈으로 노려보기로 했다.

아Q가 노려보기주의(主義)를 채용한 뒤로 웨이주앙의 건달들이 더욱더 그를 놀려댈 줄이야 누가 알았겠는가. 만나기만 하면 그들은 일부러 놀라는 시늉을 하며 이렇게 말했다.

"우와, 밝아졌다."

아Q는 여느 때나 마찬가지로 화를 내며 노려보았다.

"원래 등불이 여기 있었군!" 그들은 조금도 무서워하지 않았다.

아Q는 어쩔 수가 없었고, 그래서 따로 보복의 말을 생각해내야만 했다.

"너 같은 놈한테는……" 그때 그의 머리에 있는 것은 고상하고 영광스러운 부스럼 자국이지 보통 부스럼 자국이 아닌 것 같았다. 그러나 앞에서 말한 바와 같이 아Q는 견식이 있었기 때문에 자기가 '금기'에 저촉될 뻔했다는 것을 얼른 알아차리고서 더 이상 말을 계속하지 않았다.

　건달들은 그것으로 끝내지 않고 계속 그를 놀려댔고, 그러고 서 마침내는 때리기까지 했다. 아Q는 형식상으로는 패배했다. 놈들은 노란 변발(원래 만주족의 풍속에서 유래된 것으로 청나라 때 남자들이 길게 땋아 뒤로 늘어뜨린 머리 – 역주)을 휘어잡고 벽에 그의 머리를 너덧 번 쿵쿵 짓찧었다. 건달들은 그제야 만족해하며 의기양양하게 돌아갔다. 아Q는 잠시 선 채로, "나는 자식에게 맞은 셈 치자, 요즘 세상은 정말 개판이야……"라고 생각했다. 그리고 나서는 그도 만족하며 의기양양하게 돌아갔다.

　아Q가 마음속으로 생각한 것을 나중에 하나하나 다 입 밖으로 말했기 때문에 아Q를 놀리던 사람들은 그에게 일종의 정신 상의 승리법이 있다는 것을 거의 다 알게 되었고, 그 뒤로는 그의 노란 변발을 잡아챌 때마다 사람들이 먼저 그에게 이렇게 말했다.

　"아Q, 이건 자식이 애비를 때리는 게 아니라 사람이 짐승을 때리는 거다. 네 입으로 말해봐, 사람이 짐승을 때린다고!"

　아Q는 두 손으로 자신의 변발 밑동을 움켜잡고 머리를 비틀면서 말했다.

　"벌레를 때린다, 됐지? 나는 벌레 같은 놈이다…… 이제 놔줘!"

　벌레가 되었어도 건달들은 놓아주지 않았다. 전과 똑같이 가까운 아무데나 그의 머리를 대여섯 번 소리 나게 짓찧었고, 그런 뒤에야 만족해하며 의기양양하게 돌아갔다. 그들은 이번에는 아Q도 꼼짝 못할 거라고 생각했다. 그러나 십초도 지나지 않아 아Q도 역시 만족해하며 의기양양하게 돌아갔다. 그는 자기가 자기경멸을 잘하는 제일인자라고 생각했다. '자기경멸'이라는 말을 빼고 나면 남는 것은 '제일인자'이다. 장원(壯元: 과거 科擧를 보던 시기에 황제가 시행한 전시殿試에서 1등으로 급제한 진사 進士─역주)도 '제일인자'이지 않은가? "네까짓 것들이 뭐가 잘났냐!?"

아Q는 이처럼 여러 가지 묘법을 써서 적을 극복한 뒤에는 유쾌하게 술집으로 달려가 술을 몇 잔 마시고, 또 다른 사람들과 한바탕 시시덕거리고, 한바탕 입씨름을 하여 또 승리를 얻고, 유쾌하게 사당으로 돌아와 머리를 거꾸로 처박고 잠이 들었다. 돈이 생기면 그는 야바위 노름을 하러 갔다. 한 무리의 사람들이 땅바닥에 쭈그리고 앉아 있는데, 아Q는 얼굴에 땀을 뻘뻘 흘리며 그 속으로 끼어들었다. 목소리는 그가 제일 컸다.

"청룡(青龍)에 사백!"

"자 ─ 열어요 ─ 얏!" 물주가 상자 뚜껑을 열고서 역시 얼굴에 땀을 뻘뻘 흘리며 노래를 읊어댄다. "천문(天門)이군요 ─ 각(角)은 텄고요 ─! 인(人)이랑 천당(穿堂)은 아무도 안 걸었고요 ─! 아Q 돈은 가져오고요 ─!"

"천당에 백 ─ 백오십"

아Q의 돈은 이렇게 노래를 읊는 사이에 얼굴에 땀을 뻘뻘 흘리는 다른 인물의 허리춤으로 점점 옮겨갔다. 그는 결국 거기서 밀려날 수밖에 없었다. 뒤쪽에 서서 구경하며 자리가 파할 때까지 다른 사람들을 위해 애를 태우고 그런 뒤에 못내 아쉬워하며 사당으로 돌아갔고, 다음 날에는 눈이 부은 채 일하러 갔다.

그러나 참으로 '인간 만사는 새옹지마'인 것인지, 아Q는 불행히도 딱 한 번 이기기는 했는데 도리어 더 낭패를 보았다.

그것은 웨이주앙에서 마을 제사를 지내는 날 밤이었다. 그날 밤에는 관례대로 연극을 했는데, 무대 왼쪽에서는 여느 때나 마찬가지로 노름판이 잔뜩 벌어졌다. 연극판의 징소리와 북소리가 아Q의 귀에는 십리 바깥에서 나는 것 같았고 아Q에게 들리는 것은 오직 물주의 노랫소리뿐이었다. 그는 따고 또 땄다. 동전이 작은 은전으로 바뀌었고, 작은 은전이 큰 은전으로 바뀌었으며, 나중에는 큰 은전이 두둑이 쌓였다. 그는 대단히 신바람이 났다.

"천 문에 두 냥!"

누가 누구와 무엇 때문에 싸움을 시작했는지 그는 몰랐다. 욕하는 소리, 때리는 소리, 발걸음 소리, 뭐가 뭔지 알 수 없는 한바탕 소란이 지나고 그가 간신히 일어나보니 노름판도 보이지 않았고 사람들도 보이지 않았으며, 몸이 여기저기 아픈 걸로 보아 주먹질이나 발길질을 몇 번 당한 것 같았다. 몇몇 사람들이 이상스러워하며 그를 쳐다보았다. 그는 넋을 잃고 사당으로 돌아왔는데, 정신을 차리자마자 자기의 은전 뭉치가 없어졌다는 걸 알아차렸다. 제삿날 벌어지는 노름판은 대부분 이 마을 사람들이 아니니 어디 가서 재산을 찾는단 말인가?

하얗게 반짝이는 은전 더미! 더구나 자기 것이었는데 ─ 지금은 없어져버린 것이다! 자식이 가져간 셈 치자고 해도 여전히 마음이 개운치 않았다. 자기를 벌레라고 해보아도 역시 마음이 개운치 않았다. 그도 이번에는 실패의 고통을 조금 느꼈다.

그러나 그는 금세 패배를 승리로 바꾸어놓았다. 그는 오른손을 들어 자기 뺨을 힘껏 연달아 두 번 때렸다. 얼얼하게 아팠다. 때리고 나서 마음을 가라앉히자 때린 것이 자기라면 맞은 것은 또 하나의 자기인 것 같았고, 잠시 후에는 자기가 남을 때린 것 같았으므로 — 비록 아직도 얼얼하기는 했지만 — 만족해하며 의기양양하게 드러누웠다.

그는 잠이 들었다.

제3장 속(續) 승리의 기록

그러나 아Q는, 항상 승리하기는 했지만, 짜오 노어른에게 따귀를 맞은 뒤에야 비로소 유명해졌다.

그는 지보에게 이백 문의 술값을 바치고 화가 나서 드러누웠다가 나중에, "요즘 세상은 엉망진창이야, 자식이 애비를 때리다니……"라고 생각했다. 그러자 갑자기 짜오 노어른의 위풍이 생각났는데, 이제 그가 자기 자식인 것이다. 그러자 스스로 점점 득의만만해져서 일어나 「젊은 과부 성묘 가네」(소흥 지방의 민속극 제목—역주)를 읊조리며 술집으로 갔다. 그때 그는 짜오 노어른은 다른 사람들보다 한층 고상한 사람이라는 느낌이 들었다.

 이상하게도 그 뒤로는 과연 사람들도 그를 각별히 존경하는 것 같았다. 아Q로서는 그것이 그가 짜오 노어른의 아버지이기 때문이라고 생각했을지도 모르지만, 사실은 그렇지 않았다. 웨이주앙의 통례로는, 아치(阿七)가 아빠(阿八)를 때렸다거나 리쓰(李四)가 짱싼(張三)을 때렸다고 한다면 본래 무슨 사건이라 할 수 없었고, 반드시 짜오 노어른 같은 유명한 분과 관계되어야만 사람들의 입에 올랐다. 일단 입에 오르게 되면 때린 사람이 이미 유명한 사람이기 때문에 맞은 사람도 그 덕으로 유명해졌다. 아Q에게 잘못이 있다는 것은 물론 말할 필요도 없었다. 이유가 무엇인가? 짜오 노어른이 잘못할 리가 없기 때문이다. 하지만 그가 잘못을 했는데도 왜 사람들은 그를 각별히 존경하는 것 같을까? 이는 난해하지만, 천착해보면, 아Q가 짜오 노어른의 일가라고 했으니, 비록 매를 맞기는 했지만, 정말 그럴 수도 있을 것 같았고 그러므로 조금 존경하는 편이 낫겠다고 생각한 때문인지도 모른다. 그렇지 않으면, 공자묘(孔子廟)에서 제물로 바친 소와도 같이, 비록 돼지나 양과 똑같은 짐승이지만 성인(聖人)께서 젓가락을 대신 것이므로 선유(先儒)들이 함부로 손을 대지 못하는 것과 같은 이치일 것이다.

 아Q는 그 뒤로 여러 해 동안 득의양양했다.

 어느 해 봄, 그는 얼큰히 취한 채 거리를 걷다가 담장 아래 양지녘에서 왕(王) 털보가 웃통을 벗어부치고 이를 잡고 있는 것을 보았다. 그는 갑자기 자기 몸도 가려워지는 느낌이 들었다.

이 왕 털보는 나두창도 있고 수염도 텁수룩해서 사람들이 왕라이후(王癩鬍)라고 불렀는데 아Q는 거기서 라이 자를 빼고 부르면서 그를 몹시 경멸하고 있었다. 아Q의 생각으로는, 나두창은 이상한 것이라 할 수 없지만 그 구레나룻만은 정말로 신기해서 남의 눈에 꼴불견이었다. 그래서 그는 나란히 앉았다. 다른 건달들이었다면 아Q는 감히 앉을 엄두도 내지 못했을 것이다. 그러나 이 왕 털보 곁에서 그가 무엇을 무서워하겠는가? 솔직히 말해, 그가 앉아주는 것만으로도 그에게 호의를 베푸는 것이었다.

아Q도 낡은 겹저고리를 벗고 뒤집어서 검사해보았다. 새로 빨았기 때문인지 아니면 꼼꼼하지 못한 때문인지 몰라도 많은 시간을 들여 겨우 서너 마리밖에 잡지 못했다. 왕 털보를 보니, 한 마리 또 한 마리, 두 마리 그리고 세 마리 연달아 입에 넣고 깨물어 톡톡 소리를 냈다.

아Q는 처음에는 실망했지만 나중에는 불만이 생겼다. 같잖은 왕 털보는 저렇게 많은데 자신은 이렇게 적으니 이 무슨 체통 없는 일이란 말인가! 그는 큰 놈을 한두 마리 찾아내려고 했으나 끝내 찾아내지 못하고 겨우 중간치기 한 마리를 잡아서는 못마땅한 듯 두툼한 입술 속으로 밀어넣고 힘주어 깨물어 톡 소리를 냈지만 역시 왕 털보가 내는 소리만 못했다.

그는 부스럼 자국 하나하나가 다 시뻘게져가지고, 옷을 땅바닥에다 내동댕이치며 침을 탁 뱉고 말했다.

"이 버러지 같은 놈아!"

"털 빠진 개놈아, 너 누굴 욕하는 거냐?" 왕 털보가 경멸의 눈을 치켜뜨며 말했다.

아Q는 근래 비교적 사람들에게 존경도 받고 있었고 스스로도 더욱 거만하게 굴었지만 싸움질 잘하는 건달들을 보면 여전히 겁이 났는데, 이번만은 아주 용기가 났다. 이따위 털보 자식이 감히 제멋대로 지껄이다니!

"누군 누구야, 바로 너지!" 그는 일어서서 두 손을 허리에 대고 말했다.

"너 뼈다귀가 근질근질하냐?" 왕 털보도 일어서서 옷을 입으며 말했다.

아Q는 그가 도망가려는 줄 알고 주먹을 내질렀다. 그 주먹은 몸에 닿기도 전에 이미 그에게 붙잡혔고, 그가 잡아당기자 아Q는 비틀비틀 끌려가 즉시 왕 털보에게 변발을 휘어잡혔고 담벼락으로 끌려가 전례대로 머리를 짓찧였다.

"'군자는 말로 하지 손을 쓰지 않는다'!" 아Q는 머리를 비틀며 말했다.

왕 털보는 군자가 아닌 듯 아랑곳하지 않고 그의 머리를 다섯 번이나 짓찧고서 또 힘껏 밀어버려 아Q가 여섯 자도 넘게 멀리 나가떨어지자 만족하고 가버렸다.

아Q의 기억으로 이것은 평생에 첫 번째 가는 굴욕이라 해야 할 것 같았다. 왕 털보는 구레나룻이라는 결점 때문에 늘 그에게 경멸을 당했지 그를 경멸한 적은 없었고 더구나 손찌검을 하는 것은 말할 나위도 없었기 때문이다. 그런데 그가 이제 손찌

검을 하다니 몹시 뜻밖이었다. 정말로 세상 소문처럼 황제께서 과거 시험을 중지시키고 수재와 거인(擧人)을 뽑지 않기로 하신 바람에 짜오씨 집안의 위풍이 약해진 것이 아닐까. 그 때문에 사람들이 그까지도 멸시하는 것일까?

아Q는 어찌할 바를 모르고 서 있었다.

멀리서 한 사람이 걸어왔다. 그의 적수가 또 온 것이었다. 그 자도 아Q가 가장 혐오하는 사람 중의 하나였는데 바로 치엔 (錢) 노어른의 큰아들이었다. 그는 이전에 성내로 나가 서양식 학교에 다니다가 무엇 때문인지는 몰라도 다시 일본으로 건너 갔는데 반년 뒤에 집으로 돌아왔을 때는 다리도 곧아졌고 변발 도 없어져서 그의 어머니는 십여 차례나 통곡을 했으며 그의 마 누라는 세 차례나 우물에 뛰어들었다. 나중에 그의 어머니는 가 는 곳마다, "그 변발은 술에 취했다가 나쁜 사람들에게 잘린 거 라구요. 원래 높은 관리가 될 수 있었는데, 이제는 머리가 자라 기를 기다려 다시 알아보는 수밖에 없지요"라고 말했다. 그러 나 아Q는 그 말을 믿으려 하지 않았고, 한사코 그를 '가짜 양 놈'이라고 부르고 '외국의 앞잡이'라고도 불렀으며, 그를 보기 만 하면 반드시 속으로 몰래 욕설을 퍼부었다.

아Q가 더더욱 '깊이 증오하고 극히 원통해하는' 것은 그의 가짜 변발이었다. 변발이 가짜라면 사람 노릇을 할 자격도 없는 것이었다. 그의 아내도 네 번째로 우물에 뛰어들지 않는 것을 보면 좋은 여자가 아니었다.

그 '가짜 양놈'이 가까이 다가왔다.

"중대가리. 노새……" 아Q는 지금까지 속으로만 욕을 했지 소리를 낸 적이 없었는데, 이번에는 마침 화가 나 있었기 때문에, 그리고 복수를 하고 싶었기 때문에 자기도 모르게 조그맣게 소리를 내버렸다.

뜻밖에도 그 중대가리는 노란 칠을 한 지팡이 ── 아Q가 말하는 곡상봉(哭喪棒: 장례 때에 짚는 지팡이─역주) ── 를 들고 큰 걸음으로 다가왔다. 그 순간 아Q는 아마 때리려는가 보다 하고 온몸을 움츠리고 어깻죽지를 올린 채 기다리자니 과연 딱 하는 소리가 났는데 확실히 자기 머리를 때린 것 같았다.

"저 아이한테 한 말인데!" 아Q는 근방의 한 아이를 가리키며 변명했다.

딱! 딱딱!

아Q의 기억으로 이것은 평생에 두 번째 가는 굴욕이라 해야 할 것 같았다. 다행히 딱딱 소리가 난 뒤에 그는 오히려 일이 완결된 것 같았고 반대로 홀가분한 느낌이 들었으며, 또한 '망각'이라는 조상 대대로 전해오는 보물이 효력을 나타내었다. 그가 천천히 걸어 술집 문 앞에 도착했을 때에는 벌써 기분이 제법 좋아져 있었다.

그런데 맞은편에서 정수암(靜修菴)의 젊은 비구니가 걸어왔다. 아Q는 평소에도 그녀를 보면 침을 뱉고 욕하고 싶어졌는데, 하물며 굴욕을 당한 직후임에야? 그래서 그는 기억이 되살아났고 또 적개심이 생겨났다.

"오늘은 왜 이렇게 재수가 없는가 했더니 원래 너를 만났기 때문이구나!"라고 그는 생각했다.

그는 앞을 막아서며 큰 소리로 침을 뱉었다.

"칵, 퉤!"

젊은 비구니는 전혀 거들떠보지도 않고 고개를 숙인 채 지나갈 뿐이었다. 아Q는 그녀의 곁으로 다가가 갑자기 손을 내밀어 그녀의 새로 깎은 머리를 쓰다듬고 바보스럽게 웃으며 말했다.

"중대가리야! 빨리 돌아가라, 화상(和尙)이 널 기다리니까……"

"왜 집적대는 거야……" 비구니가 얼굴을 붉히고 말하면서 걸음을 빨리했다.

술집 안의 사람들이 크게 웃었다. 아Q는 자기의 공로가 칭찬을 받는 것을 보자 더욱 신바람이 났다.

"화상은 집적거려도 되고 나는 집적거리면 안 된다는 거냐?" 그는 그녀의 볼을 꼬집었다.

술집 안의 사람들이 크게 웃었다. 아Q는 더욱 득의양양해졌고, 그 구경꾼들을 만족시켜주기 위해 한 번 더 힘껏 꼬집고서야 놓아주었다.

그는 이 일전(一戰)으로 왕 털보도 잊어버렸고 가짜 양놈도 잊어버렸으며 오늘의 모든 '재수 없음'에 대해 복수를 한 것 같았다. 그리고 이상하게도, 딱딱 소리가 난 뒤보다 온몸이 더욱 홀가분해지는 것 같았고 훨훨 날아갈 듯한 기분이 들었다.

"이 자손이 끊어질 아Q 놈아!" 멀리서 젊은 비구니의 울음 섞인 음성이 들려왔다.

"하하하!" 아Q는 백 프로 득의양양하게 웃었다.

"하하하!" 술집 안의 사람들도 구십 프로 득의양양하게 웃었다.

제4장 연애의 비극

누군가가 말하기를, 어떤 승리자들은 적수가 호랑이나 매 같기를 바라며 그래야만 승리의 기쁨을 느끼고, 만약 양이나 병아리 같다면 오히려 승리의 허무함을 느낀다고 한다. 또 어떤 승리자들은 모든 것을 극복한 뒤, 죽을 자는 죽고 항복할 자는 항복하여 "신(臣)은 황공하옵게도 죽을죄를 지었나이다" 하는 상태가 되고, 그리하여 적도 없어지고 맞수도 없어지고 친구도 없어지고 오직 자기만 위에서, 홀로, 외롭게, 처량하게, 적막하게 남게 되면 오히려 승리의 비애를 느낀다고 한다. 그러나 우리의 아Q는 그렇게 무력하지 않았다. 그는 영원히 득의양양했다. 그것은 어쩌면 중국의 정신문명이 지구상에서 가장 뛰어나다는 한 증거인지도 모른다.

보라, 그는 훨훨 날아갈 듯하지 않은가!

그러나 이번의 승리는 그를 좀 이상하게 만들었다. 그는 한나절을 훨훨 날아다니다가 훌쩍 사당으로 돌아왔는데, 늘 그랬듯이 드러눕자마자 코를 골아야 했다. 그러나 뜻밖에도, 이날 밤 그는 쉽게 눈을 붙이지 못했다. 자기의 엄지와 검지가 보통 때보다 매끈거리는 듯한 이상스러운 느낌이 들었다. 젊은 비구니의 얼굴에 매끈거리는 것이 있어서 그것이 그의 손가락에 묻은 것일까, 아니면 그의 손가락이 매끈거릴 정도로 젊은 비구니의 얼굴을 만진 것일까?……

"이 자손이 끊어질 아Q 놈아!"

아Q의 귀에 또 그 말이 들렸다. 그는 생각했다. 맞는 말이다, 여자가 하나 있어야 한다, 자손이 끊어지면 아무도 제삿밥을 차려주지 않을 것이다,…… 여자가 하나 있어야 한다. 무릇 "불효에는 세 가지가 있는데 후손 없는 것이 가장 크다"고 했고 또 "약오(若敖)의 귀신이 굶주린다"(『좌전左傳』에서 따온 구절. 약오 씨는 춘추시대의 초나라 사람-역주)고 했는데 그것은 인생의 큰 슬픔이다. 그러므로 그의 그 생각은 사실상 성현의 경전에 일일이 부합되는 것인데, 다만 애석하게도 뒤에 가서 "그 거리낌 없는 마음을 수습하지 못한다"라는 상태가 되어버린 것이다.

"여자, 여자!……"그는 생각했다.

"……화상은 집적거려도 되고…… 여자, 여자!…… 여자!"그는 또 생각했다.

우리는 이날 밤 아Q가 언제 잠이 들었는지 알 수가 없다. 하지만 그는 그 뒤로 항상 손가락이 매끈거리는 느낌이 들었고, 그리하여 그는 그 뒤로 항상 정신이 들뜬 채, "여자……"하고 생각하는 것이었다.

이 한 가지만 보아도, 우리는 여자가 사람을 해치는 존재라는 것을 알 수 있다.

중국의 남자들은 원래 태반이 성현이 될 수 있었던 것인데 애석하게도 전부 여자 때문에 망쳤다. 상(商)나라는 달기(妲己) 때문에 망했고 주(周)나라는 포사(褒姒)가 망쳤으며 진(秦)나라는…… 역사에 명문화되어 있지는 않지만 그 역시 여자 때문이라고 가정해도 아마 크게 틀리지는 않을 것이다. 그러나 동탁(董卓)은 분명히 초선(貂蟬)에게 죽임을 당했다.

아Q는 본래 올바른 사람이었다. 그가 어떤 스승에게서 가르침을 받았는지는 모르지만 '남녀의 구별'에 대해서는 언제나 아주 엄격했고, 이단 ─ 젊은 비구니나 가짜 양놈 같은 부류의 ─ 을 배척하는 정기도 대단했다. 그의 학설에 의하면, 무릇 비구니는 반드시 화상과 사통을 하고, 여자가 혼자서 밖에 나다니는 것은 반드시 남자를 유혹하려는 것이며, 일남 일녀가 저쪽에서 대화를 하는 것은 반드시 속셈이 있는 것이다. 그들을 징치하기 위해 그는 흔히 화난 눈으로 노려보기도 하고, 혹은 큰소리로 '나쁜 속마음을 질책'하는 말을 하기도 하고, 혹은 으슥한 곳에서는 뒤에서 돌멩이를 던지기도 했다.

뜻밖에 그가 '이립'(而立: 30세의 별칭─역주)의 나이가 다 되어가지고 젊은 비구니 때문에 정신이 들뜰 정도로 해를 입게 될 줄이야. 이 들뜬 정신은 예교(禮敎)상으로 있어서는 안 되는 것이다 ─ 그러므로 여자는 정말로 가증스러운 것이다. 만일 젊은 비구니의 얼굴이 매끈거리지 않았다면 아Q는 넋을 빼앗기지 않았을 것이고, 또 만일 젊은 비구니가 얼굴을 천으로 가리기만 했어도 아Q는 넋을 빼앗기지 않았을 것인데 ─ 오륙 년 전에 그는 연극 무대 아래의 사람들 속에서 한 여자의 허벅지를 꼬집은 적이 있지만 바지 위로 꼬집었기 때문에 그 뒤로 정신이 들뜨지 않았었다 — 젊은 비구니는 그러지 않았으니 이것으로도 이단의 가증스러움을 충분히 알 수 있다.

"여자……" 하고 아Q는 생각했다.

그는 '틀림없이 남자를 유혹하려는 것'으로 생각되는 여자를 항상 유심히 살펴보았지만 그녀들은 결코 그를 향해 웃지 않았다. 그는 자기와 대화를 하는 여자의 말을 항상 유심히 들어보았지만 그녀들은 무슨 속셈에 관한 말은 조금도 꺼내지 않았다. 아, 이것도 여자의 가증스러운 일면이다. 그녀들은 전부 '거짓 정숙'을 꾸미고 있는 것이다.

그날, 아Q는 짜오 노어른 댁에서 하루 종일 쌀을 찧고, 저녁밥을 먹은 다음 부엌에 앉아 담배를 피웠다. 다른 집에서였으면 저녁밥을 먹은 다음에는 원래 돌아가도 되었지만, 짜오씨댁은 저녁밥이 이르다. 평소에는 등불을 켜지 못하게 해서 밥을 먹고 나면 곧장 잠을 잤지만 때로 예외도 있었다. 첫째는, 짜오 큰어른이 아직 수재가 되기 전이었을 때로서, 등불을 켜고 글을 읽는 것이 허용되었었다. 둘째는, 아Q가 날품 일을 하러 올 때로서, 등불을 켜고 쌀을 찧는 것이 허용되었다. 그 예외 때문에 아Q는 쌀 찧기에 착수하기 전에 부엌에 앉아 담배를 피우고 있던 것이다.

짜오 노어른 댁의 유일한 하녀 우마(吳媽)가 그릇을 다 씻고 나서 긴 의자에 앉아 아Q와 잡담을 나누었다.

"마님은 이틀 동안 아무것도 잡숫질 않으셨는데요, 왜냐하면 나으리께서 젊은 첩실을……"

"여자…… 우마…… 이 젊은 과부……"라고 아Q는 생각했다.

"우리 젊은 아씨는 팔월에 아기를 낳을 거예요……"

"여자……"라고 아Q는 생각했다.

아큐는 담뱃대를 내려놓고 일어섰다.

"우리 젊은 아씨는요……" 우마는 계속 수다를 떨었다.

"나하고 너하고 자자, 나하고 너하고 자자!" 아Q는 갑자기 다가가서 그녀에게 무릎을 꿇었다.

한순간 조용해졌다.

"아이구머니!" 우마는 잠깐 얼떨떨해하더니 갑자기 부르르 떨고 큰 소리를 지르며 밖으로 뛰어나갔는데, 뛰어가면서도 소리를 질렀고 나중에는 울기까지 하는 것 같았다.

아Q는 벽을 향해 꿇어앉은 채 멍하니 있다가, 두 손으로 빈 의자를 짚고 천천히 일어나면서 좀 잘못된 것 같은 느낌이 들었다. 그러자 그는 확실히 좀 마음이 불안해져서, 황급히 담뱃대를 허리띠에 찔러 넣고 쌀을 찧으러 가려고 했다. 딱 하는 소리가 나며 머리에 굵직한 것이 떨어졌다. 그가 급히 뒤돌아보니 그 수재가 굵은 대나무 몽둥이를 들고 앞에 서 있었다.

"괘씸한 놈,…… 너 이놈……"

굵은 대나무 몽둥이가 또 그를 향해 떨어져 내렸다. 아Q가 두 손으로 머리를 감싸자 딱 하고 바로 손가락 마디에 맞았는데 이번엔 몹시 아팠다. 그는 부엌문을 뛰쳐나갔다. 등에도 한 대 맞은 것 같았다.

 "왕빠단(忘八蛋)!"(욕. 王八蛋이라고도 쓴다. 글자 그대로 풀이하면 거북이 새끼라는 뜻이 되지만, 보통 개새끼 정도의 뜻으로 쓰인다─역주) 수재가 뒤에서 관화(官話: 명청시대에 관료사회에서 공용어로 쓰던 말. 북경어를 토대로 하였으므로 북경관화라고도 부른다─역주)로 이렇게 욕했다.

 아Q는 쌀 찧는 곳으로 뛰어 들어가 혼자 서 있었는데, 손가락이 아직도 아팠고 '왕빠단'이라는 말이 기억이 났다. 그 말은 웨이주앙의 시골 사람들은 여태껏 쓴 적이 없고 오로지 관청 일을 보는 높은 분들만이 쓰는 것이었기 때문에 각별히 두려웠고 인상도 각별히 깊었다. 그러나 동시에, 그의 그 "여자……" 운운하는 생각도 사라져버렸다. 더구나 매를 맞고 욕을 먹은 뒤에는 일도 이미 종결된 것 같아 오히려 마음이 개운해졌고 그래서 쌀을 찧기 시작했다. 잠시 쌀을 찧다가 더워져서 손을 멈추고 웃통을 벗었다.

 막 웃옷을 벗었을 때 바깥에서 왁자지껄하는 소리가 들렸다. 아Q는 원래부터 평생 구경하는 것을 제일 좋아하였으므로 소리 나는 곳을 찾아갔다. 소리 나는 곳을 찾아 점점 가다 보니 짜오 노어른 댁 안마당까지 왔는데, 저물녘이기는 했어도 많은 사람들을 알아볼 수 있었다. 짜오씨댁 식구들 속에는 이틀간이나 아무것도 잡숫지 않은 마님도 있었고, 그 밖에 이웃집의 쪼우치(鄒七)댁, 진짜 일가인 짜오바이옌(趙白眼), 짜오쓰천(趙司晨) 들도 있었다.

젊은 아씨가 우마를 방밖으로 끌고 나오며 말했다.

"밖으로 나와,…… 그러면 안 돼, 자기 방에 숨어서 엉뚱한 생각 하면……"

"자네가 정숙하단 걸 누가 몰라…… 자살 같은 건 절대로 하면 안 돼." 쪼우치댁이 곁에서 거들었다.

우마는 그저 울기만 했는데, 사이사이에 말을 하기도 했지만 그다지 분명하게 들리지는 않았다.

아Q는, "흥, 재미있는데, 저 젊은 과부가 무슨 재미있는 얘기를 떠들어대나 몰라?"라고 생각했다. 그는 알아볼 셈으로 짜오 쓰천 곁으로 다가갔다. 그때 그는 문득 짜오 큰어른이 그를 향해 달려오는 것을, 그리고 손에 굵은 대나무 몽둥이를 들고 있는 것을 보았다. 그 대나무 몽둥이를 보자 문득 자기가 매를 맞았었다는 것이 생각났고 이 소란이 자기와 상관이 있는 것 같은 느낌이 들었다. 그는 몸을 돌려 달아나며 쌀 찧는 곳으로 도망가려고 했으나 뜻밖에 그 대나무 몽둥이가 그의 길을 가로막았고, 그래서 그가 다시 몸을 돌려 달아나자 자연스럽게 뒷문 밖으로 나가게 되었고, 오래지 않아 이미 사당 안에 들어와 있었다.

아Q는 잠시 앉았자니 피부에 소름이 돋으며 한기가 들었다. 봄철이기는 했지만 밤에는 제법 쌀쌀했기 때문에 웃통을 벗고 있기에는 적합하지 않았다. 그는 무명저고리를 짜오씨댁에 두고 온 것이 생각났다. 그러나 가지러 가자니 수재의 대나무 몽둥이가 무서웠다. 그런데 지보가 들어왔다.

"아Q, 네미! 짜오씨댁 하녀까지 희롱을 하다니, 그건 반역이 잖아. 나까지 밤에 잠도 못 자게 하고, 네미!……"

이러쿵저러쿵하며 한바탕 설교를 했고 아Q는 물론 할 말이 없었다. 끝에 가서는, 밤이기 때문에 지보에게 술값으로 평소의 두 배인 사백 문(文)을 내야 했는데, 마침 아Q는 현금이 없었으 므로 모자를 저당잡혔고, 또 다섯 개의 조건을 체결했다.

첫째, 내일 홍촉 ── 무게 한 근짜리일 것 ── 한 쌍과 향 한 봉 을 가지고 짜오씨댁에 가서 사죄할 것.

둘째, 짜오씨댁에서 도사(道士)를 불러 목을 매어 죽은 귀신 을 쫓는 굿을 하는데 그 비용을 아Q가 부담할 것.

셋째, 아Q는 앞으로 짜오씨댁 문턱 안으로 들어가지 말 것.

넷째, 우마에게 앞으로 뜻밖의 사태가 발생하면 모두 아Q가 책임을 질 것.

다섯째, 아Q는 더 이상 품삯과 무명저고리를 청구하지 말 것.

아Q는 물론 다 수락했지만, 애석하게도 돈이 없었다. 다행히 이미 봄이었기 때문에 솜이불은 없어도 되었으므로 이천 문에 저당잡히고 조약을 이행했다. 웃통을 벗은 채 머리를 조아려 사 죄한 뒤에도 돈이 몇 문 남았는데, 그는 모자를 되찾지 않고 몽 땅 술을 마셔버렸다. 한편 짜오씨댁에서도 향을 사르거나 초를 피우거나 하지 않고, 마님이 불공드릴 때 쓸 수 있기 때문에 남 겨두었다. 그 낡은 무명저고리는 절반 이상은 젊은 아씨가 팔월 에 낳을 아이의 기저귀가 되었고 그 나머지 조각은 우마의 신발 밑창이 되었다.

제5장 생계 문제

아Q는 사죄식이 끝나자 여느 때나 마찬가지로 사당으로 돌아왔는데, 해가 지자 점점 세상이 이상스럽게 느껴졌다. 그는 자세히 생각해보고서 그 원인이 대부분 자기가 웃통을 벗은 데 있다는 것을 결국 깨달았다. 그는 누더기 겹저고리가 남아 있다는 걸 기억해내고 그것을 몸에 걸치고서 드러누웠다. 눈을 떴을 때는 해가 이미 서쪽 담 위쪽을 비추고 있었다. 그는 일어나 앉으면서 "제기랄……" 하고 말했다.

그는 일어나서 여느 때나 마찬가지로 거리를 어슬렁거렸는데, 웃통을 벗었을 때의 살을 에는 아픔보다는 덜했지만, 점점 더 세상이 이상스럽게 느껴졌다. 그날부터 웨이주앙의 여자들은 갑자기 부끄럼을 타는 것 같았다. 그녀들은 아Q가 걸어오는 것을 보면 얼른 저마다 문안으로 숨어들었다. 심지어 쉰 살이 다 되어가는 쪼우치댁도 다른 사람들을 따라 허둥지둥 숨었으며, 게다가 열한 살짜리 계집아이까지 불러들이는 것이었다. 아Q는 몹시 이상스럽게 여겼고, 그리고는, "이것들이 전부 갑자기 숙녀 흉내를 내는군. 이 화냥년들……"이라고 생각했다.

그러나 그가 더욱더 세상이 이상스럽게 느껴진 것은 여러 날 뒤의 일이었다. 첫째, 술집에서 외상을 주지 않으려 했고, 둘째,

사당을 지키는 영감이 쓸데없는 소리를 하는 게 그를 쫓아내려 하는 것 같았고, 셋째, 며칠째인지는 분명치 않지만 분명히 여러 날째 아무도 그에게 일을 시키러 오지 않았다. 술집에서 외상을 주지 않는 것은 참고 견디면 되었고 영감이 그를 쫓아내려 하는 것은 혼자 잔소리하게 내버려두면 그뿐이었지만, 단지 아무도 그에게 일을 시키러 오지 않는 것은 아Q의 배를 고프게 했으므로 이것만은 실로 아주 '제기랄' 할 일이었다.

아Q는 더 이상 참을 수가 없어서 할 수 없이 단골집을 찾아다니며 물어보았는데 ──짜오씨댁의 문턱만은 넘어서는 안 되었다──그러나 사정이 달라져 있었다. 어김없이 남자가 하나 걸어 나와 몹시 귀찮다는 얼굴을 하고 거지를 돌려보내는 것처럼 손을 흔들며 이렇게 말하는 것이었다.

"없어 없어! 나가!"

아Q는 더욱 이상한 느낌이 들었다. 그는, 이 집들은 지금까지 일거리가 없었던 적이 없고 지금 갑자기 한결같이 일이 없어질 턱이 없으므로 이 이면에는 뭔가 수상쩍은 게 있음이 분명하다고 생각했다. 그는 유심히 알아보고서 사람들이 일이 있으면 모두 샤오돈(小Don)을 부른다는 것을 알게 되었다. 이 샤오디(小D)는 가난뱅이 애송이로서 말라깽이인 데다 약골이어서 아Q의 눈에는 왕 털보보다 위치가 아래였는데, 뜻밖에도 이 애송이가 자기 밥그릇을 빼앗아간 것이다. 그래서 이번의 아Q의 분노는 평소와 아주 달랐고, 씩씩거리며 걸어가다가 갑자기 손을 휘두르며 노래를 불렀다.

"내 손은 쇠채찍을 들어 너를 때린다!……"

며칠 뒤, 그는 마침내 치엔씨댁 짜오비(照壁: 밖에서 대문 안이 들여다보이지 않도록 대문을 가린 벽—역주) 앞에서 샤오디를 만났다. "원수는 서로를 잘 알아본다"고, 아Q가 다가가자 샤오디도 멈춰 섰다.

"개새끼!" 아Q가 노려보면서 말하는데, 입가에서 침이 튀었다.

"나는 버러지 같은 놈이야, 됐지?……" 샤오디가 말했다.

그 겸손이 오히려 아Q를 더욱 화나게 했다. 그러나 그의 손에는 쇠채찍이 없었으므로 할 수 없이 다가가서 손을 뻗어 샤오디의 변발을 움켜잡았다. 샤오디는 한 손으로 자기의 변발 밑동을 보호하면서 다른 한 손으로 아Q의 변발을 움켜잡았고, 아Q도 놓고 있는 한 손으로 자기의 변발 밑동을 보호했다. 그전의 아Q로 보면 샤오디는 원래 문제가 안 되었지만, 요즘은 굶은 나머지 마른 정도나 힘없는 정도가 이미 샤오디보다 못하지 않았고 그래서 백중지세를 이루었다. 네 개의 손으로 두 개의 머리를 서로 움켜잡고 허리를 구부린 채 치엔씨댁 흰 담 위에 검푸른 무지개 모양을 비추기를 반시간이나 계속했다.

"됐다, 됐어!"라고 구경꾼들이 말했는데, 그건 아마 말리는 것일 터이다.

"좋다, 좋아!"라고 구경꾼들이 말했는데, 그건 말리는 건지 칭찬하는 건지 아니면 부추기는 건지 알 수가 없었다.

그러나 그들은 말을 듣지 않았다. 아Q가 세 걸음 전진하면 샤오디가 세 걸음 후퇴하고 다시 멈춰 섰으며, 샤오디가 세 걸음 전진하면 아Q가 세 걸음 후퇴하고 다시 멈춰 섰다. 대략 반 시간쯤 지나자 —— 웨이주앙에는 자명종이 드물었으므로 말하기 어려운데, 어쩌면 이십 분이었는지도 모른다 —— 그들의 머리에서는 김이 피어올랐고 이마에서는 땀이 흘러내렸다. 아Q의 손이 풀렸다. 그와 동시에 샤오디의 손도 풀렸다. 두 사람은 동시에 허리를 펴고 동시에 후퇴하여 사람들 속을 헤치고 나갔다.

"두고 보자, 네미……" 아Q가 돌아보며 말했다.

"네미, 두고 보자……" 샤오디도 돌아보며 말했다.

이 한 판의 「용호투(龍虎鬪)」(소흥 지방의 민속극의 제목 - 역주)는 무승부인 것 같았고, 구경꾼들이 만족했는지도 알 수 없었는데, 아무도 거기에 대해 뭐라고 말하지 않았다. 그러나 아Q에게는 일을 시키러 오는 사람이 여전히 없었다.

매우 따뜻한 어느 날, 미풍이 살랑거리는 게 자못 여름 기운이 돌았는데도 아Q는 한기를 느꼈다. 그래도 그건 견딜 만했다. 첫째는 배고픔이었다. 솜이불에 모자에 무명저고리는 벌써 없어져버렸으므로 그다음엔 솜저고리를 팔았다. 이제는 바지가 남았는데 이거야 벗을 수가 없는 것이고, 누더기 겹저고리가 있지만 신발 밑창으로 쓰라고 남에게 줘버리면 모를까 팔아서 돈이 될 것도 못 되었다. 그는 진작부터 길거리에서 돈이라도 한 뭉치 주웠으면 했지만 지금까지 한 번도 본 적이 없다. 자기의 부서진 집에서 갑자기 돈뭉치가 튀어나오지나 않을까 하고 황망히 둘러보아도 집 안은 텅 빈 데다가 말끔하기만 했다. 그래서 그는 밖에 나가 먹을 것을 구하기로 작정했다.

그는 길거리를 가면서 '먹을 것을 구하려' 했다. 낯익은 술집이 보였고 낯익은 만두집이 보였지만 그는 전부 지나쳤다. 멈춰서지 않았을 뿐만 아니라 그럴 생각조차 하지 않았다. 그가 구하려는 것은 그런 것들이 아니었다. 그가 구하려는 것이 어떤 것인지는 그 자신도 몰랐다.

웨이주앙은 본래 큰 마을이 아니어서 오래지 않아 다 지나가버렸다. 마을 밖은 대부분 논이었는데, 온통 새로 심은 파릇파릇한 벼였고 그 사이에 끼여 움직이는 둥그런 검은 점 몇 개는 논을 매는 농부들이었다. 아Q는 그 시골 풍경을 감상하지도 않고 내처 걷기만 했다. 그것이 자기의 '먹을 것 구하기'의 길과는 거리가 멀다는 것을 직감적으로 알았기 때문이다. 마침내 그는 정수암의 담장 밖에까지 와버렸다.

암자의 주위도 논이었는데 신록 속에 하얀 벽이 우뚝 솟아 있었고 뒤켠의 낮은 토담 안쪽은 채마밭이었다. 아Q는 잠시 망설였다. 사방을 둘러보아도 아무도 없었다. 그는 그 낮은 담을 기어 올라가 하수오(何首烏) 넝쿨을 붙잡았다. 그래도 흙이 우수수 떨어졌고 아Q의 발도 덜덜 떨렸다. 마침내 뽕나무 가지를 잡고 기어올라 안쪽으로 뛰어내렸다. 안쪽은 정말 울창했지만, 황주나 만두라든지 그 밖에 먹을 만한 것은 없는 것 같았다. 서쪽 담 옆은 대나무숲이었고 죽순이 숱하게 있었으나 애석하게도 삶은 것이 아니었다. 그 밖에 유채는 이미 씨가 배었고 갓은 이미 꽃이 피려 했으며 봄배추도 장다리가 돋았다.

아Q는 낙제한 문동처럼 몹시 억울한 느낌이 들었다. 그는 천천히 채마밭 문 쪽으로 걸어가다가 갑자기 깜짝 놀라면서 기뻐했다. 그것은 분명히 무밭이었다. 그는 쪼그리고 앉아 무를 뽑았다. 그런데 문 입구에서 갑자기 둥근 머리가 불쑥 내밀어졌다가 다시 쏙 들어갔다. 그것은 분명히 젊은 비구니였다. 젊은 비구니 같은 것은 아Q가 본래 초개처럼 여겼지만 세상일은 '한 걸음 물러서서 생각'해야 하는 것이므로 그는 얼른 무 네 개를 뽑아 푸른 줄거리를 뜯어버리고 앞섶에 품었다. 그러나 늙은 비구니는 벌써 나와 있었다.

"아미타불, 아Q, 왜 밭에 뛰어 들어와 무를 훔치는가!…… 아뿔싸, 죄악이로다, 아뿔싸, 아미타불!……"

"내가 언제 당신네 밭에 뛰어 들어가 무를 훔쳤어?" 아Q는 힐끔거리며 걸어가면서 말했다.

"지금…… 그건 뭐지?" 늙은 비구니가 그의 앞섶을 가리켰다.

"이게 당신네 거야? 당신은 무더러 대답하게 할 수 있어? 당신은……"

아Q는 말을 채 끝내지도 못하고 갑자기 뛰었다. 한 마리의 커다란 검은 개가 쫓아왔던 것이다. 그것은 원래 앞문에 있었는데 어떻게 뒤란 밭으로 왔는지 모르겠다. 검은 개는 으르렁거리며 쫓아와 막 아Q의 다리를 물려고 했다. 다행히 앞섶에서 무가 한 개 떨어지는 바람에 그 개가 깜짝 놀라 잠시 멈춰 섰다. 아Q는 뽕나무로 기어올라 토담으로 건너갔고 사람과 무가 함께 담 밖으로 굴러 떨어졌다. 뒤에서는 검은 개가 아직도 뽕나무를 향해 짖고 있었고 늙은 비구니는 염불을 하고 있었다.

아Q는 비구니가 또 검은 개를 풀어놓을까봐 무를 주워 들고 그 자리를 떠났다. 길을 가면서 돌멩이도 몇 개 주워들었지만 검은 개는 더 이상 나타나지 않았다. 그래서 아Q는 돌멩이를 버리고, 걸어가면서 무를 먹었는데, 그러면서 생각했다. 여기에는 아무것도 찾을 것이 없어, 성내로 들어가는 게 낫겠어⋯⋯

무 세 개를 다 먹었을 때쯤에 그는 이미 성내로 들어가기로 생각을 정했다.

제6장 중흥에서 말로까지

웨이주앙에서 아Q의 모습이 다시 보인 것은 그해 추석이 막 지났을 때였다. 사람들은 모두 깜짝 놀라며 아Q가 돌아왔다고 말했고, 그리고는 거슬러 올라가서 그가 어디에 갔었는지에 대해 궁금해했다. 아Q는 전에도 몇 번 성내에 갔었는데 대개 미리 신바람을 내면서 사람들에게 떠들어댔었다. 그러나 이번에는 그러지 않았기 때문에 아무도 유의하지 않았던 것이다. 그가 어쩌면 사당지기 영감에게는 말했었을지도 모르지만, 그러나 웨이주앙의 오랜 관례가 짜오 노어른이나 치엔 노어른, 그리고 수재 큰어른이 성내에 가는 거라야만 사건으로 쳤다. 가짜 양놈이라 해도 언급할 가치가 없는데 하물며 아Q임에야. 그러므로 영감이 그를 위해 선전할 리도 없고 웨이주앙의 사회에 알려질 리도 없는 것이다.

그러나 아Q가 이번에 돌아온 것은 전과는 크게 달랐고 확실히 놀랄 만했다. 날이 저물어갈 무렵, 그는 몽롱하게 졸리는 눈을 하고 술집 문 앞에 나타났다. 그는 계산대로 다가가 허리춤에서 손을 꺼내 한줌 가득한 은전과 동전을 계산대 위에 던지며, "현금이야! 술을 줘!"라고 말했다. 새 겹저고리를 입었고, 허리춤에 큰 전대가 달려 있는 것이 보였는데 묵직한 것이 허리띠를 둥그런 호선 모양으로 처지게 했다. 웨이주앙의 오랜 관례는 조금이라도 눈길을 끄는 인물을 보면 업신여기기보다는 존경하는 것이었다. 지금도 아Q인 줄은 번연히 알았지만 누더기 겹저고리의 아Q와는 무척 딴판이었고 옛사람이 이르기를 "선비는 사흘만 못 만났어도 마땅히 괄목상대해야 한다"고 했기 때문에 점원, 주인, 손님, 행인 모두가 의심스러워하면서도 동시에 존경하는 그런 태도를 나타낸 것은 자연스러운 일이었다. 주인은 우선 고개를 끄덕여 보인 다음 이어서 말을 붙였다.

　"오, 아Q, 자네가 돌아왔군!"

　"돌아왔지."

　"돈 많이 벌었구먼, 자네…… 어디에서……"

　"성내에 갔었지!"

　이 소식은 다음 날 온 웨이주앙에 다 퍼졌다. 사람들은 모두들 현금과 새 겹저고리의 아Q의 중흥사(中興史)를 알고 싶어 했다. 그래서 술집에서, 찻집에서, 사당 처마 밑에서 조금씩 탐문을 했다. 그 결과 아Q는 새로운 존경을 받게 되었다.

　아Q의 말에 의하면, 그는 거인 어른 댁에서 일을 했다. 이 대목에서, 듣는 사람들은 모두 숙연해졌다. 그 어른의 원래 성은 바이(白)씨였지만 성 전체를 통틀어 거인은 오직 그 한 사람이었기 때문에 성을 덧붙일 필요도 없이 거인이라고 하면 바로 그를 가리키는 것이었다. 그것은 웨이주앙에서만 그런 게 아니라 사방 백리 안쪽에서는 다 그랬다. 그의 이름이 거인 어른인 줄로 아는 사람도 꽤 많았다. 그런 사람 댁에서 일을 했다면 당연히 존경할 만했다. 그러나 아Q의 계속되는 말에 의하면, 그는 더 이상 일하고 싶지 않은데, 왜냐하면 그 거인 어른은 정말로 너무나 '제기랄 놈'이기 때문이었다. 이 대목에서, 듣는 사람들은 모두들 탄식하면서도 상쾌해했다. 아Q는 원래 거인 어른 댁에서 일할 자격이 없는 인물인 것이지만, 일하지 않게 된 것은 애석한 일이기 때문이었다.

아Q의 말에 의하면, 그가 돌아온 것은 성내 사람들에 대한 불만에도 원인이 있는 것 같았다. 그것은 그들이 긴 걸상을 쪽걸상이라고 하고 생선을 지질 때 실처럼 가늘게 썬 파를 쓰며 또 최근에 관찰하여 알게 된 결점으로 여자가 걸을 때 엉덩이를 흔드는 모습이 별로 좋지 않다는 것 등이었다. 그러나 크게 감복할 만한 점도 있었다. 예를 들면, 웨이주앙의 시골 사람들은 서른두 장짜리 죽패(竹牌)를 할 뿐이고 오직 가짜 양놈만이 '마작'을 할 줄 아는데, 성내에서는 조무래기들까지도 능숙하게 한다는 것이었다. 가짜 양놈 정도는 성내의 열몇 살짜리 조무래기 손에만 걸려도 금세 '염라대왕 앞의 새끼 귀신' 꼴이 된다. 이 대목에서, 듣는 사람들은 모두들 얼굴을 붉혔다.

"자네들, 목을 자르는 것을 본 적 있는가?" 아Q가 말했다. "흠, 볼 만하지. 혁명당을 죽이는 거야. 아, 볼 만해 볼 만하다구……" 그는 머리를 흔들며 침을 바로 맞은편의 짜오쓰천의 얼굴에 튀겼다. 이 대목에서, 듣는 사람들은 모두들 엄숙한 표정을 지었다. 그러나 아Q는 또 사방을 한 번 둘러보고, 갑자기 오른손을 들어 목을 길게 빼고 넋을 놓고 듣고 있는 왕 털보의 목덜미를 겨누고 내리치면서 말했다.

"싹!"

왕 털보는 펄쩍 뛸 듯이 놀라면서 전광석화처럼 재빨리 머리를 움츠렸다. 듣는 사람들은 모두들 오싹하면서도 재미있었다. 그때부터 왕 털보는 며칠 동안 머리가 띵했고, 다시는 아Q 근처로 가까이 가려 하지 않았다. 다른 사람들도 마찬가지였다.

이 무렵 웨이주앙 사람들의 눈에 비친 아Q의 지위는 짜오 큰 어른을 넘어섰다고 할 수는 없지만 비슷하다고 해도 아무런 어폐가 없을 정도였다.

그러고서 오래지 않아 이 아Q의 명성은 갑자기 웨이주앙의 규중에까지 전해지게 되었다. 웨이주앙에는 치엔씨와 짜오씨만이 대저택이었고 그 밖에는 십중팔구가 모두 천규(淺閨)였지만 어쨌든 규중은 규중이기 때문에 이 또한 신기한 일이라 할 수 있었다. 여자들은 만나기만 하면 어김없이 쑥덕거렸다. 쪼우치 댁은 아Q에게서 남색 비단치마를 한 벌 샀는데 헌것이기는 해도 구십 전밖에 주지 않았다. 그리고 짜오바이옌의 어머니 ― 일설로는 짜오쓰천의 어머니라 하는데 고증이 필요함 ― 도 아이에게 입힐 빨간 옥양목 저고리를 한 벌 샀는데, 칠할 정도의 신품이 값은 겨우 92문을 100으로 쳐서 동전 300문이었다. 그래서 그녀들은 모두 아Q를 간절히 만나고 싶어 했다. 비단치마가 없는 사람은 그에게 비단치마 사는 걸 물어보고 싶었고 옥양목 저고리를 원하는 사람은 그에게 옥양목 저고리 사는 걸 물어보고 싶었다. 얼굴을 봐도 도망가지 않을 뿐만 아니라 때로는 아Q가 이미 지나갔는데도 뒤따라가서 그를 불러 세우고 이렇게 묻는 것이었다.

"아Q, 자네 아직 비단치마가 있나? 없어? 옥양목 저고리도 필요한데, 있겠지?"

나중에는 이 소식이 천규로부터 마침내 심규(深閨)로까지 전해졌다. 쪼우치댁이 기쁜 나머지 그녀의 비단치마를 짜오 마님께 보여드렸고 짜오 마님은 짜오 노어른에게 이야기하면서 단단히 치켜세웠기 때문이다. 짜오 노어른은 저녁 식탁에서 수재 큰어른과 토론을 하면서, 아Q는 정말로 수상한 데가 있다, 우리는 문단속을 잘해야겠다, 하지만 그의 물건 중에 살 만한 게 아직 있는지 모르겠다, 어쩌면 좋은 물건이 좀 있을지도 모른다, 라고 생각했다. 게다가 짜오 마님도 마침 값싸고 좋은 모피 조끼를 한 벌 사려는 참이었다. 그래서 가족이 결의하여 쪼우치댁에게 즉시 아Q를 찾으러 가라고 시켰고, 이를 위해 세번째 예외를 새롭게 마련하여 이날 밤에는 잠시 등불을 켜는 것을 특별히 허락하였다.

등불의 기름이 적잖이 닳았는데도 아Q는 오지 않았다. 짜오씨댁 식구들은 모두 조바심을 냈다. 하품을 하기도 하고 아Q가 너무 변덕스럽다고 욕하기도 하고 쪼우치댁이 서두르지 않는다고 탓하기도 했다. 짜오 마님이 그가 봄에 약속한 조건 때문에 못 오는 게 아닌가 하자 짜오 노어른은 그건 걱정하지 않아도 되는데, 왜냐하면 이번엔 '내'가 그를 부르는 것이기 때문이라고 했다. 과연, 역시 짜오 노어른은 견식이 있었다. 마침내 아Q가 쪼우치댁을 따라 들어왔다.

"이 사람이 없다고만 해서요, 저는 자네가 직접 찾아뵙고 말씀드리라고 했죠, 그래도 이 사람은, 저는……" 쪼우치댁은 헐레벌떡 걸어오며 말했다.

"노어른!" 아Q는 웃는 듯 마는 듯 한 표정으로 이렇게 부르고는 처마 밑에 멈춰 섰다.

"아Q, 듣자 하니 자네 밖에서 돈을 많이 벌었다더군." 짜오 노어른은 천천히 다가가 눈으로는 그의 온몸을 훑어보면서 말했다. "잘됐네, 잘됐어. 그런데,…… 듣자 하니 자네에게 헌 물건들이 있다는데,…… 다 가져와서 좀 보여주지,…… 다른 게 아니라 내가 좀……"

"쪼우치댁에게 말했는데요. 다 팔렸습니다."

"다 팔렸다구?" 짜오 노어른이 엉겁결에 말했다. "그렇게 빨리 팔릴 리가 없는데?"

"친구 것인데요, 원래 많지 않았습니다. 사람들이 막 사가서요……"

"그래도 조금은 남았을 테지."

“지금은 문 발 한 장만 남았습니다.”

“지금 문 발을 가져와서 좀 보세.” 짜오 마님이 황급히 말했다.

“그러면, 내일 가져와도 좋아.” 짜오 노어른은 그다지 열을 내지 않았다. “아Q, 앞으로 무슨 물건이 생기면 먼저 여기부터 가져와서 보여주게⋯⋯”

“값은 절대로 다른 집보다 적게 주지 않을 테니까!” 수재가 말했다. 수재의 아내는 아Q가 감동했는지를 알아보려고 얼른 그의 얼굴을 훑어보았다.

“나는 모피 조끼가 필요하네.” 짜오 마님이 말했다.

아Q가 대답을 하기는 했지만 마지못해하며 나가는 것으로 보아 그가 마음에 두었는지 어쨌는지는 알 수가 없었다. 그래서 짜오 노어른은 몹시 실망했는데 화도 나고 걱정도 되어 하품까지 멈출 정도였다. 수재도 아Q의 태도에 대해 몹시 불만이었으므로, 이 왕빠단은 방비해야 하며 어쩌면 지보를 시켜 웨이주앙에서 살지 못하게 하는 편이 나을지도 모른다고 말했다. 그러나 짜오 노어른은 그렇게 생각하지 않고, 그렇게 하면 원한을 살지도 모르며 더구나 이런 장사를 하는 사람들은 대체로 “매는 둥지 아래의 것은 먹지 않는 법”이니 이 마을은 오히려 걱정할 필요가 없고 각자 밤에 조심하기만 하면 된다고 말했다. 수재는 이 ‘가훈’을 듣고 보니 정말로 그렇겠다고 생각되었으므로 아Q를 쫓아내자던 제의를 즉각 철회했고, 쪼우치댁에게 이 얘기를 절대로 다른 사람에게 발설하지 말라고 당부했다.

하지만 다음 날이 되자, 쪼우치댁은 그 남색 치마를 검게 염

색하러 가면서 아Q의 수상쩍은 점에 대해 떠벌려댔다. 다만 수재가 그를 쫓아내려 했다는 대목만은 확실히 발설하지 않았다. 그러나 그것만으로도 아Q에게는 몹시 불리했다. 제일 먼저 지보가 찾아와서 그의 문 발을 압수했는데, 아Q가 짜오 마님이 보시려는 거라고 말해도 지보는 돌려주지 않았으며, 뿐만 아니라 매달 낼 상납금을 정하려고 했다. 그다음은 마을 사람들의 그에 대한 경외가 갑자기 변했다는 것인데, 감히 방자하게 굴지는 못했지만 멀리 피하는 기색이 역력했다. 그 기색은 전에 그에게 '싹' 하고 당할까봐 조심하던 때와도 달리 자못 '경이원지(敬而遠之)'하는 요소를 띠고 있었다.

다만 일부 건달들만은 꼬치꼬치 따지며 아Q의 내막을 캐내려 했다. 아Q도 꺼리지 않고 오연하게 자기 경험을 이야기해주었다. 그리하여 그들은 그가 담을 넘지도 못했을 뿐만 아니라 창고 속으로 들어가지도 못하고 창고 밖에서 망을 보다가 물건을 받는 하찮은 역할에 지나지 않았다는 것을 알게 되었다. 어느 날 밤 그가 막 보따리 하나를 받은 다음 두목이 다시 들어간 지 얼마 안 되어 안에서 떠들썩한 소리가 났고 그래서 그는 재빨리 도망쳐서 밤을 틈타 성을 기어 나와 웨이주앙으로 돌아왔는데, 이제 다시는 그 일을 하러 가지 않을 것이었다. 그러나 이 이야기는 오히려 아Q에게 더욱 불리했다. 마을 사람들이 아Q에 대해 '경이원지'한 것은 원래 원한을 살까봐 두려워서였는데, 그가 더 이상 도둑질을 하지 못하게 된 도둑에 지나지 않을 줄이야 누가 알았겠는가? 이것이야말로 "이 또한 두려워할 것이 못 되니라"였다.

제7장 혁명

선통(宣統) 3년 9월 14일(1911년 11월 4일―역자) ── 즉 아Q가 전대(纏帶)를 짜오바이옌에게 팔아넘긴 그날 ── 한밤중에 검은 뜸을 덮은 커다란 배 한 척이 짜오씨댁의 강가 선창에 도착했다. 그 배가 어둠 속에서 저어왔을 때 시골 사람들은 깊이 잠들어 있었으므로 아무도 알아차리지 못했는데, 떠날 때에는 새벽이 가까웠으므로 오히려 몇 사람의 눈에 띄었다. 은밀히 조사한 결과에 의하면 그것은 바로 거인 어른의 배였다!

그 배는 웨이주앙에 큰 불안을 가져다주었다. 정오가 되기 전에 온 마을의 인심이 몹시 동요되었다. 배의 사명에 대해 짜오씨댁에서는 원래 비밀을 지켰지만, 찻집이나 술집에서 떠도는 말로는 혁명당이 성으로 들어오게 되어서 거인 어른이 우리 시골로 피난을 나왔다고 했다. 오직 쪼우치댁만은 그렇지 않다고 하면서 그건 낡은 옷상자 몇 개일 뿐이었고 거인 어른이 맡아달라고 했지만 짜오 노어른이 되돌려보냈다고 했다. 사실 거인 어른과 짜오 수재는 평소에 친교가 없었으므로 이치상 '환난을 같이할' 정분이 있을 리가 없었다. 더구나 쪼우치댁은 짜오씨댁과 이웃으로서 보고 듣는 것이 비교적 사실에 가까울 터이므로 아마도 그녀가 옳을 것이었다.

그러나 소문은 무성했다. 거인 어른은 친히 오지는 않은 것 같지만 긴 편지를 보내어 짜오씨댁과 '먼 친척'이 된다고 늘어놓았다고 했다. 짜오 노어른은 배알이 틀렸지만 자기에게 나쁠 것은 없을 것 같아 상자를 받아두었는데 지금은 마님의 침대 밑에 숨겨놓았다. 혁명당에 대해서는, 그날 밤중에 성으로 들어왔으며 모두 흰 투구에 흰 갑옷 차림이었는데 그건 숭정황제(명나라의 마지막 황제―역주)를 위한 상복으로 입은 것이라는 말이 있었다.

아Q의 귀에도 혁명당이라는 말은 진작부터 들려오던 터였고, 올해는 혁명당을 죽이는 것을 제 눈으로 구경하기도 했었다. 그런데 그는 어디에서 비롯된 것인지는 몰라도 혁명당은 곧 반역이며 반역은 곧 자기를 곤란하게 만드는 것이라고 생각하는 견해를 가지고 있었기 때문에 이제껏 "깊이 증오하고 극히 원통"해했다. 그런데 뜻밖에도 그것이 백리 사방에 이름이 높은 거인 어른을 그토록 겁먹게 하였으니, 그는 자기도 모르게 '동경'을 품게 되었고, 더구나 웨이주앙 사람들의 당황한 표정에 아Q는 더욱 유쾌해졌다.

"혁명도 좋은 거구나"라고 아Q는 생각했다. "그 개 같은 놈들을 혁명해버리자, 혐오스러운 놈들! 가증스러운 놈들!……그래, 나도 혁명당에 항복해야지."

아Q는 요즈음 돈이 궁해서 아마 다소 불만이 있었을 것이다. 더구나 빈속에 낮술을 두 잔 마셨는지라 더욱 빨리 취해서 한편으로 생각하고 한편으로 걷다 보니 다시 기분이 들뜨기 시작했다. 어찌 된 것인지 갑자기 자기는 혁명당이고 웨이주앙 사람들은 모두 자기의 포로인 것 같았다. 그는 득의한 나머지 자기도 모르게 큰 소리로 떠들었다.

"반역이다! 반역이다!"

웨이주앙 사람들은 모두 두려워하는 눈빛으로 그를 바라보았다. 그 불쌍한 눈빛은 아Q가 이제껏 본 적이 없는 것이었는데, 그것을 보자 그는 유월에 빙수를 마신 것처럼 속이 시원해졌다. 그는 더욱 신이 나서 걸어가면서 고함을 질렀다.

"좋아,…… 원하는 것은 전부 다 내 것, 마음에 드는 여자도 전부 다 내 것.

뚜뚜, 창창!

후회한들 어쩌리, 술김에 잘못 알고 쩡(鄭) 아우의 목을 쳤네.

후회한들 어쩌리, 아아아……

뚜뚜, 창창, 뚜, 챙그랑창!

내 손은 쇠채찍을 들어 너를 때린다……"

짜오씨댁의 남자 두 분과 진짜 일가 두 사람도 대문 앞에 서서 혁명을 논하고 있었는데, 아Q는 그것도 보지 못하고 머리를 꼿꼿이 쳐든 채 노래를 하면서 지나쳐갔다.

"뚜뚜……"

"라오Q(老Q)." 짜오 노어른이 겁먹은 태도로 맞이하면서 낮은 소리로 불렀다.

"창창," 아Q는 자기 이름에 '라오(老)' 자가 붙으리라고는 꿈에도 생각지 못했으므로 자기하고는 무관한 다른 말이려니 여기고 노래만 불렀다. "뚜, 창, 챙그랑창, 창!"

"라오Q."

"후회한들 어쩌리……"

"아Q!" 수재가 할 수 없이 직접 그의 이름을 불렀다.

아Q는 그제야 멈춰 서서 고개를 돌리며 물었다. "뭐요?"

"라오Q,…… 요즘……" 짜오 노어른은 더 이상 할 말이 없었다. "요즘…… 벌이가 좋은가?"

"벌이가 좋냐구요? 물론이죠. 원하는 것은 전부……"

"아…… Q형, 우리같이 가난한 동무들은 괜찮겠죠……" 짜오바이옌이 조심스럽게 말했는데, 혁명당의 속셈을 떠보려는 것 같았다.

"가난한 동무들? 당신은 나보다 돈이 많아"라고 말하면서 아Q는 가버렸다.

사람들은 낙심하여 아무 말도 하지 않았다. 짜오 노어른 부자는 집으로 돌아가 밤에 등불을 켤 때까지 의논했다. 짜오바이옌은 집으로 돌아가 허리춤에서 전대를 끌러내려 자기 처에게 주면서 상자 밑에 숨겨놓으라고 했다.

아Q가 기분이 들뜬 채 한 바퀴 돌고서 사당으로 돌아왔을 때는 이미 술이 깨어 있었다. 그날 밤에는 사당지기 영감도 의외로 부드러워서 그에게 차를 대접하는 것이었다. 아Q는 그에게 떡을 두 개 달라고 하여 다 먹은 다음, 쓰다 둔 넉 냥짜리 초와 촛대를 달라고 하여 불을 붙이고 자그마한 자기 방에 혼자 누웠다. 말할 수 없이 신선하고 유쾌한 기분이었다. 촛불은 정월 대

보름날처럼 밝게 일렁거렸고 그의 생각도 점점 더 춤을 췄다.

"반역이라? 재미있구나,…… 하얀 투구에 하얀 갑옷의 혁명당이 온다, 청룡도에 쇠채찍, 폭탄, 총, 삼첨양인도(三尖兩刃刀), 구겸창(鉤鎌槍)을 들고서 사당 앞을 지나가며 부른다, '아Q! 같이 가세 같이 가!' 그래서 같이 간다……

그때가 되면 웨이주앙 사람들은 꼴 좋겠지, 무릎을 꿇고 부르겠지, '아Q, 살려줘!' 누가 들어준대? 제일 먼저 죽여야 하는 건 샤오디와 짜오 노어른이야, 그리고 수재도, 그리고 가짜 양놈도,…… 몇 놈이나 남겨둘까? 왕 털보는 원래 남겨둬도 되겠지만, 그래도 안 돼……

물건은,…… 곧장 들어가서 상자를 열면, 원보(元寶: 마제은의 별칭-역주)에 은화, 옥양목 저고리,…… 수재 마누라의 영파(寧波) 침대부터 사당으로 옮기고, 그 밖에 치엔씨댁의 탁자랑 의자를 놓고,…… 아니 짜오씨댁 것을 쓰자. 나는 손대지 말고 샤오디를 시켜 옮기자, 빨리 옮겨야지 안 그러면 따귀를 때릴 테다……

짜오쓰천의 누이동생은 너무 못생겼어. 쪼우치댁의 딸은 몇 년 더 있어야 되고. 가짜 양놈의 마누라는 변발도 없는 남자랑 잤으니, 흥, 좋은 물건이 아냐! 수재의 마누라는 눈까풀에 흉터가 있지…… 우마는 못 본 지 오래 됐는데, 어디 있나 몰라, 아깝게도 발이 너무 크지."

아Q는 미처 생각을 매듭짓기도 전에 벌써 코를 골았다. 넉 냥짜리 초는 아직 반 치도 채 타지 않았고 붉은빛이 그의 벌려진 입을 비추었다.

"어어!" 아Q는 갑자기 큰 소리를 지르고 머리를 들어 황망히 사방을 둘러보더니 넉 냥짜리 초가 보이자 다시 머리를 처박고서 잠들어버렸다.

다음 날 그가 느지막하게 일어나서 거리로 나가 살펴보니 모든 것이 다 전과 똑같았다. 그는 여전히 배가 고팠고, 생각해보려 해도 아무것도 생각나지 않았다. 하지만 그는 갑자기 뭔가 생각이 떠오르는 것 같았고, 느릿느릿 걸음을 옮기다 보니 자기도 모르게 정수암에 도착했다.

암자는 봄에도 그랬던 것처럼 고요했으며 흰 벽에 검은 문이 있었다. 그가 잠시 생각해보다가 다가가서 문을 두드리자 개가 안에서 짖었다. 그는 급히 벽돌 조각을 몇 개 집어 들고서 다시 좀 더 힘껏 두드렸다. 검은 문에 곰보 자국이 숱하게 생기고 나서야 누군가 문을 열기 위해 나오는 소리가 들렸다.

아Q는 얼른 벽돌 조각을 움켜쥐고 다리를 떡 벌리고 서서 검은 개와 싸울 준비를 했다. 그러나 암자 문이 빠끔히 열렸을 뿐 검은 개는 뛰쳐나오지 않았다. 들여다보니 늙은 비구니 한 사람만 있었다.

"자네 왜 또 왔나?" 그녀는 크게 놀라며 말했다.

"혁명하러요…… 알아요?……" 아Q는 아주 모호하게 말했다.

"혁명 혁명, 벌써 혁명했잖아…… 자네들이 우리를 어떻게 혁명한다는 거야?" 늙은 비구니가 두 눈을 붉히며 말했다.

"뭐라구요?……" 아Q는 의아했다.

"모르는군, 그들이 벌써 와서 혁명해버렸어!"

"누가요?……" 아Q는 더욱 의아했다.

"그 수재하고 양놈!"

아Q는 너무 뜻밖이어서 자기도 모르게 대경실색을 했다. 늙은 비구니는 그의 예기가 사라진 것을 보자 날쌔게 문을 닫았다. 아Q가 다시 밀어보았지만 꿈쩍도 하지 않았고, 다시 두드려보았지만 아무 대답이 없었다.

그것은 아직 오전 중의 일이었다. 짜오 수재는 소식이 빨라 혁명당이 이미 간밤에 성으로 들어왔다는 것을 알아내자마자 변발을 머리 위로 틀어 올리고 이제껏 친교가 없던 치엔 양놈을 아침 일찍이 방문했다. 이는 '함여유신'(咸與維新: 모두 유신에 참여한다는 뜻으로 당시에 유행하던 구호였음—역주)의 때였으므로, 그들은 이야기가 아주 배짱이 맞아서 금세 의기투합하는 동지가 되어 혁명을 하기로 약속했다. 그들은 생각에 생각을 거듭한 결과 정수암에 "황제만세만만세"라는 용패(龍牌: 용이 조각된 목패木牌. 절에서 본존불 앞에 50센티미터 정도 길이의 목패를 세우는 일이 흔히 있었다—역주)가 있다는 것을 생각해냈고, 그것은 속히 혁명해서 없애야 하는 것이었으므로 즉시 함께 암자로 혁명하러 갔다. 늙은 비구니가 나와서 가로막으며 몇 마디 말을 했기 때문에 그들은 그녀를 만주 정부로 간주하고 지팡이와 꿀밤으로 그녀의 머리를 잔뜩 때려주었다. 그들이 돌아간 뒤 비구니가 정신을 차리고 살펴보니 용패는 물론 이미 땅바닥에 산산조각이 나 있었고 관음상 앞에 있던 선덕(宣德) 향로도 보이지 않았다.

그런 사실을 아Q는 나중에야 알았다. 그는 자기가 늦잠 잔 것을 퍽 후회했지만, 또한 그들이 자기를 부르러 오지 않은 것을 깊이 원망하기도 했다. 그는 또 한걸음 물러나 이렇게 생각했다.

"설마 그들이 내가 이미 혁명당에 투항했다는 걸 모르는 건 아니겠지?"

제8장 혁명 불허

웨이주앙의 인심은 나날이 안정되어갔다. 전해져오는 소식에 따라, 혁명당이 성으로 들어오기는 했지만 아직 무슨 큰 변화는 없다는 것이 알려졌다. 지현(知縣) 나으리는 원래대로 있고 다만 이름을 뭐라고 바꾸었을 뿐이며, 거인 어른도 무슨 관직 ── 그 명칭들을 웨이주앙 사람들은 아무도 분명하게 말하지 못했다 ── 을 맡았고, 군대를 지휘하는 사람도 여전히 종전의 그 파총(把總: 청나라의 상비군인 녹영綠營의 최하급 장교-역주)이었다. 단지 한 가지 두려운 일은 질이 나쁜 혁명당 몇 명이 섞여서 소란을 부리며 다음 날부터 변발을 자르기 시작했다는 것인데, 들리는 말로 이웃마을의 뱃사공 치진(七斤)이 걸려서 사람 같지 않은 꼴이 되었다고 했다. 그러나 그건 크게 겁낼 일은 아니었다. 왜냐하면 웨이주앙 사람들은 본래 성내에 가는 일이 드물었고, 마침 성내에 가려던 사람이 있다 해도 즉시 계획을 바꾸면 그런 위험을 만날 리가 없기 때문이었다. 아Q도 원래는 성내에 들어가 옛 친구를 찾아볼 생각이었는데, 그 소식을 듣고는 할 수 없이 계획을 취소했다.

하지만 웨이주앙에도 개혁이 없었다고 할 수는 없었다. 며칠 뒤, 변발을 머리꼭대기로 틀어 올린 사람들이 점점 늘어났다. 이미 말했듯이 선두는 물론 수재 공(公)이었고, 다음은 짜오쓰천과 짜오바이옌이었으며 아Q는 그다음이었다. 여름이라면 사람들이 변발을 머리꼭대기로 틀어 올리거나 묶거나 해도 무슨 진기한 일이라 할 수 없겠지만, 지금은 늦가을이므로 그러한 '한겨울에 여름옷 입기' 식은 변발을 틀어 올린 사람들 입장에서는 일대 영단이라 하지 않을 수 없었고, 웨이주앙 마을로 보더라도 개혁과 무관하다고 할 수 없는 것이었다.

짜오쓰천이 휑한 뒤통수를 하고 걸어오면 그것을 본 사람들은 큰 소리로 외쳤다.

"우와, 혁명당이다!"

그 말을 듣고 아Q는 몹시 부러웠다. 수재가 변발을 틀어 올렸다는 일대 뉴스는 벌써부터 알고 있었지만 자기도 그렇게 할 수 있다는 생각은 미처 하지 못했었는데, 이제 짜오쓰천도 그렇게 한 것을 보자 비로소 흉내낼 생각이 들었고 그래서 실행하기로 결심을 했다. 그는 대나무 젓가락을 가지고 변발을 머리꼭대기로 틀어 올리고서 한참을 망설인 뒤에야 용기를 내어 밖으로 나갔다.

그가 거리를 걸어가자 사람들은 그를 보고서도 아무 말도 하지 않았다. 아Q는 처음에는 몹시 불쾌했고 나중에는 몹시 불만스러웠다. 근자에 들어 그는 걸핏하면 골을 냈다. 사실 그의 생활은 반역하기 전보다 결코 더 어렵지 않았다. 사람들도 그에게 공손했고, 가게에서도 현금을 내라고 하지 않았다. 그런데도 아Q는 몹시 실망스러운 느낌이었다. 혁명을 한 이상 겨우 이런 정도여서는 안 되는 것이었다. 게다가 한 번은 샤오디를 만나고서 약이 바짝 올라버렸다.

샤오디도 변발을 머리꼭대기로 틀어 올렸는데 뜻밖에도 그 또한 대나무 젓가락을 사용했던 것이다. 아Q는 그가 감히 그렇게 할 줄은 생각지도 못했던 터지만, 그렇다고 그가 그렇게 하는 것을 결코 용납할 수는 없었다! 샤오디 제 놈이 뭔데? 그는 당장 그를 잡아 대나무 젓가락을 부러뜨리고 변발을 풀어버린 다음 따귀를 몇 대 갈겨줌으로써 주제넘게 감히 혁명당이 되고자 한 죄를 징벌하고 싶었다. 하지만 그는 결국 용서하기로 하고 단지 노려보면서 '퉤!' 하고 침을 뱉어주는 데 그쳤다.

요 며칠 사이에 성내에 갔다 온 사람은 가짜 양놈 하나뿐이었다. 짜오 수재도 원래는 상자를 맡아준 인연을 내세워 친히 거인 어른을 방문하고 싶어 했지만, 변발을 잘릴 위험이 있었기 때문에 중지해버렸다. 그는 '노란 우산 형식'(편지 쓰는 격식 중의 하나. 격식대로 써놓고 보면 그 모양이 노란 우산—옛날에 관리가 사용하던 의장—의 손잡이 모양과 같다고 해서 '황산격黃傘格'이라고 불렀다. 가장 공손한 편지투이다—역주)의 편지를 한 통 써서는,

가짜 양놈에게 성내에 가는 길에 그것을 가지고 가서 자유당에 들어갈 수 있게 소개해달라고 부탁했다. 가짜 양놈은 돌아와서 수재에게 은화 사 원(元)을 청구했고, 그로부터 수재는 은복숭아를 옷깃에 달게 되었다. 웨이주앙 사람들은 모두 감복하면서, 이것은 스요우당(柿油黨: 쯔요우自由와 스요우柿油는 남방음으로는 발음이 비슷하다. 실제로 소흥 지방에서는 민중들이 자유당을, 자유라는 말의 뜻을 몰라서 스요우당이라고 바꾸어 불렀다고 루쉰은 다른 글에서 밝히고 있다-역주)의 계급장인데 한림(翰林)에 해당하는 것이라고 했다. 그 때문에 짜오 노어른은 갑자기 오만해졌는데 자기 아들이 처음 수재가 되었을 때보다도 훨씬 더했다. 그래서 안하무인이 되어가지고 아Q를 만나도 거들떠보지도 않았다.

아Q는 바야흐로 불만스러운 데다가 시시각각으로 푸대접받는다는 느낌이었는데, 그 은복숭아 소문을 듣자마자 자기가 푸대접받는 원인을 깨달았다. 혁명을 하려면 항복한다고 말하는 것만으로는 안 되는 것이고, 변발을 틀어 올리는 것으로도 안 되는 것이었다. 첫째는 역시 혁명당과 친해져야 했다. 그가 아는 혁명당이라곤 단 두 사람뿐이었는데, 성내에 있던 한 사람은 이미 '뎅경'해서 죽어버렸고 이제 남은 것은 가짜 양놈 한 사람뿐이었다. 그는 얼른 가서 가짜 양놈과 상의하는 것말고는 더 이상 다른 길이 없었다.

치엔씨댁의 대문이 마침 열려 있어서 아Q는 조심스럽게 걸어 들어갔다. 안에 들어가자마자 그는 몹시 놀랐다. 가짜 양놈이 마당 한가운데 서 있었던 것이다. 온몸이 새까만 것은 아마

양복일 것이고, 그 또한 은복숭아를 달았으며, 손에는 아Q가 맛본 적이 있는 지팡이를 들었고, 이미 한 자 남짓 자란 변발을 풀어헤쳐 어깨 위로 늘어뜨렸는데, 봉두난발의 모습이 유해선(劉海仙: 유해섬劉海蟾의 별칭. 오대五代 때 사람으로 도를 닦아 신선이 되었다고 전한다. 그를 그린 그림이 민간에 유행했다─역주)과 흡사했다. 그 맞은편에는 짜오바이옌과 건달 셋이 똑바로 서서 지극히 공경하는 태도로 말을 듣는 중이었다.

아Q는 가만히 걸어 들어가 짜오바이옌의 등 뒤에 가서 섰다. 인사를 해야겠다고 속으로 생각했지만 뭐라고 해야 좋을지 몰랐다. 가짜 양놈이라고 부르는 건 물론 안 되고, 양인(洋人)도 적당하지 않고, 혁명당도 적당하지 않고, 어쩌면 양 선생(洋先生)이라고 불러야 하는 건지도 모른다.

양 선생은 그를 보지 못했다. 눈을 허옇게 뜨고 바야흐로 열변을 토하는 중이었기 때문이다.

"나는 성질이 급한 사람이기 때문에 우리가 만날 때마다 이렇게 말했지. 홍(洪) 형(여원홍黎元洪을 가리킴. 신해혁명 때 참가한 신식 군인으로서 당시 여단장 격인 도독都督이었으며 나중에는 대총통까지 지냈다. 대표적인 군벌 중의 하나─역주), 우리 시작합시다! 그는 항상 이렇게 말하더군. No! ── 이건 서양 말이라서 자네들은 못 알아듣겠군. 그렇지 않았다면 벌써 성공했을 거야. 그렇지만 그게 바로 그가 일을 처리함에 있어서 신중한 점이지. 그가 재삼재사 날더러 호북(湖北)으로 가달라고 부탁했지만 나는 아직 승낙하지 않았어. 그런 작은 현성(縣城)에서 일하려고 할 사람이 누가 있겠어……"

"저어,…… 에……" 아Q는 그가 잠깐 말을 멈추기를 기다리다가 마침내 최대한의 용기를 내어 입을 열었지만, 무슨 까닭에서인지 양 선생이라고 부르지는 못했다.

말을 듣고 있던 네 사람이 모두 깜짝 놀라며 그를 돌아보았다. 양 선생도 그제야 그를 보았다.

"뭐야?"

"저는……"

"나가!"

"저는 항……"

"꺼져!" 양 선생이 곡상봉을 쳐들었다.

짜오바이옌과 건달들이 다들 고함을 질렀다. "선생님께서 꺼지라고 하시는데, 말 안 들어!"

아Q는 손으로 머리를 가리며 자기도 모르게 문밖으로 도망쳤다. 양 선생은 쫓아오지 않았다. 그는 육십여 걸음쯤 달린 뒤에야 비로소 걸음을 늦추었는데, 그러자 마음속에서 근심이 치솟았다. 양 선생이 그가 혁명하는 것을 허락하지 않으면 그로서는 더 이상 다른 길이 없다. 이제부터 하얀 투구에 하얀 갑옷의 사람들이 그를 부르러 오리라는 기대는 결코 할 수 없는 것이고, 그의 모든 포부와 지향과 희망과 미래는 전부 단번에 사라져버리는 것이다. 건달들이 소문을 내서 샤오디나 왕 털보 등에게 웃음거리가 되는 것은 오히려 그다음 문제였다.

그는 이토록 한심한 느낌이 든 적은 이제껏 없었던 것 같았다. 자신의 틀어 올린 변발에 대해서도 무의미하게 느껴졌고 모멸감이 들었다. 분풀이로 당장 변발을 풀어헤치고 싶었지만 끝내 그렇게 하지는 못했다. 밤이 될 때까지 돌아다니다가 외상으로 술을 두 잔 걸치자 차츰 기분이 좋아졌고 그러자 다시 머릿속에 흰 투구 흰 갑옷의 파편들이 나타났다.

어느 날 그는 늘 하던 대로 밤이 깊도록 넋을 놓고 다니다가 술집이 문을 닫을 때가 되어서야 천천히 걸어서 사당으로 돌아갔다.

팍, 툭탁──!

갑자기 이상한 소리가 들렸다. 폭죽은 아니었다. 아Q는 원래부터 구경하기를 좋아하고 참견하기를 좋아하는 사람이었으므로 곧 어둠 속으로 찾아 나섰다. 앞쪽에서 발걸음 소리가 나는 것 같았다. 막 귀를 기울이는데 갑자기 맞은편에서 한 사람이 도망쳐왔다. 그것을 보자마자 아Q는 얼른 몸을 돌려 그 뒤를 따라 함께 도망쳤다. 그 사람이 모퉁이를 돌자 아Q도 돌았고 그 사람이 모퉁이를 돌아서 멈춰 서자 아Q도 멈춰 섰다. 뒤를 돌아보니 아무것도 없었다. 그 사람을 살펴보니 바로 샤오디였다.

"뭐야?" 아Q는 불쾌해졌다.

"짜오…… 짜오씨댁이 강도를 당했어!" 샤오디가 숨을 헐떡거리며 말했다.

아Q는 가슴이 쿵쿵 뛰었다. 샤오디는 말을 마치고는 가버렸다. 아Q는 도망가다가도 두세 번 발을 멈추었다. 그러나 그는 필경 '이런 장사'를 해본 사람이었기 때문에 유난히 담대했고,

그래서 길모퉁이에서 조심스럽게 걸어 나와 자세히 귀를 기울였다. 왁자지껄하는 것 같았다. 다시 자세히 살펴보았다. 흰 투구에 흰 갑옷의 많은 사람들이 왔다 갔다 하면서 상자를 들어내고 가구를 들어내고 수재 아내의 영파 침대도 들어내는 것 같았지만 뚜렷하게 보이지는 않았다. 그는 더 가까이 가보고 싶었지만 발이 떨어지지 않았다.

그날 밤은 달이 없었고 웨이주앙은 어둠 속에서 고요하기만 했다. 너무나 고요해서 복희씨(伏羲氏) 시절같이 태평스러울 정도였다. 아Q는 선 채로 지루해질 정도로 지켜보았지만, 그래도 저쪽은 여전히 아까와 똑같이 왔다 갔다 하면서 물건을 옮기고 있었다. 상자를 들어내고 가구를 들어내고 수재 아내의 영파 침대도 들어내고,…… 그 자신이 자신의 눈을 믿을 수 없을 정도로 들어내는 것이었다. 하지만 그는 더 이상 가까이 가지 않기로 마음먹고 자신의 사당으로 돌아갔다.

사당 안은 더욱 칠흑 같았다. 그는 대문을 닫고 더듬거리며 자기 방으로 들어갔다. 한참 누워 있자니 비로소 마음이 안정되었고 자신에 관한 생각들이 떠올랐다. 흰 투구에 흰 갑옷의 사람들은 분명히 왔지만 결코 자기를 부르러 오지는 않았고, 그 많은 좋은 물건들을 가져갔어도 자기 몫은 없었으니,…… 이것은 전부 가짜 양놈이 가증스럽게도 내가 반역하는 것을 허락하지 않았기 때문이야, 그러지 않았다면 이번에 어째서 내 몫이 없게 되었겠어? 아Q는 생각할수록 더 화가 났고, 마침내는 마음이 온통 통한으로 가득해져서 모질게 머리를 끄덕였다. "나한테는 반역하지 못하게 하고 너만 반역을 해? 개자식 가짜 양놈,…… 좋아, 너는 반역해라! 반역은 목이 잘리는 죄야, 나는 반드시 고발해서, 네가 현성으로 잡혀 들어가 목이 잘리는 꼴을 보고야 말 테다,…… 온 집안이 다 목이 잘린다,…… 뎅겅! 뎅겅!"

제9장 대단원

　짜오씨댁이 강도를 당한 뒤 웨이주앙 사람들은 대부분 통쾌하면서도 두려웠다. 아Q 역시 통쾌하면서도 두려웠다. 그러나 나흘 뒤 아Q는 한밤중에 갑자기 현성으로 잡혀 들어갔다. 그때는 마침 캄캄한 밤이었는데, 한 무리의 군인과 한 무리의 단정(團丁: 지방자치제의 무장 자위조직인 단련團練의 대원 ─ 역주), 그리고 한 무리의 경찰과 다섯 명의 밀정이 은밀히 웨이주앙에 들어와 어둠을 틈타 사당을 포위하고 문 맞은편에 기관총을 설치했다. 그러나 아Q는 뛰쳐나오지 않았다. 오랫동안 아무런 동정이 없자 파총은 초조해졌다. 이십 냥의 상금을 걸자 비로소 단정 두 사람이 위험을 무릅쓰고 담을 넘어 들어가 안팎으로 호응하여 일제히 쳐들어가 아Q를 끌어냈다. 그는 사당 바깥의 기관총 근처까지 끌려오고서야 비로소 잠이 깨었다.
　성내에 들어갔을 때는 이미 정오가 되었다. 아Q는 자기가 어느 낡은 관청으로 끌려 들어가 대여섯 번 모퉁이를 돈 다음 작은 방에 처박히는 것을 알아차렸다. 그가 막 비틀거리는 순간 그 통나무로 만든 창살문이 그의 발뒤꿈치를 따라 닫혔는데 그 나머지 삼면은 모두 벽이었다. 자세히 보니 방구석에 두 사람이 더 있었다.

아Q는 좀 불안하기는 했지만 그다지 고민하지는 않았다. 왜냐하면 사당에 있는 그의 침실도 이 방보다 더 높거나 더 밝지 않기 때문이었다. 그 두 사람도 시골 사람들 같았는데 차츰 그에게 말을 걸어왔다. 한 사람은 거인 어른이 자기 할아버지가 빚진 묵은 도지를 내라고 한다 했고, 또 한 사람은 무슨 일 때문인지 모르고 있었다. 그들이 아Q에게 묻자 아Q는 시원스럽게 대답했다. "나는 반역을 하려고 했기 때문이오."

그는 오후에 다시 창살문 밖으로 끌려 나가 큰방으로 옮겨졌는데 그 방의 위쪽에는 머리를 빡빡 깎은 늙은이가 앉아 있었다. 아Q는 그가 중이 아닌가 생각했다. 그러나 살펴보니 아래쪽에는 군인들이 한 줄로 서 있고 양옆에는 또 장삼을 입은 사람들이 십여 명 서 있는데, 그 늙은이처럼 머리를 빡빡 깎은 사람들도 있고 그 가짜 양놈처럼 한 자 정도 되는 긴 머리를 등 뒤로 풀어헤친 사람도 있다. 모두 험악한 얼굴을 하고 그를 노려보았다. 그래서 그는 이 사람들이 틀림없이 내력이 있는 사람들이라는 것을 알아차렸고, 그러자 무릎 관절이 금세 저절로 힘이 빠져 꿇어앉아 버렸다.

"서서 말해! 꿇어앉지 마라!" 장삼을 입은 사람들이 호통을 쳤다.

아Q는 알아들은 것 같았지만, 도저히 서 있을 수가 없다는 느낌이 드는 데다가 몸이 자기도 모르게 웅크려졌고 그 바람에 결국 꿇어앉고 말았다.

"노예 근성!……" 장삼을 입은 사람은 다시 경멸하듯 말했지만 다시 일어서라고 하지는 않았다.

"너 사실대로 자백해라, 그래야 고생을 면한다. 나는 진작부터 다 알고 있으니까. 자백하면 너를 놓아줄 수도 있다." 그 빡빡머리의 늙은이가 아Q의 얼굴을 똑바로 처다보면서 침착하고 분명한 어조로 말했다.

"자백해!" 장삼을 입은 사람도 큰 소리로 말했다.

"저는 원래는…… 항복하려고……" 아Q는 얼떨떨한 가운데 잠시 생각해보고서 겨우 더듬거리며 말했다.

"그러면, 왜 오지 않았지?" 늙은이가 부드럽게 물었다.

"가짜 양놈이 허락하지 않았어요!"

"허튼소리! 이제는 말해봐야 늦었다. 지금 너의 일당은 어디에 있지?"

"뭐요?……"

"그날 밤 짜오씨댁을 턴 놈들 말이다."

"그들은 저를 부르러 오지 않았어요. 자기들끼리 가져갔어요." 아Q는 말을 꺼내자마자 화가 치밀었다.

"어디로 갔지? 말하면 너를 놓아주마." 늙은이는 더욱 부드러워졌다.

"저는 몰라요,…… 그들이 저를 부르러 오지 않았거든요……"

그러나 늙은이가 한 번 눈짓을 하자 아Q는 다시 창살문 안으

로 끌려 들어갔다. 그가 두 번째로 창살문 밖으로 끌려나온 것
은 다음 날 오전이었다.

큰방의 상황은 어제 그대로였다. 위쪽에는 여전히 빡빡머리
의 늙은이가 앉아 있었고, 아Q도 여전히 꿇어앉았다.

늙은이가 부드럽게 물었다. "무슨 할 말이 있느냐?"

아Q는 잠시 생각해보았지만 할 말이 없었으므로, "없습니
다"라고 대답했다.

그러자 장삼을 입은 사람 하나가 종이 한 장과 붓 한 자루를
아Q 앞에다 가져다 놓고 붓을 그의 손에 쥐여주려고 했다. 그
순간 아Q는 몹시 놀라서 거의 '혼비백산'할 지경이었다. 왜냐
하면 그의 손이 붓을 잡는 것은 이번이 처음이기 때문이었다.
그가 어떻게 잡아야 할지를 몰라 하고 있는데 그 사람은 오히려
한군데를 가리키며 그에게 서명을 하라고 했다.

"저는…… 저는…… 글자를 모르는데요……"아Q는 덥석 붓
을 움켜잡고서 황공해하면서 부끄러운 듯이 말했다.

"그러면, 너 좋을 대로, 동그라미나 하나 그려라!"

아Q는 동그라미를 그리려 했지만 붓을 잡은 손이 떨리기만
했다. 그러자 그 사람이 종이를 바닥에 펴주었고, 아Q는 엎드려
서 평생의 힘을 다 쏟아 동그라미를 그렸다. 그는 남들에게 웃
음거리가 될까봐 겁이 나서 동그랗게 그리려고 애를 썼지만 그
가증스러운 붓은 몹시 무거울 뿐만 아니라 통 말을 듣지를 않아
서 벌벌 떨며 동그라미를 거의 완성하려는 순간 바깥쪽으로 빗
나가 호박씨 모양이 되어버렸다.

아Q가 동그랗게 그리지 못한 것을 부끄러워하고 있는데 그 사람은 오히려 아무렇지도 않은 듯 냉큼 종이와 붓을 가져가버렸다. 여러 사람들이 그를 두 번째로 창살문 안으로 잡아넣었다.

그는 두 번째로 창살문 안으로 들어가서도 그다지 걱정하지 않았다. 이 세상에 살다 보면 원래 끌려 들어가고 끌려 나오고 하는 때도 있는 법이고 또 종이 위에 동그라미를 그려야 할 때도 있는 법일 터인데 다만 동그라미를 동그랗게 그리지 못한 것만은 그의 '행장'에서 하나의 오점으로 남는다고 그는 생각했다. 그러나 얼마 지나지 않아 곧 개운해졌다. 애송이들이나 동그랗게 그리는 거라고 그는 생각했다. 그러고서 그는 잠이 들었다.

그러나 그날 밤 거인 어른은 오히려 잠을 이루지 못했다. 그는 파총과 다투었던 것이다. 거인 어른은 장물을 찾는 것이 첫째라고 주장했고, 파총은 공개처형을 하는 것이 첫째라고 주장했다. 파총은 근래 들어 거인 어른을 그다지 안중에 두지 않게 되었으므로 탁자를 치고 걸상을 차면서 말했다. "일벌백곕니다! 보십시오, 제가 혁명당이 된 지 이십 일도 안됐는데, 강도 사건이 열 건이 넘고 하나도 해결이 안됐으니 제 체면이 뭡니까? 기껏 해결해놓으니까 또 엉뚱한 소리나 하고 말이죠. 안됩니다! 이건 제 소관이에요!" 거인 어른은 궁지에 몰렸지만 그래도 자기주장을 견지하며 만약 장물을 찾아주지 않는다면 즉시 민정을 협조하는 직무를 사임하겠다고 했다. 그러나 파총은 오히려, "마음대로 하세요!"라고 말했다. 그래서 거인 어른은 그날 밤 끝내 잠을 이루지 못했다. 하지만 다행히 다음 날이 되어도 사임하지는 않았다.

아Q가 세 번째로 창살문 밖으로 끌려나왔을 때는 거의 어른이 잠 못 이룬 그 밤의 다음 날 오전이었다. 그가 큰방에 도착하자 위쪽에는 역시 예의 그 빡빡머리 늙은이가 앉아 있었다. 아Q도 역시 전처럼 꿇어앉았다.

늙은이가 아주 부드럽게 물었다. "무슨 할 말이 있느냐?"

아Q는 잠시 생각해보았지만 할 말이 없었으므로 "없습니다"라고 대답했다.

장삼을 입은 사람들과 단삼을 입은 사람들 여럿이 갑자기 그에게 사라사로 만든 하얀 조끼를 입혔는데, 거기에는 검은 글자들이 쓰여 있었다. 아Q는 몹시 기분이 나빴다. 왜냐하면 그것은 꼭 상복을 입는 것 같았고 상복을 입는다는 것은 재수 없는 일이었기 때문이다. 그러나 그와 동시에 그는 두 손을 뒤로 묶였고 그러자마자 곧장 관청 밖으로 끌려 나갔다.

아Q는 포장을 치지 않은 수레에 태워졌고, 짧은 옷을 입은 사람들 몇 명이 그와 같은 자리에 탔다. 그 수레는 즉시 출발했다. 앞에는 총을 멘 군인들과 단정이 있었고 양옆에는 입을 벌리고 있는 많은 구경꾼들이 있었다. 뒤쪽이 어떤지 아Q는 돌아보지 않았다. 그러나 그는 갑자기 깨달았다. 이것은 목을 베러 가는 것이 아닌가? 마음이 다급해지자 눈앞이 캄캄해지고 귀가 멍멍해지며 넋이 나가는 것 같았다. 그러나 완전히 넋을 잃은 것은 아니어서 때로는 초조해하기도 했지만 때로는 또 태연해지기도 했다. 그는 얼핏, 사람이 세상에 태어나서 때로는 목을 잘리게 되기도 하는 법인가 보다 싶은 생각이 들었다.

그래도 그는 길을 알아보았고, 그래서 좀 의아했다. 어째서 형장으로 가지 않는 거지? 그것이 조리돌리는 것인 줄을 그는 몰랐다. 그러나 설사 알았다 하더라도 마찬가지여서, 그는 단지 사람이 세상에 태어나서 때로는 조리돌림을 당하게 되기도 하는 법인가 보다라고 생각했을 것이다.

그는 깨달았다. 그것은 형장으로 에돌아가는 길이었고, 틀림없이 '뎅겅'하고 목을 잘릴 것이었다. 그가 낙심하여 좌우를 둘러보니 온통 사람들이 개미떼같이 따라오고 있었는데, 문득 길가의 사람들 속에서 우마를 발견했다. 오랜만이었다. 그녀는 원래 성내에서 일하고 있었던 것이다. 아Q는 갑자기 자기가 기개도 없이 노래 한마디 부르지 못하는 게 몹시 부끄러웠다. 그의 생각이 회오리바람처럼 머릿속에서 소용돌이쳤다. 「젊은 과부 성묘 가네」는 당당하지가 못하고, 「용호투」 중의 "후회한들 어쩌리……"도 너무 힘이 없어, 역시 "내 손은 쇠채찍을 들어 너를 때린다"로 하자. 생각과 동시에 그는 손을 치켜들려고 하다가 비로소 두 손이 모두 묶여 있다는 것을 상기했다. 그래서 "내 손은 쇠채찍을 들어"도 부르지 못했다.

"이십 년 뒤에는 다시 태어나……" 아Q는 총망중에, '스승 없이 스스로 통달한다'는 식으로, 여태껏 해본 적이 없는 말을 반 구절 내뱉었다.

"잘한다!!!" 사람들 속에서 늑대가 울부짖는 것 같은 소리가 났다.

수레는 쉬지 않고 앞으로 나아갔다. 아Q는 갈채 소리 속에서 눈을 굴려 우마를 쳐다보았지만, 그녀는 조금도 그를 보지 않았던 것 같았고 오직 군인들이 멘 총을 넋 놓고 바라보고 있을 따름이었다.

그래서 아Q는 갈채하는 사람들을 다시 둘러보았다.

그 순간, 그의 생각은 또 회오리바람처럼 머릿속에서 소용돌이쳤다. 사 년 전에 그는 산기슭에서 굶주린 늑대 한 마리를 만난 적이 있었다. 그 늑대는 가까이 다가오지도 않고 멀리 떨어지지도 않으면서 한없이 그의 뒤를 따라오며 그의 고기를 먹으려고 했다. 그때 그는 무서워서 죽을 지경이었는데, 다행히 손에 도끼 한 자루가 있었으므로 그것을 믿고 용기를 내어 웨이주앙으로 돌아오기까지 버틸 수 있었다. 그러나 그 늑대의 눈은 영원히 기억에 남았다. 흉악하면서도 겁을 내는 그 눈은 두 개의 도깨비불처럼 빛나면서 멀리서부터 그의 살가죽을 꿰뚫는 것 같았다. 그런데 이번에 그는 또, 이제껏 본 적이 없는 더욱더 무시무시한 눈을 보았다. 둔하면서도 예리한 그 눈은 이미 그의 말(話)을 씹어 먹었을 뿐만 아니라 그의 육신 이외의 것들을 씹어 먹으려고 하면서 멀지도 가깝지도 않게 영원히 그의 뒤를 따라왔다.

그 눈들은 하나로 합쳐지는 듯하더니 어느새 그의 영혼을 물어뜯는 것이었다.

"사람 살려,……"

그러나 아Q는 소리 내어 말하지 못했다. 그는 벌써부터 눈앞이 캄캄해지고 귀가 멍멍해진 채 온몸이 먼지처럼 흩어지는 느낌이었다.

 당시의 영향으로 말하자면, 가장 큰 영향은 오히려 거인 어른에게 미쳤다. 왜냐하면 결국 장물을 찾지 못하고 온 집안이 대성통곡을 했기 때문이다. 그다음은 짜오씨댁이었다. 수재가 성내로 신고하러 갔다가 질이 나쁜 혁명당에게 변발을 잘렸을 뿐만 아니라 이십 냥의 상금을 냈기 때문에 또 온 집안이 대성통곡을 했다. 이날 이후로 그들은 차츰 청나라 유신(遺臣)의 냄새를 풍겼다.

 여론으로 말하자면, 웨이주앙에서는 이의가 없었다. 당연히 모두들, 아Q가 나쁘다, 총살당한 것이 그가 나쁘다는 증거다, 나쁘지 않다면 어째서 총살까지 당하게 된단 말이냐, 라고 말했다. 성내의 여론은 오히려 좋지 않았다. 그들 대부분은 총살은 참수만큼 구경거리가 되지 못한다고 하며 불만스러워했다. 게다가 얼마나 웃기는 사형수인가. 그렇게 오랫동안 거리를 돌았으면서 끝내 노래 한마디를 못 부르다니 말이다. 그들은 한차례 헛걸음을 한 것이었다.

〔1921. 12〕

복을 비는 제사

아무래도 음력 세밑이라야 진짜 세밑 같다. 시골이나 읍내는 말할 것도 없고, 하늘에도 새해가 다가오는 분위기가 나타난다. 회색의 무거운 저녁 구름 사이로 이따금 섬광이 번쩍이고 뒤이어 울리는 둔중한 소리는 조왕신(부뚜막의 신神. 조왕신이 1년에 한 번씩 천상으로 올라가 옥황상제에게 그 집의 일을 보고하고 온다고 믿고 섣달 그믐날 밤에는 조왕신을 전송하고 설날 아침에는 마중하는 것이 중국의 풍속이다ー역주)을 전송하는 폭죽 소리이다. 가까운 곳에서 터뜨리는 것은 더욱 강렬해서 귀청을 울리는 큰 소리가 멎기도 전에 희미한 화약 냄새가 공기 중에 가득 퍼진다. 내가 고향 노진(魯鎭)으로 돌아온 것은 바로 그날이었다. 고향이라고는 하지만 이미 집이 없었으므로, 루쓰(魯四) 어른 댁에 잠시 머물러야만 했다. 그는 나의 일가로서, 나보다 한 항렬 위이니 '쓰 아저씨'라고 부르는 게 옳을 텐데, 이학(理學)을 숭상하는 옛날의 국자감생(國子監生)이었다. 그는 전과 크게 달라진 게 별로 없었다. 단지 좀 늙었을 뿐이지만, 그래도 아직 수염은 기르지 않았다. 만나자마자 인사부터 했고, 인사가 끝나자 나를 두고 "뚱뚱해졌구나"라고 말했고, 날더러 "뚱뚱해졌구나"라고 말하고는 곧 신당(新黨)을 욕했다. 그것이 결코 나를 빗대어 욕하는 것이 아님을 나는 알고 있었다. 왜냐하면 그가 욕한 것은 여전히 캉요우웨이(康有爲)였기 때문이다. 그러나, 대화는 계속 어긋났고, 그래서 잠시 후에는 나 혼자 서재에 남게 되었다.

다음 날 나는 느지막하게 일어나 점심을 먹고 몇몇 친척과 친구들을 만나러 나갔다. 사흘째도 마찬가지였다. 그들 또한 단지 좀 늙었을 뿐 별다른 변화는 없었다. 집집마다 '축복(祝福)'을 준비하느라고 바빴다. 그것은 노진에서 섣달 그믐날에 지내는 큰 제사로서, 정성을 다하여 복신(福神)을 영접하고 내년 일 년간의 행운을 기원하는 것이다. 닭을 잡고, 거위를 잡고, 돼지고기를 사고, 그것들을 정성껏 씻느라고 여자들의 팔은 물에 젖어 새빨개졌는데, 거기에다가 가늘게 꼰 은팔찌를 찬 여자도 있었다. 삶은 뒤에 그것들 위에 어지럽게 젓가락을 꽂아놓으면 이른바 '복례(福禮)'가 된다. 오경(五更)이 되면 진열하고 향과 초를 피우며 경건하게 복신들에게 바친다. 배례는 남자들만 하고, 배례가 끝나면 물론 계속해서 폭죽을 터뜨린다. 어느 해에나, 어느 집에서나 ─ 복례와 폭죽 따위를 살 수만 있다면 ─ 그렇게 하는데, 올해도 물론 그렇다. 날씨가 점점 더 어두워지더니 오후에는 눈이 내리기 시작했다. 큰 것은 매화만 한 눈송이가 하늘 가득 휘날리며 자욱한 연기와 분주한 분위기에 뒤섞여 노진을 흥분의 도가니로 만들었다. 내가 쓰 아저씨의 서재로 돌아왔을 때는 기와에 이미 하얗게 눈이 덮였고 방 안까지 제법 밝게 비쳐서 벽에 걸린 탁본의, 진단노조(陳摶老祖: 오대五代 때 사람으로 신선이 되었다는 전설이 있다—역주)가 쓴 커다란 '수(壽)' 자가 아주 분명하게 보였다. 대련(對聯) 한쪽은 이미 떨어져나가 탁자 위에 둘둘 말아놓았고, 남아 있는 한쪽에는 "사리통달심기화평(事理通達心氣和平)"이라고 되어 있었다. 나는 무료하게 창가의 책상으로 다가가 책을 펼쳐보았다. 완전한 것 같지는 않은 한 질의 『강희자전(康熙字典)』과 한 권의 『근사록집주(近思錄集註)』, 그리고 한 권의 『사서친(四書襯)』이 있었다. 어쨌든, 나는 내일은 떠나기로 결심했다.

더욱이, 어제 샹린(祥林)댁을 만난 일을 생각하자 나는 편안히 있을 수가 없었다. 오후였다. 나는 읍내 동쪽에 사는 친구를 방문하고 돌아오는 길에 강가에서 그녀를 만났다. 그녀의 크게 부릅뜬 눈의 시선으로 보아 나를 향해 다가오는 것이 분명하다는 걸 알 수 있었다. 이번에 노진에서 만난 사람들 중 그녀보다 더 크게 변한 사람은 없었다. 오 년 전에는 희끗희끗하던 머리카락이 이제 완전한 백발이 되어 도무지 사십 안팎의 사람 같지 않았다. 얼굴은 수척하기 짝이 없고, 누런 가운데 검은색을 띠고 있으며, 이전의 슬픈 표정조차 흔적도 없이 사라져버려서 마치 목각인형 같았다. 오직 눈동자만이 이따금 움직임으로써 그녀가 살아 있는 사람이라는 것을 알려주었다. 그녀는 한 손에 대바구니를 들었는데, 속에는 이 빠진 그릇 하나만 들었을 뿐 텅 비어 있었다. 다른 한 손에는 자기 키보다 더 큰 장대를 들고 있었는데 밑동이 쪼개진 것이었다. 그녀는 이제 거지가 된 것이 분명했다.

나는 멈춰 서서 그녀가 구걸하기를 기다렸다.

"돌아오셨어요?" 그녀는 먼저 이렇게 물었다.

"예."

"잘됐어요. 선생님은 배운 사람이고 또 대처 사람이니까 아는 게 많겠지요. 한 가지 물어보려고요……" 그녀의 그 흐릿하던 눈이 갑자기 빛났다.

그녀가 이런 말을 할 줄은 전혀 생각지 못했으므로 나는 어리둥절한 채 서 있었다.

"저어……" 그녀는 두 걸음 다가서며 목소리를 낮추고서 아주 비밀스러운 듯이 소곤소곤 말했다. "사람이 죽은 뒤에, 도대체 영혼이 있는 건가요?"

나는 섬찟했다. 나를 응시하고 있는 그녀의 눈을 보자 등줄기에 가시라도 찔린 듯한 느낌이 들었다. 학교에서 뜻밖의 임시 시험을 보게 되었을 때, 게다가 선생이 바로 옆에 서 있을 때보다도 훨씬 더 당황스러웠다. 영혼의 유무에 대해 나 자신은 이제껏 조금도 개의치 않았었지만, 그러나 지금 이 순간에는, 그녀에게 어떻게 대답해야 좋을까? 나는 순간적으로 머뭇거리면서 생각했다. 이곳 사람들은 관습적으로 귀신을 믿는다, 하지만 그녀는, 의심한다,…… 바라는 대로 말해주는 게 나을 텐데, 있기를 바라는 걸까, 없기를 바라는 걸까…… 막다른 길에 몰린 사람에게 고뇌를 더해줄 필요는 없으니까, 그녀를 위해서는, 있다고 말하는 게 낫겠지.

"있을 겁니다,…… 제 생각에는." 그래서 나는 더듬거리며 대답했다.

"그러면, 지옥도 있나요?"

"예? 지옥요?" 나는 깜짝 놀라 어물거렸다. "지옥이라구요?…… 논리적으로는 있어야 하죠…… 하지만 꼭 그렇다고 할수도 없고,…… 그런 일엔 아무도 관심이 없는데……"

"그러면, 죽은 식구들은 다 만날 수 있나요?"

"허허, 만나느냐구요?……" 이때 나는 나 자신도 역시 완전히 어리석은 인간이라는 것을 깨닫고 있었다. 아무리 망설여도, 아무리 궁리해도, 세 개의 질문을 감당할 수가 없었다. 나는 금방 겁이 나서, 아까 한 말을 전부 번복하고 싶어졌다. "그건,…… 사실은, 저도 확실히 말할 수는 없어요…… 사실은, 도대체 영혼이 있는가 하는 것도, 확실히 말할 수는 없으니까요."

나는 그녀의 연이은 질문이 멎은 것을 틈타 성큼성큼 걸음을 옮겨 그 자리를 떠났다. 쓰 아저씨댁으로 황급히 도망치듯 돌아와서도 마음속은 몹시 불안했다. 나의 대답이 그녀에게 위험을 가져다줄지도 모른다는 생각이 들었다. 그녀는 아마도 다른 사람들이 복을 비는 데만 열중하는 때이기 때문에 자신의 외로움을 느낀 것이겠지만, 무슨 다른 뜻이 있는 것일까?…… 혹은 무슨 예감이 있었던 것일까? 다른 뜻이 있었고 그로 인해 다른 일이 생긴다고 한다면 나의 대답에도 약간의 책임을 물어야 할 터인데…… 그러나 나중에는 나 자신이 우스꽝스럽게 느껴졌다. 우연한 일로서 사실은 아무런 깊은 뜻도 없는 것을 내가 지나치게 세세히 따지고 들었던 것이니 교육자는 신경병에 걸려 있다는 말이 참으로 틀린 말이 아니라는 생각이 들었다. 더구나 "확실히 말할 수는 없다"라고 분명히 말함으로써 대답을 전부 번복했으므로 설사 무슨 일이 생긴다 해도 나와는 아무 관계가 없는 것이다.

"확실히 말할 수는 없다"라는 말은 아주 유용한 말이었다. 세상물정을 모르는 용감한 젊은이들은 흔히 사람들의 의문을 해결해주거나 의사(醫師)를 선정해준다고 나서는데 만일 결과가 좋지 않으면 대체로 거꾸로 원한의 대상이 되어버리지만, 확실히 말할 수는 없다라는 말로 마무리를 지어두면 만사가 걸릴 게 없는 것이다. 이때 나는 그 말의 필요를 더욱 절감했다. 구걸하는 여자에게 이야기할 때도 절대로 생략해서는 안 되는 것이었다.

그러나 나는 계속 불안했다. 하룻밤이 지나고서도 여전히 기억이 되살아나곤 하는 것이 무슨 불길한 예감을 품고 있는 것 같았다. 눈 내리는 음침한 날씨에, 답답한 서재에서, 이 불안은 점점 더 강렬해졌다. 가는 게 낫겠어, 내일은 시내로 들어가야지. 복흥루(福興樓)의 상어 지느러미 요리는 한 접시에 일 원(元)인데 값도 싸고 맛도 좋았지, 지금은 값이 올랐으려나? 왕년에 같이 놀던 친구들은 이미 구름처럼 흩어졌지만 상어 지느러미 요리는 먹지 않으면 안 돼, 설사 나 혼자서라도…… 어쨌든 나는 내일은 가기로 결심했다.

나는 예상대로 되지 않기를 바라거나 설마 예상대로 되지는 않으리라고 생각했던 일들이 사사건건 예상대로 되는 것을 항상 보아왔으므로, 이번 일도 똑같이 되지 않을까 몹시 걱정이 되었다. 과연, 특별한 일이 시작되었다. 저녁 무렵, 나는 사람들이 안방에 모여 이야기하는 소리를 들었다. 무슨 일인가를 의논하는 것 같았다. 잠시 후, 말소리가 그치고, 단지 쓰 아저씨가 나가면서 크게 말하는 소리만 들렸다.

"늦지도 빠르지도 않게, 하필 이런 때에,…… 그러니까 잘못된 종자라는 거지."

나는 처음엔 의아해했지만 곧 불안해졌다. 그 말이 나와 관계가 있는 것 같았다. 문밖을 내다보니 아무도 없었다. 저녁식사 전에 이 집의 하인이 찻물을 따라주러 오기를 기다려서야 비로소 소식을 알아볼 기회를 얻었다.

"아까, 쓰 어른이 누구에게 화를 내셨지?" 내가 물었다.

"샹린댁이잖아요?" 그 일꾼이 간단명료하게 말했다.

"샹린댁? 왜?" 나는 다시 황급히 물었다.

"죽었어요."

"죽어?" 나의 심장은 갑자기 오그라들며 쿵쿵 뛰기 시작했는데, 얼굴색도 아마 변했을 것이다. 그러나 그는 시종 고개를 들지 않았고 그래서 알아차리지 못했다. 나는 스스로를 진정시키고서 잇달아 물었다.

"언제 죽었지?"

"언제냐구요?⋯⋯ 어젯밤이죠, 아니 오늘인가⋯⋯ 확실히는 모르겠어요."

"왜 죽었지?"

"왜 죽었냐구요?⋯⋯ 살기가 힘들어서 죽은 거 아니겠어요?" 그는 여전히 나를 쳐다보지도 않고 고개를 숙인 채 무심히 대답하고는 나가버렸다.

그러나 나의 놀라움은 잠시의 일에 지나지 않았다. 이어서, 오기로 되어 있던 일이 이미 지나가버렸다는 생각이 들었다. 나 자신의 "확실히 말할 수는 없다"와 그가 말한 "살기가 힘들어서 죽었다"라는 말에서 위안을 찾을 필요도 없이 마음이 점점 가벼워지고 있었다. 하지만 때때로 문득 자책감 같은 것이 들기도 했다. 저녁식사가 나왔고, 쓰 아저씨는 엄숙하게 자리에 앉았다. 나는 샹린댁에 관한 소식을 알아보고 싶었지만, 그가 비록 "귀신자이기지양능야(鬼神者二氣之良能也)"를 읽기는 했어도 꺼리는 것은 여전히 많아서 복을 비는 제사가 임박하면 죽음이나 질병 따위의 말은 절대로 해서는 안 된다는 것을 알고 있었다. 만부득이하면 대신 일종의 은어를 사용해야 하는데 애석하게도 나는 그것을 모른다. 그래서 여러 번 물으려고 했지만 끝내 그만두고 말았다. 나는 그의 엄숙한 얼굴에서, 그가 나를 늦지도 빠르지도 않게 하필 이런 때에 그를 괴롭히러 온, 또 하나의 잘못된 종자라고 생각하는 게 아닐까 하는 의심이 문득 들었고, 그래서 그를 한시바삐 안심시켜주려고, 즉시 그에게, 내일 노진을 떠나 시내로 들어가겠다고 말했다. 그도 그다지 만류하지 않았다. 이렇게 침울한 가운데 저녁 한 끼를 다 먹었다.

겨울 해는 짧다. 더구나 눈 내리는 날씨여서 이미 어둠이 온 읍내를 뒤덮었다. 사람들은 모두 등불 아래에서 바삐 움직이고 있었지만 창밖은 무척 고요했다. 두껍게 쌓인 눈밭 위로 눈송이가 떨어져, 귀를 기울이면 사르륵사르륵하는 소리가 나는 것 같아 사람의 마음을 더욱 쓸쓸하게 하였다. 나는 노란빛을 내는 채유등불 아래 홀로 앉아 생각했다. 그 의지할 곳 없는 샹린댁이, 사람들에 의해 쓰레기 더미 속으로 버려진, 그 싫증 난 낡은 장난감이 이제까지는 그 모습을 쓰레기 속에서 드러내고 있었으므로, 재미있게 살아가는 사람들이 보기에는, 그녀가 왜 존재하려고 하는지가 이상스럽게 보였을 것인데, 지금은 무상(無常)에 의해 깨끗이 사라져버린 셈이다. 영혼의 유무를 나는 모른다. 그러나 현세에서 아무 의미 없이 사는 자가 죽는다면, 보기 싫어하는 자에게 보이지 않게 되니 남을 위해서나 자신을 위해서나 나쁘지 않은 일이다. 나는 스르륵스르륵 울리는 것 같은 창밖의 눈송이 소리에 조용히 귀를 기울이면서 한편으로 이렇게 생각을 하니 거꾸로 차츰 마음이 밝아졌다.

그러나 전에 보고 들었던 그녀의 반평생 행적의 단편들이 여기서 하나로 연결되는 것이었다.

그녀는 노진 사람이 아니었다. 어느 해 초겨울, 쓰 아저씨댁에서 하녀를 바꾸려고 해서 소개꾼인 웨이(衛) 할멈이 그녀를 데려왔는데, 머리에는 흰 끈을 묶었고, 까만 치마, 파란 저고리, 하늘색 조끼에 나이는 약 스물예닐곱, 얼굴이 창백했지만 양 볼은 발그레했다. 웨이 할멈은 그녀를 샹린댁이라 부르며 자기 친정의 이웃으로 남편이 죽는 바람에 일하러 나왔다고 했다. 쓰 아저씨가 눈살을 찌푸리자 쓰 아주머니는 금세 그의 뜻을 알아차렸다. 그녀가 과부인 게 싫은 것이었다. 하지만 그녀의 외모가 단정하고 손발이 장대하며 눈을 내리깔고 있을 뿐 말이 없어 분수를 아는 성실한 사람 같았으므로 쓰 아저씨의 찌푸린 눈살에도 불구하고 그녀를 머무르게 했다. 시험 삼아 일을 시켜보는 동안 그녀는 노는 것이 심심하다는 듯이 종일 일했으며 또 힘도 좋아서 사내 하나 몫을 거뜬히 해냈으므로 사흘째 되는 날에는 매달 오백 문(文)을 주고 쓰기로 했다.

　사람들은 모두 그녀를 샹린댁이라고 불렀다. 성이 뭔지 물어보지는 않았지만 소개한 사람이 웨이쟈산(衛家山) 사람이고 그 이웃이라 했으니 아마도 성은 웨이일 것이었다. 그녀는 말하기를 별로 좋아하지 않아서, 다른 사람이 물어야 겨우 대답했는데 그 대답도 길지 않았다. 그녀의 집에는 사나운 시어머니와 나무를 해올 수 있을 정도의 열몇 살 된 시동생이 하나 있다는 것, 남편이 죽은 것은 봄이었다는 것, 그리고 그는 원래 나무를 해서 먹고 살았는데 그녀보다 열 살 어렸다는 것 등이 하나씩 하나씩 알려진 것은 십여 일이나 지나서였다. 사람들이 알게 된 것은 겨우 그 정도였다.

　날짜는 빨리 지나갔다. 그녀는 일을 하는 데 조금도 게으름을 부리지 않았고, 먹는 것을 따지지 않았으며, 힘도 부족함이 없었다. 사람들은 루쓰 어른 댁에 들어온 하녀가 일 잘하는 남자보다도 더 일을 잘한다고들 했다. 세밑이 되자, 먼지 털고, 걸레질하고, 닭 잡고, 거위 잡고, 밤새도록 복례 삶고 하는 일들을 전부 혼자서 해냈고 그래서 일꾼을 쓰지 않았다. 그러나 그녀는 오히려 만족해했다. 입가에는 차츰 웃음기가 어리고 얼굴도 뿌옇게 살이 올랐다.

설이 막 지났을 때였다. 강가에서 쌀을 씻고 돌아온 그녀가 낯빛이 변한 채로, 방금 한 남자가 건너편 강가에서 서성이는 것을 멀리서 보았는데 시댁의 당숙 같다며 그녀를 찾으러 온 것인지 모른다고 말했다. 쓰 아주머니가 깜짝 놀라서 자세한 것을 알아보려 했지만 그녀는 더 이상 아무 말도 하지 않았다. 쓰 아저씨는 이야기를 듣고서 눈살을 찌푸리며 말했다.

"이거 좋지 않군. 그 여자는 도망 나온 것인지도 몰라."

그녀는 정말로 도망 나온 것이었다. 오래지 않아, 그 추측은 사실로 입증되었다.

그로부터 십몇 일쯤 지난 뒤, 사람들이 그 일을 이미 잊어버리고 있는데, 웨이 할멈이 서른몇 살의 여자를 하나 데리고 와서는, 그 여자가 샹린댁의 시어머니라고 했다. 그 여자는 산골 사람의 모습이었지만 응수가 차분하고 말도 잘했다. 인사를 한 뒤 양해를 구하고 자기는 며느리를 집으로 데려가려고 왔으며 봄 일이 바쁜데 집에는 늙은것과 어린것만 있어 일손이 부족하기 때문이라고 말했다.

"시어머니가 데려가려고 하는데 무슨 할 말이 있겠나." 쓰 아저씨가 말했다.

그래서 임금을 계산하니 전부 천칠백오십 문이었다. 그녀는 전부 주인집에 맡기고 한 푼도 쓰지 않았던 것이다. 그것을 전부 그녀의 시어머니에게 넘겨주었다. 그 여자는 옷가지도 챙기고, 감사의 말을 하고서 나갔다. 그때는 이미 정오였다.

"아 참, 쌀은? 샹린댁은 쌀을 씻으러 갔었잖아?……" 한참 뒤에야 쓰 아주머니는 놀라 소리쳤다. 그녀는 아마 배가 고파져서 점심 생각이 난 모양이었다.

그래서 사람들은 여기저기 조리를 찾았다. 그녀는 먼저 부엌에 가보고 다음에는 대청 앞에, 그다음에는 침실에 가보았지만 조리는 그림자도 보이지 않았다. 쓰 아저씨가 문밖으로 나가보았지만 역시 없었다. 강가에 가서야 조리가 물가에 반듯하게 놓여 있는 것을 발견했다. 그 옆에는 배추도 한 포기 있었다.

목격한 사람의 말에 의하면, 강에는 오전부터 하얀 뜸을 씌운 배 한 척이 정박하고 있었는데, 차양이 덮여 있어서 안에 누가 있는지도 알 수 없었고, 일이 나기 전에는 아무도 그것에 관심을 두지 않았다. 샹린댁이 쌀을 씻으러 나와 막 꿇어앉으려는데 그 배에서 갑자기 산골 사람 같은 사내 둘이 뛰어나오더니 하나는 그녀를 껴안고 다른 하나는 거들어 배 안으로 끌고 갔다. 샹린댁은 몇 번 소리를 질렀지만 무엇인가로 입이 틀어 막혔는지 그 뒤에는 더 이상 아무 소리도 나지 않았다. 이어서 여자 둘이 걸어왔는데 하나는 모르는 사람이었고 하나는 웨이 할멈이었다. 배 안을 엿보았지만 잘 보이지 않았는데, 그녀는 갑판 위에 묶인 채 누워 있는 것 같았다.

"나쁜 것들! 하지만……"쓰 아저씨가 말했다.

그날은 쓰 아주머니가 손수 점심을 지었고, 그들의 아들 아뉴 (阿牛)가 불을 피웠다.

점심 후에, 웨이 할멈이 또 찾아왔다.

"나쁜 것들!"쓰 아저씨가 말했다.

"자네 무슨 속셈인가? 무슨 낯으로 다시 찾아온 거야."설거 지를 하고 있던 쓰 아주머니가 대뜸 화를 내며 말했다. "자기가 소개해놓고서 작당을 해가지고 다시 빼돌리고, 이렇게 난장판 을 만들다니, 남들 보기에 무슨 꼴인가? 자네 우리 집안을 웃음 거리로 만들 셈인가?"

"아이고, 저도 깜빡 속았어요. 제가 온 건, 그것 때문에 자세 히 말씀드리려구요. 그 여자가 저를 찾아와서 어디 소개를 해달 랬는데, 자기 시어머니를 속였을 줄이야 어디 생각이나 했겠어 요? 죄송합니다, 쓰 어른, 쓰 마님. 제가 정신이 없어가지고 조 심하지 않는 바람에 단골댁에 죄를 지었네요. 다행히도 이 댁에 서는 항상 마음이 넓으셔서 소인을 꾸짖지 않으셨지요. 이번엔 제가 반드시 좋은 사람을 소개해드려서 속죄하겠습니다……"

"하지만……"쓰 아저씨가 말했다.

그리하여 샹린댁 사건은 종결을 지었고, 오래지 않아 잊혀 졌다.

단지 쓰 아주머니만은, 그 뒤로 쓴 하녀들이 대체로 게으름뱅이거나 식충이이고, 개중에는 식충이이면서 게으름뱅이인 경우도 있어서 도무지 마음에 들지 않았기 때문에 여전히 샹린댁 이야기를 했다. 그럴 때면, 그녀는 혼잣말로 중얼거리곤 했다. "그 여자는 지금 어떻게 되었나 몰라?" 그 뜻은 그녀가 다시 올 수 있었으면 하는 것이었다. 그러나 다음 해 설이 되자 그녀도 포기했다.

설이 다 끝나갈 무렵 웨이 할멈이 세배하러 와서는 이미 얼큰히 취해가지고 웨이쟈산의 친정에 다니러 가서 며칠 있다 오느라고 늦었다고 말했다. 대화를 하다 보니 자연히 샹린댁 이야기가 나왔다.

"그 여자 말이에요?" 웨이 할멈이 즐겁게 말했다. "지금은 운이 풀렸죠. 시에미가 잡아갔을 때는 이미 허쟈아오(賀家墺: 지명—역주)의 허라오류(賀老六)에게 시집보내기로 되어 있었거든요, 그래서 돌아간 지 며칠 안 돼서 꽃가마에 태워 보냈어요."

"아이고, 시에미가 그럴 수가!……" 쓰 아주머니가 깜짝 놀라며 말했다.

"아이고, 우리 마님! 그건 대갓집 마님 말씀이지요. 우리 같은 산골 사람들이나 가난한 사람들에겐 그게 별거겠어요? 시동생이 있는데 장가를 들여야 하거든요. 그 여자를 시집보내지 않으면 잔치를 할 돈이 어디서 생기나요? 그 시에미야말로 똑똑하고 빈틈없는 여자예요, 계산도 밝고요, 그래서 그 여잘 산골

구석으로 시집보냈죠. 같은 마을 사람에게 보내면 돈을 많이 못
받거든요. 깊은 산중으로 시집가려는 여자가 적기 때문에 그 여
자는 팔십 냥을 손에 넣었답니다. 지금은 둘째 며느리도 데려
왔는데 돈은 오십 냥만 줬다니까 잔치하는 데 든 비용을 제하
고도 열 냥이 넘게 남았지요. 참, 보세요, 얼마나 계산이 밝아
요?……"

"샹린댁은 말을 들었는가?……"

"듣고 안 듣고가 무슨 상관입니까…… 소란이야 누구나 다
피워보지만요, 밧줄로 묶어서 꽃가마에 처넣고 남자 집으로 메
고 가서 족두리 씌우고 절 시키고 방문을 걸어 잠그면 일은 끝
나는 거지요. 하지만 샹린댁은 정말 유별났어요, 그때는 정말로
심하게 날뛰었다는군요, 아마 선비 댁에서 일을 했었기 때문에
남하고 다른 모양이라고들 했대요. 마님, 우리야 많이 봤지요.
개가하는 사람들 중에는 통곡하는 사람도 있고, 죽네 사네 하는
사람도 있고, 남자 집까지 실려 와서도 식을 못 올릴 만큼 날뛰
는 사람도 있고, 화촉까지 팽개치는 사람도 있어요. 한데 샹린
댁은 그런 경우하고도 달랐대요. 가는 길 내내 소리 지르고, 욕
을 하고 하는 바람에, 허쟈아오에 도착했을 때는 목이 다 쉬었
대요. 가마에서 끌어내어 남자 둘하고 시동생이 힘껏 붙잡았는
데도 식을 올리지 못했어요. 그들이 약간 방심해서, 잠깐 손을
늦추자마자, 아이구, 맙소사, 그 여자가 잔칫상 모서리에 머리
를 부딪쳤지 뭐예요, 머리에 큰 구멍이 생기고, 빨간 피가 콸콸
쏟아져서, 재를 두 주먹이나 뿌리고 붉은 헝겊을 두 겹이나 싸

매도 피가 멎지 않았어요. 여럿이 달려들어서 그 여자를 남자랑 같이 신방에 집어넣고 문을 잠갔는데도 여전히 욕을 해대니, 아이구, 그건 정말……" 그녀는 고개를 젓고, 눈을 내리깔고, 말을 멈추었다.

"그다음엔 어떻게 됐지?" 쓰 아주머니가 물었다.

"다음 날도 일어나지 않았대요." 그녀가 눈을 들며 말했다.

"그다음엔?"

"그다음요?…… 일어났지요. 연말에는 아이를 낳았는데, 사내애고요, 새해에는 두 살이 되지요. 제가 친정에 며칠 가 있는 동안 허쟈아오에 갔다 온 사람이 그들 모자를 둘 다 봤다는데, 엄마도 살이 올랐고 아들도 살이 올랐대요. 위로는 시에미도 없지요, 남자는 힘 좋고 일 잘하지요, 집도 자기 집이죠…… 아아, 그 여잔 정말 운이 틔었다구요."

그 뒤로 쓰 아주머니는 더 이상 샹린댁 이야기를 꺼내지 않았다.

그러나 어느 해 가을, 샹린댁이 운이 틔었다는 소식을 들은 뒤 이 년쯤 지나서, 그녀는 다시 쓰 아저씨댁 대청 앞에 와 섰다. 올방개같이 생긴 둥근 바구니를 탁자 위에 놓고 처마 밑에는 작은 이불 보따리를 놓았다. 그녀는 여전히 머리에는 흰 끈을 묶었고, 까만 치마, 파란 저고리, 하늘색 조끼에, 얼굴이 창백했는데 다만 양 볼에는 이미 혈색이 사라졌고, 내리깔고 있는 눈가에는 눈물 자국이 있었으며 눈빛도 예전 같은 생기가 없었다. 예전처럼 웨이 할멈이 데리고 와서는 불쌍하다는 표정을 지으며 쓰 아주머니에게 장황하게 말을 늘어놓았다.

"……이거야말로 '세상일은 한 치 앞을 모른다'는 거지요, 이 사람의 남편은 튼튼한 사람이었는데, 젊은 나이에 염병에 걸려 죽을 줄이야 누가 알았겠어요. 사실은 다 나았었는데, 찬밥을 먹고서 재발했지요. 다행히 아들이 있고, 또 이 사람이 일을 잘해서, 나무도 하고 찻잎도 따고 누에도 치고 할 수 있으니까 그런대로 살아갈 수 있었는데 말이죠, 그 아이가 또 이리에게 물려 갈 줄이야 누가 알았겠어요? 봄도 끝나갈 무렵이었는데 이리가 마을로 내려오리라고 누가 생각했겠어요? 이제 이 사람 혼자만 남았지요. 본가의 시숙이 와서 집을 빼앗고 이 사람을 내쫓았어요. 이 사람은 정말 갈 데가 없어서 옛 주인어른께 사정할 수밖에 없게 된 거예요. 다행히 이 사람도 지금은 더 이상 매인 데가 없고, 마님 댁에서도 마침 사람을 바꾸려던 참이라서 제가 이 사람을 데리고 왔어요…… 제 생각으론, 집안 사정을 잘 아니까, 낯선 사람보다 훨씬 나을 것 같아서요……"

"저는 정말 바보였어요, 정말." 샹린댁이 생기 없는 눈을 들고서 말을 이었다. "눈이 올 때만 짐승들이 산속에 먹을 게 없으니까 마을로 내려오는 줄 알았죠. 봄에도 그럴 줄은 몰랐어요. 아침에 일어나서 문을 열고, 소쿠리에 콩을 담아서 우리 아마오(阿毛)에게 문지방에 앉아 콩을 까게 했지요. 그 애는 말을 아주 잘 들어서, 제 말이라면 뭐든지 다 들었어요. 그 애가 나갔지요. 저는 뒤안에서 장작을 패고, 쌀을 씻고, 쌀을 솥에 안치고, 콩을 삶으려고 했는데요. 아마오를 부르는데 대답이 없어서요, 나가보니까, 콩만 바닥에 흩어져 있고요, 우리 아마오가 없어진 거예요. 그 애는 다른 집에 놀러 가지도 않거든요, 여기저기 찾아봐도 정말 없는 거예요. 저는 마음이 급해져서 사람들에게 찾아봐달라고 부탁했지요. 오후가 될 때까지 이리 찾고 저리 찾다가 산속까지 찾아갔더니 가시덤불에 그 애의 신발 한 짝이 걸려 있는 거예요. 다들 말했죠, 큰일 났군, 이리를 만났나봐. 더 들어갔더니 과연 그 애가 풀섶에 쓰러져 있는 거예요, 배 속의 창자를 벌써 다 먹혀버렸는데, 그래도 손에는 그 소쿠리를 꼭 잡고 있었어요……" 그러고서 그녀는 흐느끼기만 할 뿐 제대로 말을 하지 못했다.

쓰 아주머니는 처음에는 망설였지만, 샹린댁 말을 다 듣고는 눈가가 빨개졌다. 그녀는 조금 생각해보고서 둥근 바구니와 이불 보따리를 아랫방으로 가져가게 했다. 웨이 할멈은 무거운 짐을 내려놓은 듯 한숨을 쉬었다. 샹린댁은 처음 왔을 때보다 정신이 드는지 시키기도 전에 스스로 얌전히 이불 보따리를 풀었다. 이리하여 그녀는 다시 노진에서 하녀로 일하게 되었다.

사람들은 여전히 그녀를 샹린댁이라고 불렀다.

그러나 이번에는 그녀의 모습이 아주 딴판으로 변해 있었다. 일을 시작하고 이삼 일이 지나자 주인들은 그녀의 손발이 전처럼 민첩하지 못하고 기억력도 훨씬 나빠졌으며 죽은 사람 같은 얼굴에 종일토록 웃음기를 띠지 않는다는 것을 알아차렸다. 쓰 아주머니의 말투에는 벌써부터 불만이 나타나기 시작했다. 그녀가 처음 왔을 때, 쓰 아저씨는 늘 그랬던 것처럼 눈살을 찌푸렸지만, 그동안 하녀를 쓰는 데 어려움이 많았다는 점을 감안하여 크게 반대하지는 않았다. 단지 쓰 아주머니에게 넌지시 주의를 주면서, 이런 사람은 불쌍하기는 해도 풍속을 해쳤으므로 그 여자에게 일을 거들게 하는 것은 좋지만 제사 때에는 그 여자가 손을 대게 해서는 안 된다, 모든 음식은 스스로 만들어야 한다, 그러지 않으면 부정을 타서 조상님께서 잡숫지 않는다고 말했다.

쓰 아저씨댁에서 가장 중요한 일은 제사였다. 전에는 샹린댁이 가장 바쁜 때도 제사 때였는데, 이번에는 제사 때 오히려 한가해졌다. 탁자를 대청 한가운데 놓고, 휘장을 치고, 그녀는 예전처럼 술잔과 젓가락을 늘어놓으려 했다.

"샹린댁, 그만두게! 내가 할 테니까." 쓰 아주머니가 황급히 말했다.

그녀는 슬그머니 손을 움츠리고서, 다시 촛대를 들려고 했다.

"샹린댁, 그만두게! 내가 할 테니까." 쓰 아주머니가 또 황급히 말했다.

그녀는 몇 바퀴 맴을 돌았지만 끝내 할 일이 없어서 의혹에 잠긴 채 비켜설 수밖에 없었다. 이날 그녀가 할 수 있었던 일은 부뚜막 앞에 앉아 불을 때는 것뿐이었다.

노진 사람들도 그녀를 여전히 샹린댁이라고 부르기는 했지만, 말투가 전과는 아주 달랐다. 그녀에게 말을 걸기도 했지만, 그 웃는 얼굴은 차가웠다. 그녀는 그런 것들은 조금도 알아차리지 못한 채, 단지 눈을 똑바로 뜨고, 자기가 낮이나 밤이나 잊지 못하는 이야기를 사람들에게 들려주는 것이었다.

"저는 정말 바보였어요, 정말." 그녀는 말했다. "눈 오는 날에만 짐승들이 깊은 산에 먹을 게 없으니까 마을로 내려오는 줄 알았죠. 봄에도 그럴 줄은 몰랐어요. 아침에 일어나서 문을 열고, 소쿠리에 콩을 담아서 우리 아마오에게 문턱에 앉아 콩을 까게 했지요. 그 애는 말을 아주 잘 듣는 아이라서, 제 말이라면 뭐든지 다 들었어요. 그 애가 나갔지요. 저는 뒤안에서 장작을 패고, 쌀을 씻고, 쌀을 솥에 안치고, 콩을 삶으려고 했는데요. 제가 '아마오' 하고 부르는데 대답이 없어요. 나가보니까, 콩만 바닥에 가득 흩어져 있고요, 우리 아마오가 없어진 거예요. 여기저기 찾아보아도 없는 거예요. 저는 마음이 급해져서 사람들에게 찾아봐달라고 부탁했지요. 오후가 되어서 몇 사람이 산속까지 찾아갔더니 가시덤불에 그 애의 신발 한 짝이 걸려 있는 거예요. 다들 말했죠, 끝났군, 이리를 만났나봐. 더 들어갔더니 과연, 그 애가 풀섶에 쓰러져 있는 거예요, 배 속의 창자를 벌써 다 먹혀버렸는데, 불쌍하게도 그 애는 손에 그 소쿠리를 꼭 잡고 있었어요……" 그러고서 그녀는 눈물을 줄줄 흘렸고, 목소리도 흐느꼈다.

이 이야기는 자못 효과가 있었다. 여기까지 듣게 되면, 남자들은 보통 웃음기를 거두고 무안해하며 자리를 떴고, 여자들은 그녀를 너그럽게 용서한다는 듯이 할 뿐만 아니라 금세 얼굴에서 멸시하는 기색을 바꾸고 눈물을 줄줄 흘렸다. 거리에서 그녀의 이야기를 듣지 못한 할머니들은 일부러 찾아와서 그녀의 이 비참한 이야기를 듣기도 했다. 그녀가 여기까지 이야기하고 흐느끼면 그녀들도 일제히 눈가에 괴어 있던 눈물을 흘리고, 한숨을 쉬고, 여러 가지로 논평을 하면서 만족스럽게 돌아가는 것이었다.

그녀는 오직 자신의 비참한 이야기만 사람들에게 되풀이해서 이야기했는데, 항상 너덧 명은 그녀의 이야기를 들으러 왔다. 그러나 오래지 않아, 사람들은 지겨울 정도로 들어버려서, 가장 동정심 많고 늘상 염불을 하는 할머니들조차도 더 이상 눈에 눈물 자국을 보이지 않게 되었다. 나중에는 온 읍의 사람들이 거의 다 그녀의 이야기를 외울 수 있을 정도가 되었고, 그 이야기라면 골치가 다 아플 정도로 지겨워했다.

"저는 정말 바보였어요, 정말." 그녀가 이야기를 시작한다.

"그래, 자네는 눈 오는 날만 짐승들이 깊은 산에 먹을 게 없으니까 마을로 내려오는 줄 알았지." 사람들은 얼른 그녀의 말을 가로막고서 가버린다.

그녀는 입을 벌린 채 멍하니 서서 눈을 똑바로 뜨고 그들을 쳐다보다가 곧 그 자리를 떠나는데, 스스로도 무안해하는 것 같았다. 그러나 그녀의 망상은 여전해서, 다른 것들, 예컨대 소쿠리나 콩, 다른 사람의 아이 같은 것들에서 그녀의 아마오 이야기를 끌어내고 싶어 했다. 두세 살 된 어린아이를 보면 그녀는 이렇게 말했다.

"아이고, 우리 아마오가 살아 있었다면 이만큼 컸을 텐데……"

아이는 그녀의 눈빛을 보고 놀라, 엄마의 옷자락을 끌며 빨리

가자고 조른다. 그래서 그녀는 혼자 남게 되고, 결국 무안해하며 그 자리를 떠난다. 나중에는 사람들이 그녀의 습관을 다 알게 되어, 그 자리에 아이가 있기만 하면 웃는 듯 마는 듯 한 표정으로 앞질러서 그녀에게 물었다.

"샹린댁, 자네의 아마오가 살아 있었다면 이만큼 크지 않았을까?"

그녀는 자신의 슬픔이 오랫동안 사람들에게 저작되고 감상되어 이미 찌꺼기만 남았고 이제는 오직 혐오와 타기의 대상일 뿐이라는 점을 알지 못했을 것이다. 그러나 사람들의 웃음 속에서, 그것이 싸늘하고 가시 돋친 것이며 자기는 더 이상 입을 열 필요가 없다는 것을 느끼는 것 같았다. 그녀는 그들을 흘낏 바라보기만 할 뿐, 한마디도 대답하지 않았다.

노진에서는 언제나 설을 쇠려면, 섣달 스무날부터 바빠진다. 쓰 아저씨댁에서는 이번에는 남자 일꾼을 썼는데도 여전히 바빠서 따로 류마(柳媽)를 조수로 삼아 닭을 잡고 거위를 잡으려 했지만, 류마는 불심이 깊은 여자로서 채식만 하고 살생을 하지 않는지라 오직 기명만 씻으려고 하였다. 샹린댁은 불을 때는 것 말고는 다른 일이 없었으므로 한가하게 앉아서 류마가 기명을 씻는 것을 바라볼 뿐이었다. 가는 눈이 점점이 내렸다.

"아아, 난 정말 바보였어." 샹린댁은 하늘을 쳐다보고 탄식하면서 혼잣말처럼 말했다.

"샹린댁, 또 시작인가." 류마가 짜증스럽게 그녀의 얼굴을 쳐다보면서 말했다. "그런데 말야, 자네 이마에 흉터는 그때 부딪쳐서 생긴 거 아닌가?"

"응, 응." 그녀는 모호하게 대답했다.

"그런데 말야, 자네 그때 나중엔 왜 말을 들었지?"

"나 말이에요?……"

"그래, 자네. 내 생각엔 말야, 그건 결국 자네 스스로 원했던 거야, 그렇지 않으면……"

"아이고, 그 사람 힘이 얼마나 센데요."

"못 믿겠어. 자네 힘이 이렇게 센데 말야, 정말 그 사람을 막지 못했다고는 난 못 믿겠어. 나중엔 틀림없이 저도 좋아서 했을 거면서, 그 사람 힘이 세서 그랬다고 둘러대는 거야."

"아이고, 무슨…… 자기가 직접 당해보라구요." 그녀가 웃었다.

류마의 주름살투성이 얼굴도 웃는 바람에 호두처럼 쪼글쪼글해졌고, 메마른 작은 눈이 샹린댁의 이마를 스치고 그녀의 눈에 꽂혔다. 샹린댁은 몹시 어색한 듯 얼른 웃음을 거두고 눈길을 돌려 눈송이를 바라보았다.

"샹린댁, 자넨 정말로 손해만 봤어." 류마가 은밀히 말했다. "좀 더 힘이 세거나 차라리 부딪쳐서 죽었더라면 좋았을 텐데. 이제는 말야, 두 번째 남자랑 이 년도 못 살고서 큰 죄명만 뒤집어썼거든. 생각해봐, 자네가 장차 저승에 가게 되면, 죽어서 귀신이 된 두 남자가 서로 싸울 텐데, 자네를 누구에게 줘야 좋을까? 염라대왕이 자넬 톱으로 잘라서 그들에게 나눠줄 수밖에. 내 생각엔, 그건 정말로……"

그녀의 얼굴에 공포의 기색이 나타났다. 이것은 산골에서는 전혀 몰랐던 이야기였다.

"그러니까, 빨리 방지해두는 게 나을 거야. 토지묘(土地廟)에 가서 문지방을 하나 사라구. 그걸 자네 몸 대신으로 하고, 천사람 만사람에게 밟게 해서 이 세상에서의 죄를 씻으면 죽어서 고통받는 건 면할 수 있으니까."

그녀는 그때는 아무 대답도 하지 않았지만, 아마도 몹시 고민을 했던 모양으로, 다음 날 아침 일어났을 때에는 두 눈 가장자리가 거뭇거뭇해져 있었다. 아침을 먹은 뒤, 그녀는 읍내 서쪽에 있는 토지묘로 가서 문지방을 사려고 했다. 묘지기는 처음에는 고집을 부리며 안 된다고 했지만, 그녀가 눈물을 흘릴 정도로 다급해하자 할 수 없이 허락했다. 값은 따치엔(大錢: 동전에는 관제官制 동전과 사전私錢이 있었는데 관제 동전을 따치엔이라고 했다. 혹은 고액 동전을 따치엔이라고 하기도 했다―역주)으로 열두 냥이었다.

그녀는 이미 오래전부터 다른 사람들과 말을 하지 않았다. 아마오 이야기는 벌써부터 사람들이 들으려고 하지 않았기 때문이다. 그런데, 류마와의 대화 이후로, 그것이 소문이 난 듯, 많은 사람들이 새로운 흥미를 가지고 그녀를 놀려댔다. 주제는 물론 새로운 것으로 바뀌어, 그녀 이마의 흉터에 집중되었다.

"샹린댁, 좀 물어보자구. 자네 그때 왜 승낙했지?" 한 사람이 말했다.

"아, 애석하구나, 부딪친 게 헛일이 되었구나." 또 한 사람이 그녀의 흉터를 보며 맞장구를 쳤다.

그녀는 그들의 웃는 얼굴과 말투를 통해 그것이 자신을 비웃는 것임을 알아차렸는지 눈을 부릅뜬 채 아무 말도 하지 않았고, 나중에는 고개조차 돌리지 않았다. 그녀는 하루 종일 입을 꾹 다물고, 머리에는 사람들이 치욕의 표지라고 생각하는 그 흉터를 간직한 채, 묵묵히 길을 가고, 마당을 쓸고, 배추를 씻고, 쌀을 씻었다. 일 년이 다 되어갈 무렵, 그녀는 쓰 아주머니 손에서 그동안 모아두었던 임금을 받아가지고, 그것으로 멕시코 은화 열두 냥을 바꾸고, 휴가를 얻어 읍내 서쪽으로 갔다. 하지만 밥 한 끼 먹을 시간도 안 되어 돌아왔는데, 표정이 무척 상쾌했고 눈빛도 아주 생기가 있었다. 그녀는 쓰 아주머니에게 자기가 토지묘에 문지방을 바쳤다고 기쁜 듯이 말했다.

동짓날 제사 때에 그녀는 더욱 열심히 일을 했다. 쓰 아주머니가 제구(祭具)를 챙겨놓고 아뉴와 함께 탁자를 대청 한가운데로 옮기는 것을 보고 그녀는 무심코 술잔과 젓가락을 집어 들려고 했다.

"가만둬, 샹린댁!" 쓰 아주머니가 황급히 큰 소리로 말했다.

그녀는 뜨거운 철판에라도 닿은 듯 손을 움츠리고, 금세 얼굴이 창백해진 채 더 이상 촛대를 집으려고 하지도 않고 단지 넋을 놓고 서 있을 뿐이었다. 쓰 아저씨가 향불을 피울 때가 되어 저쪽으로 비키라고 해서야 비로소 그 자리를 비켰다. 이번에는 그녀의 변화가 대단히 커서, 다음 날에는 눈이 움푹 꺼졌을 뿐만 아니라 정신까지 오락가락했다. 또 아주 겁이 많아져서 어두운 밤을 무서워하고 검은 그림자를 무서워할 뿐만 아니라, 자기 주인이라 하더라도 사람만 보면 벌벌 떠는 모습이 한낮에 구멍에서 나와 다니는 쥐새끼 같았다. 그렇지 않으면 멍하니 앉아 있는 게 꼭 목각인형 같았다. 반년이 되지 않아, 머리카락도 희끗희끗해지기 시작했고, 기억력이 더욱 나빠져서 심지어는 쌀 씻으러 가는 일조차 늘 잊어버렸다.

"샹린댁은 왜 이 모양이야? 그때 차라리 들이지 말 걸 그랬어." 쓰 아주머니는 이따금 경고하듯 대놓고 이렇게 말했다.

그래도 그녀는 마찬가지였다. 다시 정신이 돌아올 희망은 전혀 보이지 않았다. 그들은 그래서 그녀를 내보내자, 웨이 할멈에게 돌려보내자고 생각했다. 그러나 내가 노진에 있었을 당시에는 말로만 그랬을 뿐이었는데, 지금의 상황을 보니 그 뒤에 결국 실행에 옮겼다는 것을 알 수 있었다. 그러나 그녀가 쓰 아저씨댁에서 나와 곧바로 거지가 된 것인지, 아니면 먼저 웨이 할멈 집으로 갔다가 나중에 다시 거지가 된 것인지, 그것은 알 수 없었다.

나는 근방에서 요란하게 터지는 폭죽 소리에 놀라 정신을 차렸다. 콩알만 한 노란 등불 빛이 보였고, 계속해서 타닥타닥하는 연발 폭죽 소리가 들렸다. 쓰 아저씨댁에서 바야흐로 '복을 비는 제사'를 하고 있는 것이었다. 이미 오경 가까운 때임을 알 수 있었다. 나는 끝없이 이어지는 먼 곳의 폭죽 소리를 몽롱한 가운데 어렴풋이 들었다. 그 소리는 하늘 가득한 소리의 구름이 되어 펄펄 휘날리는 눈송이와 함께 온 읍내를 포옹하는 것 같았다. 이 들뜬 소리의 포옹 속에서 나는 나른해지고 편안해졌다. 대낮부터 초저녁까지의 의혹은 복을 비는 제사의 분위기에 씻겨 전부 사라져버리고, 하늘과 땅의 신들이 제물과 향연을 흠향하고 얼큰히 취해 공중에서 비틀거리면서 노진 사람들을 위해 무한한 행복을 준비하고 있는 것처럼 느껴졌다.

〔1924. 2. 7〕

술집에서

나는 북쪽 지방으로부터 동남쪽으로 여행하면서 길을 돌아 고향을 찾아본 다음 S시에 도착했다. 이 도시는 내 고향에서 삼십 리밖에 되지 않았고 작은 배를 타고 가면 반나절 안에 도착할 수 있었는데, 나는 전에 이곳 학교에서 일 년간 교원 생활을 한 적이 있다. 한겨울에 눈이 내린 뒤의 풍경이 쓸쓸했고 권태와 추억의 사념이 연결되어 나는 S시의 낙사(洛思)여관에 잠시 묵기로 했다. 이 여관은 전에는 없던 것이었다. 시내가 원래 크지 않았으므로 만날 수 있으리라 생각되는 옛 동료 몇 명을 찾아보았으나 한 사람도 없었고 벌써부터 행방이 묘연해져 있었다. 학교 문 앞도 지나갔는데 이름과 모습이 다 바뀌어서 내게는 몹시 낯설었다. 네 시간이 되기 전에 나는 흥미가 사라져버렸고 여러 가지 일을 하러 이곳에 들른 것이 자못 후회가 되었다.

내가 투숙한 여관은 방만 빌려주고 밥은 팔지 않았으므로 식사는 밖에서 따로 시켜와야 했지만 맛이 없어서 입에 넣으면 모래를 씹는 것 같았다. 창밖은 단지 땟자국으로 얼룩진 담벼락뿐인데 말라 죽은 이끼가 달라붙어 있었고, 위쪽은 납빛 하늘이 멋이라고는 조금도 없이 창백하기만 했는데 다시 싸락눈이 휘날리기 시작했다. 나는 점심도 제대로 먹지 못한 데다가 시간을 죽일 만한 일도 없었으므로 전에 단골로 다니던 일석거(一石居)라는 작은 술집이 여관에서 별로 멀지 않다는 게 자연스럽게 생각났다. 그래서 즉시 방문을 잠그고 거리로 나서서 그 술집을 찾아갔다. 사실은 잠시나마 여행의 따분함으로부터 도피해보려는 것이었지 술 마시기 위해서만은 결코 아니었다. 일석거는 그대로 있었고, 좁고 음습한 가게 입구와 낡은 간판도 다 옛날 그대로였지만, 주인에서 점원에 이르기까지 아는 사람이라고는 하나도 없어서 나는 이 일석거에서도 완전히 낯선 손님이 되어버렸다. 그러나 나는 결국 늘 다니던 그 구석 계단을 디뎠고 그리로 해서 자그마한 이층으로 올라갔다. 거기에는 여전히 작은 탁자가 다섯 개 있었는데, 단지 원래 나무 창살이었던 뒤창만은 유리로 바뀌어 끼워져 있었다.

"소흥주(紹興酒) 한 근…… 안주는? 두부튀김 열 개, 고추장을 많이 넣게!"

나는 따라 올라온 점원에게 이렇게 말하면서 뒤창 쪽으로 가서 창가에 있는 탁자 옆에 앉았다. 이층이 '텅텅 비어' 있었기 때문에 아래층의 폐원(廢園)을 내려다볼 수 있는 제일 좋은 자리를 마음대로 고를 수 있었던 것이다. 그 정원은 아마 술집의 것이 아닐 텐데, 나는 전에도 여러 번 내려다보곤 했으며 그중에는 눈 내리는 날도 있었다. 하지만 이제 북방에 익숙해진 눈으로 보니 몹시 경이로웠다. 눈 속에서도 나무 가득히 꽃을 피운 늙은 매화 몇 그루는 한겨울을 조금도 의식하지 않는 것 같았고, 무너진 정자 곁의 동백나무 한 그루는 검푸른 무성한 잎 사이로 십여 송이의 붉은 꽃을 드러내고 있었는데 그 꽃들이 눈 속에서 불꽃처럼 강렬하게 빛나며 분노와 오만의 기색을 띠고 있는 모습은 마치 나그네의 방랑 취미를 멸시하는 것 같았다. 그때 나는 문득, 이곳에 쌓이는 눈은 촉촉하기 때문에 달라붙어서 잘 떨어지지 않고 반짝반짝 빛나는 것이, 북방의 눈이 가루처럼 메말라서 큰 바람이 한 번 불면 하늘 가득 안개처럼 휘날리는 것과는 사뭇 다르다는 생각이 들었다……

"손님, 술입니다……"

점원이 건성으로 말하면서 술잔과 젓가락, 술병, 그리고 안주 접시를 내려놓았다. 술이 나온 것이다. 나는 탁자 쪽으로 얼굴을 돌리고 그것들을 가지런히 늘어놓은 다음 술을 따랐다. 북방은 물론 내 고향이 아니지만 남으로 와도 일개 나그네일 수밖에 없으니, 그곳의 메마른 눈이 어떻게 휘날리건, 또 이곳의 부드러운 눈이 어떻게 달라붙건 나와는 아무런 관계가 없다는 느낌이 들었다. 나는 약간 애수에 젖었지만 그러나 제법 기분 좋게 술을 한 모금 마셨다. 술맛은 순수했고 두부튀김도 아주 잘 익었다. 애석하게도 고추장이 너무 싱거웠지만 원래 S시 사람들은 매운 것을 먹을 줄 몰랐다.

아마도 오후이기 때문이리라. 술집이라고는 해도 술집다운 분위기라고는 조금도 없었다. 이미 술을 석 잔이나 마셨는데도 나 이외에는 네 개의 비어 있는 탁자들뿐이었다. 나는 폐원을 바라보면서 차츰 고독을 느꼈지만, 그렇다고 다른 손님이 올라오는 것은 원치 않았다. 이따금 계단에서 발소리가 들리면 나도 모르게 언짢아졌고 그것이 점원이라는 것을 확인하고서야 마음이 놓였다. 그러는 가운데 또 두 잔의 술을 마셨다.

이번에는 분명히 손님이겠군, 하고 나는 생각했다. 발소리가 점원의 것보다 훨씬 느리게 들렸기 때문이다. 대략 그가 계단을 다 올라왔으리라 생각되는 때에 나는 두렵기라도 한 듯이 고개를 들어 그 무관한 동반자를 바라보았고, 그와 동시에 깜짝 놀라 일어섰다. 이곳에서 뜻밖에도 친구를 — 내가 친구라고 부르는 것을 그가 지금도 허락한다면 말이다 — 만나게 될 줄이야. 올라온 사람은 분명히 나의 옛 동창이자 교원 시절의 옛 동료였다. 얼굴 모습이 사뭇 변했지만 한눈에 알아볼 수 있었는데, 다만 동작이 유난히 느려진 것이 왕년의 민첩하고 야무진 뤼웨이푸(呂緯甫)와는 아주 달랐다.

"아니,…… 웨이푸, 자네잖아? 여기서 자네를 만나게 되다니 정말 뜻밖이야."

"아아, 자네가? 나도 정말 뜻밖인데……"

나는 곧 동석하자고 했지만 그는 약간 망설이는 듯하다가 겨우 자리에 앉았다. 나는 처음에는 이상하다고 생각했지만 곧 이어서 슬픈 느낌이 들었고 불쾌하기까지 했다. 그의 얼굴을 자세히 살펴보니 헝클어진 머리와 수염, 그리고 창백한 직사각형의 얼굴은 옛날 그대로였지만 그러나 수척해져 있었다. 정신이 몹시 가라앉아 있는 것이 오히려 기가 죽은 것 같았고, 짙고 검은 눈썹 아래의 눈도 생기를 잃었다. 하지만 그는 천천히 사방을 둘러보다가 폐원을 향하면서 갑자기 내가 학교 시절에 항상 보던, 사람을 쏘는 듯한 눈빛을 번뜩였다.

"우리가," 나는 쾌활하게, 그러나 사뭇 부자연스럽게 말했다. "우리가 헤어진 지 십 년쯤 될 거야. 나는 자네가 제남(濟南)에 있는 줄을 벌써부터 알고 있었지만, 사실은 너무 게을러서 말이야, 결국 편지 한 통도 못 쓰고 말았지……"

"피차일반이지 뭐. 하지만 지금은 태원(太原)에 있어. 벌써 이년이 넘었지, 어머니와 함께 말야. 어머니를 모시러 돌아왔다가 자네가 벌써 이사했다는 것을 알았지. 완전히 옮겼더군."

"태원에서 무슨 일을 하나?" 내가 물었다.

"글을 가르치지, 동향 사람 집에서 말야."

"그 전에는?"

"그 전에?" 그는 주머니에서 담배를 한 개비 꺼내어 불을 붙여 입에 물고는 내뿜은 담배연기를 바라보며 깊은 생각에 잠기는 듯 말했다. "시시한 일들을 하긴 했지만, 아무것도 안 한 거나 마찬가지야."

그도 헤어진 뒤의 내 사정을 물었다. 나는 그에게 대충 이야기해주면서 점원에게 먼저 술잔과 젓가락을 가져오라고 하여 그에게 먼저 내 술을 권했고 그다음에 두 근을 더 시켰다. 그 사이에 요리도 주문했는데, 우리는 전에는 체면 같은 것은 조금도 따지지 않았었지만 지금은 오히려 서로 사양하다가 무슨 요리를 누가 주문할지를 정하지 못했고, 그래서 점원의 말을 듣고서 회향 콩, 냉육, 두부튀김, 건청어의 네 가지 요리로 정했다.

"돌아와보니 우습다는 생각이 들더군." 그는 한 손에는 담배를 쥐고, 다른 한 손에는 술잔을 들고서 웃는 듯 마는 듯 하게 내게 말했다. "내가 어렸을 때 말야, 벌이나 파리가 한 곳에 앉아 있다가 무엇에 놀라면 즉시 날아가지만 조그맣게 한 바퀴 돌고 나서는 아까 그 자리로 되돌아와 내려앉는 것을 보고 참 우습기도 하고 불쌍하기도 했었지. 그런데 뜻밖에 지금 나 자신도 기껏 조그맣게 한 바퀴 돌았을 뿐 제자리로 날아 돌아온 것이야. 게다가 뜻밖에 자네도 돌아왔군. 자네는 좀 더 멀리 날아갈 수 없었나?"

"글쎄, 아마 나 역시 조그맣게 한 바퀴 돈 것에 불과할걸." 나도 웃는 듯 마는 듯 하게 말했다. "그런데 자넨 무슨 일로 날아 돌아온 건가?"

"역시 시시한 일 때문이지 뭐." 그는 단숨에 술잔을 비워버리고 담배를 몇 모금 빨고서 눈을 조금 크게 떴다. "시시해…… 하지만 우리 이야기해보세."

점원이 새로 추가한 술과 안주를 가져와 탁자 가득 늘어놓자 이층은 담배연기와 두부튀김의 김이 보태어져 흥청거리기 시작하는 듯했고, 바깥의 눈도 더욱 분분히 내렸다.

"아마 자네는 이미 알고 있을 거야" 하고 그는 계속해서 말했다. "어린 남동생이 하나 있었는데 세 살 때 죽어서 여기 시골에 묻었지. 나는 그 애의 생김새조차 똑똑히 기억하지 못하지만, 어머니 말씀을 들어보면 아주 귀여운 아이였는데 나를 무척 따랐대. 지금도 어머니는 그 애 얘기를 꺼내면 눈물을 짓지. 올 봄에 사촌형이 편지를 보내면서 그 애 무덤 근처가 점점 침수되고 있는데 머지않아 강물 속으로 잠겨버릴지도 모르니 얼른 손을 써야 한다고 했네. 어머니는 그 사실을 알고는 몹시 조급해하면서 며칠 밤을 거의 잠을 이루지 못했지 — 당신께서는 스스로 편지를 읽을 줄 안단 말야. 하지만 내게 무슨 방법이 있겠나? 돈도 없고 시간도 없으니, 당시에는 아무 방법도 없었어."

"그러다가 이제 와서 연말 휴가의 짬을 이용해서야 비로소 그 애를 이장시켜주기 위해 남쪽으로 돌아올 수 있게 되었지." 그는 또 술잔을 비우고 창밖을 바라보면서 말했다. "저쪽에서는 어디 이럴 수 있나? 쌓인 눈 속에서 꽃이 피고 눈에 덮인 땅이 얼지를 않는단 말야. 그저께 나는 시내에서 작은 관을 사고 — 땅속의 것은 벌써 썩어버렸을 테니까 말야 — 솜하고 이불을 가지고, 인부 넷을 고용해서 이장하러 고향으로 내려갔었어. 그때는 왠지 기분이 무척 좋더군. 무덤을 파기로 하자, 나와 사이가 좋았던 어린 동생의 뼈를 보기로 하자. 이런 일은 내 평생 경험해본 적이 없었거든. 무덤에 도착해보니, 과연, 강물이 차 들어와 무덤까지 두 자밖에 남지 않았더군. 불쌍한 무덤은 이 년 동안 흙을 북돋워주지 않아서 평평해졌고, 나는 눈 속에

서서 그것을 가리키면서 인부들에게 결연히 말했어, '파요!'
나는 사실 평범한 사람이지만, 이때는 내 목소리가 진기한 데
가 있고 그 명령도 내 일생 중에 가장 위대한 명령이라는 느낌
이 들더군. 하지만 인부들은 조금도 이상스러워하지 않고 파 내
려가기 시작했어. 광혈까지 파고 나서 다가가 들여다보니까, 과
연, 관은 이미 거의 다 썩어버리고 한 무더기 나무 부스러기랑
작은 나뭇조각들만 남았더군. 나는 떨리는 마음으로 그것들을
헤치고, 아주 조심스럽게 말야, 내 어린 동생을 살펴보려고 했
지. 그러나 뜻밖이었어! 이불도, 옷도, 뼈도, 아무것도 없는 거
야. 나는, 이것들은 다 없어졌구나, 하지만 머리카락은 잘 썩지
않는다고들 하니 그건 남아 있을지도 모른다고 생각했지. 그래
서 나는 엎드려서 필시 베개가 있던 자리라고 짐작되는 곳의 흙
을 자세히 들여다보았지만 없더라구. 전혀 흔적도 없는 거야!"
  문득 나는 그의 눈자위가 불그스름해지는 것을 보았지만 그
것이 술기운 때문이라는 것을 금세 알아차렸다. 그는 안주는 별
로 먹지 않고 오직 술만 쉼 없이 마셔대 벌써 한 근 넘게 마시고
있었는데 표정과 거동이 활발해지며 점점 예전에 보았던 뤼웨
이푸에 가까워졌다. 나는 점원에게 술을 두 근 더 시킨 뒤 몸을
돌려 나도 술잔을 들고서 그를 똑바로 마주 보며 묵묵히 귀를
기울였다.
  "사실, 이렇게 된 이상 다시 이장(移葬)할 필요도 없이 흙을
메우고 관을 팔아버리면 그것으로 일이 끝날 수도 있어. 내가
관을 판다는 게 좀 이상하기는 하지만 값만 아주 싸게 해주면

원래 팔았던 가게에서 인수할 테고 적어도 술값 몇 푼은 건질 수 있겠지. 하지만 나는 그렇게 하지 않고, 여전히 이불을 깔고 그 애의 몸이 있던 곳의 흙을 솜으로 싸서 둘둘 말아가지고 새 관에 넣어서 아버지가 묻혀 있는 무덤으로 옮겨가 그 무덤 옆에 묻었네. 바깥쪽에 벽돌을 쌓느라고 어제도 한나절 내내 바빴지, 공사 감독을 했거든. 하지만 어쨌든 이렇게 해서 일은 완결 지은 셈이야, 어머니를 적당히 속여서 안심시켜드릴 수 있으니까 말야…… 아니, 자네 왜 나를 그렇게 쳐다보는가, 내가 옛날하고 너무나 달라져서 이상하다는 건가? 그래, 나도 아직 기억해, 우리가 함께 성황당으로 가서 신상(神像)의 수염을 뽑아버렸던 때를, 그리고 날이면 날마다 중국을 개혁시킬 방법을 의논하다가 나중에는 싸우기까지 했던 때를 말야. 하지만 지금 나는 이 모양으로 대충대충 흐리멍덩하게 살고 있네. 때로는 나 스스로도 옛 친구가 나를 본다면 내가 친구였다는 걸 부인할지도 모른다는 생각을 하지…… 하지만 지금 나는 이 모양일세.”

그는 또 담배 한 개비를 꺼내어 입에 물고 불을 붙였다.

“자네 표정을 보니 아직도 내게 다소 기대를 갖고 있는 것 같은데,…… 나는 지금 많이 마비되어 있지만 그래도 어떤 것들은 아직 알아볼 수 있어. 그것이 나를 감격시키기도 하지만 불안하게 만들기도 하지. 지금도 나에게 호의를 품고 있는 옛 친구들을 내가 끝내 저버리게 될까봐 말야……”그는 갑자기 말을 멈추고 담배를 몇 모금 피운 다음 다시 천천히 말을 했다. “바로 오늘, 여기 일석거로 오기 직전에도 한 가지 시시한 일을 했네. 하지만 그건 나 자신이 원해서 한 일이었지. 옛날 우리 집 동쪽 이웃은 창푸(長富)라는 뱃사공이었어. 그에게는 아순(阿順)이라는 딸이 있었는데, 자네도 그때 우리 집에 왔다가 본 적이 있을걸. 하지만 분명히 눈여겨보지는 않았겠지, 그때 그 애는 아직 어렸으니까 말야. 나중에 커서도 결코 예쁘지는 않았어. 마르고 갸름한 평범한 얼굴에 얼굴빛이 누렜는데, 유독 눈만은 아주 큼직하고 눈썹도 길고 흰자위도 맑게 갠 밤하늘처럼 맑았지. 북방의 바람 없는 맑은 하늘 말야, 여기 하늘은 그렇게 맑지 못해. 그 애는 일을 아주 잘했어. 열몇 살에 어머니가 죽은 뒤로 두 동생을 자기가 다 키웠고 아버지 시중도 빈틈없이 잘했고 살림도 잘해서 집안 형편이 차츰 좋아졌지. 이웃에서도 그 애를 칭찬하지 않는 사람이 거의 없었고, 창푸씨까지도 항상 고맙다는 말을 했어. 이번에 내가 집에서 떠날 때 어머니께서 그 애 생각이 난 거야. 노인네가 정말 기억력이 좋아. 어머니 말씀으론, 아순이 누군가가 머리에 빨간 비로드로 만든 꽃을 꽂은 것을 보고 자기도 하나 갖고 싶어 했지만 구할 수가 없어서 울었는데, 밤새도록 울다가 자기 아버지한테 매를 맞고는 이삼 일 동안 눈이 벌겋게 부어 있었다는 거야. 그 비로드 꽃은 타지 물건이라 S시에서는 살 수가 없는 것인데, 그 애가 어디서 손에 넣을 수 있겠나? 내 이번 남행 길에 두 개쯤 사가지고 그 애에게 가져다주라는 거야."

"나는 이 심부름이 귀찮기는커녕 오히려 무척 즐거웠어. 아순을 위해서라면, 나 역시 실은 무언가 해주고 싶은 생각이 있었거든. 재작년에 어머니를 모시러 왔을 때, 하루는 창푸씨가 집에 있었는데 어쩌다가 나하고 그 사람 사이에 이런저런 이야기가 시작되었네. 그는 내게 간식으로 메밀범벅을 먹어보라면서 흰 설탕을 넣어서 만든다고 했어. 생각해봐, 집에 흰 설탕이 있는 뱃사공이라면 결코 가난한 뱃사공이 아니라는 것을 알 수 있지. 그래서 그는 먹는 것도 사치스러운 거야. 나는 권에 못 이겨 먹겠다고 했지만 작은 그릇으로 달라고 했지. 그도 세상물정에 밝아서 아순에게 '글 쓰는 사람들은 많이 먹지 않는다. 작은 그릇으로 하고 설탕을 많이 넣거라!'라고 당부하더군. 그러나 다 만들어서 내왔을 때 나는 그래도 깜짝 놀랐지. 큰 그릇이었는데 내가 족히 하루는 먹을 만큼 되는 거야. 하지만 창푸씨가 먹는 그릇하고 비교해보면 내 것은 확실히 작은 그릇인 셈이었지. 나는 평생토록 메밀범벅을 먹어본 적이 없는데, 이번에 맛을 보니 통 입에 안 맞고 너무 달기만 하더군. 나는 대충 몇 입 먹고는 그만 먹으려고 했는데, 무의식중에 문득 아순이 멀찌감치 방구석에 서 있는 게 보였고 그러자 금세 젓가락을 내려놓을 용기가 사라져버렸어. 그녀의 표정에는 걱정과 희망이 다 있는데, 아마 맛없게 되었을까봐 걱정하면서 우리가 맛있게 먹기를 바라는 것이겠지. 반도 못 먹고 남긴다면 틀림없이 그녀가 실망하고 미안해할 것을 알아차렸네. 그래서 나는 즉시 결심하고 목구멍을 잔뜩 벌리고 부어넣었지. 창푸씨와 거의 같은 속도로 먹은 거야. 억지로 먹는 고통을 나는 이때 비로소 알았네. 내가 기억하는 한에서는, 아직 어린애였을 때 회충약 가루를 탄 굵은 설탕을 한 종지 다 먹을 때의 고통이 바로 그랬어. 하지만 나는 조금도 원망스럽지 않았네. 왜냐하면 빈 그릇을 치우러 왔을 때 자랑스러움을 감추지 못하는 그녀의 웃는 얼굴이 나의 고통을 충분히 보상해주고도 남았기 때문이야. 그래서 나는, 그날 밤 배가 불러서 편히 자지 못하고 한바탕 악몽을 꾸기는 했지만, 그녀의 일생이 행복해지기를, 그리고 세상이 그녀를 위해 좋아지기를 축원했네. 하지만 그런 생각들도 내 지난날의 꿈의 흔적에 불과한 것이어서 금세 스스로를 비웃었고 곧 잊어버렸지."

"나는 그녀가 비로드 꽃 한 송이 때문에 매를 맞았었다는 건 그때까지 몰랐지만, 어머니가 그 이야기를 꺼내자마자 메밀범벅 일이 생각나서 말야, 뜻밖에도 열심히 나섰지. 먼저 태원 시내를 다 찾아보았지만 없더군. 제남에 가서……"

창밖에서 사사삭 하는 소리가 나며 잔뜩 쌓였던 눈이 그것에 눌려 휘어진 동백나무 가지로부터 미끄러져 내렸고, 그러자 나뭇가지가 꼿꼿이 뻗고 까맣게 윤기가 흐르는 기름진 나뭇잎과 새빨간 꽃이 더 많이 드러났다. 하늘의 납빛이 한층 짙어졌고 참새들이 짹짹 울어댔는데, 그것은 아마도 황혼이 다가오고 게다가 지면이 온통 눈으로 덮여 있기 때문에 먹을 것을 찾지 못해서 일찌감치 둥우리로 돌아와 쉬는 것이리라.

"제남에 가서," 라 하고서 그는 창밖을 한 번 내다본 다음 몸을 돌려 술을 한 잔 비우고 또 담배를 몇 모금 피운 뒤 말을 이었다. "가까스로 비로드 꽃을 샀어. 그녀를 매 맞게 한 것이 그것과 같은 종류였는지 아닌지도 나는 모르지만 어쨌든 비로드로 만든 것이었을 테지. 나는 그녀가 좋아하는 것이 짙은 색인지 옅은 색인지도 몰랐기 때문에 진홍색 한 개와 분홍색 한 개를 사서 그것들을 가지고 이곳으로 왔네."

"바로 오늘 오후에, 나는 밥을 다 먹자마자 창푸씨네를 찾아갔는데, 그 때문에 일부러 하루를 더 머무른 거야. 그의 집은 그대로 있었지만 몹시 불길해 보였어. 하지만 그건 내 자신의 느낌에 불과했을 거야. 그의 아들과 둘째 딸 아짜오(阿昭)가 문 앞에 서 있는데 컸더군. 아짜오는 자기 언니하고는 전혀 딴판으로 자랐는데 꼭 귀신 같아. 그런데 내가 자기 집으로 오는 것을 보고는 나는 듯이 집 안으로 도망쳐 들어갔어. 그래서 나는 그 사내 녀석에게 물어보고 창푸씨가 집에 없다는 걸 알았지. '네 큰누나는?' 그는 즉각 눈을 크게 뜨고는 무슨 일로 누나를 찾느냐고 연거푸 묻는데 어찌나 험악한지 달려들어서 나를 물어뜯을 것 같더군. 나는 얼버무리면서 물러나버렸지. 나는 이제 대충대충……"

"자네는 모르겠지만, 나는 전보다 더 남을 방문하기가 두려워. 자신의 싫은 점을 깊이 알아버렸기 때문에 나 스스로도 싫은데, 뻔히 알면서 남을 암암리에 불쾌하게 만들 필요는 없잖아? 그러나 이번 심부름은 하지 않으면 안 되기 때문에 궁리를 하다가 결국 맞은편 옆에 있는 땔감가게로 돌아갔네. 가게 주인의 어머니인 라오파(老發) 할멈이 그대로 있는데 나를 알아보고는 생각 외로 가게 안으로 불러들여 앉으라 하더군. 몇 마디 인사를 나눈 뒤에 나는 S시로 돌아온 이유와 창푸씨를 찾는 이유를 말했네. 뜻밖에도 그녀는 탄식을 하며 말하더군."

"'불쌍하게도 아순은 이 비로드 꽃을 꽂아볼 복도 없구먼.'"

"그러고서 그녀는 내게 상세하게 이야기해주었는데 이렇게 말하는 거야. '아마 작년 봄부터였을걸, 그 애는 수척해지면서 나중엔 노상 눈물을 흘렸는데 까닭을 물어도 말은 않고, 어떤 때는 밤새도록 울어서 창푸씨도 화를 참지 못하고 다 큰 년이 미쳤다고 욕을 했지. 그런데 초가을이 되자 처음엔 그저 가벼운 감기에 걸렸던 게 끝내는 자리에 눕게 되고 그리고는 못 일어났다우. 숨을 거두기 며칠 전에야 창푸씨에게 고백을 했는데, 그 애는 벌써부터 자기 에미처럼 걸핏하면 피를 토하고 식은땀을 흘렸다는 거야. 하지만 아버지가 그 때문에 걱정할까봐 숨겼대요. 어느 날 밤 그 애의 큰아버지인 창껑(長庚)이 또 돈을 빌려달라고 억지를 부리러 왔는데 ── 그건 노상 있던 일이지만 말이우 ── 그 애가 주지 않으니까 창껑이 코웃음을 치면서, 잘난 체하지 마, 네 신랑은 나만도 못하니까!라고 했다는 거야. 그 때부터 그 애는 걱정도 되고 창피하기도 하고 물어볼 수도 없고 해서 그저 울기만 한 거지. 창푸가 얼른, 그 애의 신랑 될 사람이 얼마나 착실한가 하는 얘기를 해주었지만 이미 늦었잖우? 더욱이 그 애는 믿지도 않고 오히려, 나는 이왕 이렇게 되었으니 아무래도 마찬가지라고 했대요.'"

"그녀는 계속해서 말했어. '그 애의 신랑이 정말로 창껑보다 못하다면 말이오, 정말로 무서운 일이지! 좀도둑만도 못하다면 도대체 어떤 놈이겠수? 하지만 그 사람이 장사 지내러 왔을 때

내 눈으로 봤는데 말이오, 옷도 아주 깨끗하고 인품도 훌륭했다우. 눈물을 줄줄 흘리면서 말하기를, 자기가 반평생 동안 작은 배를 저으면서 갖은 고생을 다 견디고 돈을 모아 색시를 얻게 되었는데 그만 죽어버렸다는 거야. 그 사람은 정말 좋은 사람이고 창껭의 말은 전부 거짓이라는 걸 알 수 있지. 다만 불쌍한 것은 아순이 그런 도둑놈의 거짓말을 믿고 헛되이 목숨을 잃었다는 거야…… 하지만 누구를 탓할 수도 없고, 다만 아순 자기가 복이 없는 걸 탓할 수밖에.'"

"그렇게 되고 보니까 내 일도 끝난 거야. 하지만 가지고 온 비로드 꽃 두 송이는 어떻게 한다지? 그래, 할멈에게 부탁해서 아짜오에게 보내주자. 그 아짜오는 나를 보자마자 나는 듯이 도망쳐버렸지, 나를 이리나 무슨 짐승 보듯이 하면서 말야. 나는 사실 그 애한테 주고 싶지는 않았어…… 하지만 그 애한테 줘버렸지. 어머니에게는 아순이 굉장히 기뻐하더라고 말씀드리기만 하면 되는 거지. 이런 시시한 일들이 뭐 대순가? 대충대충 넘어가면 되는 게지. 대충대충 설을 지내고 나서 여전히 '공자(孔子) 가라사대, 『시경(詩經)』에 이르기를'이나 가르치는 거야."

"자네가 가르치는 게 '공자 가라사대, 『시경』에 이르기를'인가?" 나는 이상한 생각이 들어 이렇게 물었다.

"물론이지. ABCD라도 가르칠 거라고 자네는 생각하는가? 전에는 학생이 둘이었는데 하나는 『시경』을 배우고 하나는 『맹자(孟子)』를 배워. 최근에 하나가 더 늘었어. 여자아인데 『여아경(女兒經)』을 배우지. 산수조차도 가르치지 않는다구. 내가 가르치지 않는 게 아니라 그 아이들이 배우려고 하지 않는 거야.”

“정말 뜻밖이네, 자네가 그런 책을 가르치게 될 줄이야……”

“그 아이들의 아버지가 그런 걸 배우라고 하는 건데, 나는 남이라서 되네 안 되네 할 수가 없지. 이런 시시한 일들이 뭐 대순가? 대충대충 넘어가기만 하면……”

그는 몹시 취한 듯 얼굴이 온통 빨개졌고 눈빛은 다시 침침해졌다. 나는 나지막이 탄식했다. 잠시 할 말이 없었다. 계단에서 쿵쿵거리는 소리가 나며 몇 명의 술손님이 들이닥쳤다. 맨 앞은 키가 작고 부어오른 둥근 얼굴이었고, 그다음은 키가 크고 얼굴에서 빨간 코가 유달리 눈에 띄었다. 그 뒤로도 사람들이 잇달아 올라오는 바람에 조그마한 이층이 흔들릴 지경이었다. 나는 눈을 돌려 뤼웨이푸를 쳐다보았고 그 역시 눈을 돌려 나를 쳐다보았다. 나는 점원에게 술값을 계산해달라고 했다.

“자네 그것으로 생활이 되는가?” 나는 갈 준비를 하면서 물었다.

“응…… 매달 이십 원(元) 받는데, 그럭저럭 지내기에도 충분하지는 않아.”

“그러면, 자네 앞으론 어떻게 할 생각인가?”

“앞으로?…… 몰라. 우리가 당시에 예상했던 일들이 하나라도 생각대로 된 게 있다고 보는가? 난 지금 아무것도 모르겠어. 내일 당장 어떻게 될지도 모르겠고, 당장 일 분 후의 일조차도……”

점원이 계산서를 가져와 내게 건네주었다. 그는 처음 왔을 때

사양하던 것과는 달리 나를 흘낏 쳐다보았을 뿐 담배를 피우면서 내가 계산하도록 내버려두었다.

우리는 함께 술집에서 나왔다. 그가 든 여관은 나와 정반대 방향이었으므로 문 앞에서 헤어졌다. 나는 혼자서 내 여관을 향해 걸어갔다. 찬 바람과 눈발이 얼굴을 스치는 것이 오히려 아주 상쾌하게 느껴졌다. 이미 황혼인 하늘과 집과 거리가 모두 다 짙은 눈발의 새하얀 비정형의 그물에 얽혔다.

〔1924. 2. 16〕

비누

쓰밍(四銘)의 아내는 기울어가는 햇빛 속에서 북쪽 창을 등지고 앉아 여덟 살 난 딸 슈얼(秀兒)과 함께 지전(紙錢)에 풀칠을 하다가 문득 무겁고 느린 신발 소리를 듣고 쓰밍이 들어온 것을 알았지만, 그를 돌아보지도 않고 풀칠만 계속했다. 그러나 그 신발 소리는 점점 더 가까워지더니 필경 그녀 곁에 와서 멈추는 것이어서 눈길을 돌리지 않을 수 없었는데, 쓰밍은 그녀 앞에서 어깨를 치켜올리고 등을 구부린 채 무명 마꽈(馬掛: 남자들이 창파오長袍 위에 입는, 허리까지 오는 짧은 상의. 원래는 만주족이 말 탈 때 입는 옷이었음—역주) 아래 받쳐 입은 저고리의 오른쪽 앞섶 속주머니를 열심히 뒤지고 있었다.

잔뜩 비틀어서 가까스로 빼낸 손에는 네모난 작은 연두색 갑이 들려 있었는데, 그것을 불쑥 쓰 부인에게 건네주었다. 그것을 받아들자, 올리브 같기도 하고 아닌 것 같기도 한, 뭐라 말할

174

수 없는 향기가 났다. 연두색 포장지에는 금빛 찬란한 상표와 수많은 가는 무늬가 있었다. 슈얼이 어느 틈에 달려들어 빼앗으려 하는 것을 쓰 부인은 황급히 밀쳐냈다.

"시내에 갔었어요?……" 그녀가 연두색 갑을 살펴보면서 물었다.

"응." 그는 그녀의 손에 들린 갑을 바라보면서 말했다.

그리하여, 그 연두색 포장지를 벗겼다. 속에는 또 한 장의 얇은 종이가 있었는데, 그것도 연두색이었다. 얇은 종이를 벗기자 비로소 그 물건의 실체가 드러났다. 매끄럽고 단단하며, 이것 역시 연두색이고, 표면에는 가는 무늬가 있었다. 얇은 종이는 원래 미색이었다. 올리브 같기도 하고 아닌 것 같기도 한, 뭐라 말할 수 없는 향기가 더 짙어졌다.

"어머, 이거 정말 좋은 비누네." 그녀는 어린아이를 받쳐 들 듯 그 연두색 물건을 코밑에 갖다 대고 냄새를 맡으며 말했다.

"응, 당신, 이제부턴 이걸 써요……"

이렇게 말하면서 그녀의 목덜미를 바라보는 그의 눈길을 의식하자, 그녀는 얼굴이 볼 밑까지 뜨거워지는 것을 느꼈다. 이따금 그녀는 무심코 자신의 목을 만지다가, 특히 귀 뒤쪽 부분이 꺼칠꺼칠한 것을 손끝으로 느끼곤 했는데, 그것이 여러 해 묵은 때라는 것을 벌써부터 알고 있었지만, 이제껏 그다지 개의치 않았던 것이다. 그러나 지금은 그가 주시하는 가운데, 야릇한 향기를 풍기는 연두색 외제 비누를 대하니, 얼굴이 뜨거워지는 것을 금할 수가 없었다. 뜨거운 기운은 계속 번져나가 금세 귀언저리에까지 이르렀다. 그래서 그녀는 저녁 먹고 나서 이 비누로 열심히 씻어보아야겠다고 결심했다.

"어떤 데는, 쥐엄 열매만 가지고는 깨끗하게 씻기지가 않는단 말야." 그녀는 혼잣말로 중얼거렸다.

"엄마, 이거 나 줘요!" 슈얼이 손을 뻗어 연두색 종이를 뺏으려 했다. 밖에서 놀던 작은딸 짜오얼(招兒)도 달려왔다. 쓰 부인은 황급히 아이들을 밀쳐내고서, 얇은 종이를 씌우고 원래대로 연두색 종이로 싼 다음, 발돋움을 해서 세면장 가장 높은 창틀 위에 얹어놓고, 한 번 더 살펴본 뒤, 몸을 돌려 계속해서 지전에 풀칠을 했다.

"쉬에청(學程)!" 쓰밍은 무슨 일이 생각난 듯 갑자기 목청을 길게 뽑아 부르고는, 그녀의 맞은편에 있는 등받이가 높은 의자에 앉았다.

"쉬에청!" 그녀도 따라 불렀다.

그녀는 풀칠을 멈추고 귀를 기울였지만 아무 반응이 없었다. 그가 얼굴을 위로 쳐들고 초조하게 기다리는 것을 보고는 자기도 모르게 미안한 느낌이 들어서 이번엔 한껏 목청을 높여 날카로운 소리로 불렀다.

"쉬안얼(絟兒)!"

이번엔 확실히 효과가 있었다. 곧 구두 소리가 탁탁 가까워지더니, 잠시 후에는 쉬안얼이 그녀 앞에 와 섰는데, 속옷 바람으로, 살찐 둥근 얼굴에는 반짝반짝 땀을 흘리고 있었다.

"뭘 하고 있었니? 어떻게 아빠가 부르시는 것도 못 듣니?" 그녀가 꾸짖으며 말했다.

"팔괘권(八卦拳) 연습을 하느라구……"그는 얼른 쓰밍에게로 몸을 돌리고는 똑바로 서서 그를 바라보았는데, 그 뜻은 무슨 일인지 묻는 것이었다.

"쉬에청, 한 가지 물어보자. '어두푸(惡毒婦)'가 뭐냐?"

"'어두푸'요?…… 그건, '흉악한 여자' 아녜요?……"

"바보! 이런 바보 멍청이!"쓰밍은 갑자기 불같이 화를 냈다. "내가 여자란 말이냐!?"

쉬에청은 놀라서 두 걸음 물러서더니 더 똑바로 섰다. 자기 아버지의 걸음걸이가 연극 무대의 노인역을 맡은 배우 같다고 생각한 적은 가끔 있었지만 그를 여자 같다고 생각해본 적은 한 번도 없었기 때문에, 쉬에청은 자신의 대답이 아주 잘못되었다는 것을 알아차렸다.

"'어두푸(惡毒婦)'가 '흉악한 여자'라는 걸 내가 몰라서 너한테 물었겠니?…… 다시 말하면, 이건 중국말이 아니라 양놈 말이라구. 이게 무슨 뜻인지 알겠니?"

"저는,…… 저는 몰라요."쉬에청은 더욱더 쭈뼛거렸다.

"흥, 널 학교에 보낸답시고 헛돈을 썼구나, 이런 것도 모르다니. 너네 학교는 '말하기와 듣기의 동시 정복'이니 뭐니 자랑하더니만, 아무것도 가르친 게 없잖아. 그 양놈 말을 한 건 기껏해야 열너덧 살이나 됐을까, 너보다도 더 어린애였는데 말야, 벌써 재잘재잘 잘도 말하던데, 넌 뜻도 모르면서 무슨 낯으로 '몰라요'냐!…… 얼른 가서 찾아봐!"

쉬에청은 기어들어가는 소리로 "예"라고 대답하고, 공손히 물러났다.

"이거 정말 엉망이군." 잠시 후, 쓰밍은 또 개탄하며 말했다. "요새 학생들 말야. 사실, 광서(光緒) 시대에는, 나도 학교 설립을 적극 주장했던 사람이지만, 학교의 폐단이 이렇게까지 커질 줄은 정말 생각지도 못했단 말야. 무슨 해방이네, 자유네 하고, 실제로 배우는 것은 없이 말야, 그저 떠들어댈 줄이나 알지. 쉬에청을 봐, 걔를 위해 쓴 돈이 얼만데, 전부 허사야. 중서(中西) 절충식 학교에 겨우 집어넣고, 영어는 또 '말하기와 듣기의 동시 정복'이라기에, 그거 괜찮겠다 싶었는데 말야, 흥, 그런데 일 년이나 배우고도 '어두푸'도 모르다니, 여전히 죽은 글이나 읽은 모양이지. 쳇, 무슨 학교가, 무얼 양성했다는 게야? 솔직히 말해 전부 없애버려야 돼!"

"그래요, 정말로 전부 다 없애버리는 게 나아요." 쓰 부인은 지전에 풀칠을 하면서 맞장구를 쳤다.

"슈얼 같은 여자애들은 학교 같은 데 보낼 필요가 없어. 전에 쥬(九) 영감님이, '계집애한테 뭐 하러 공부를 시켜?', 하면서 여자 교육에 반대할 때, 나는 그래도 그 영감님을 공격했는데 말야. 그런데 이제 와서 보면, 역시 나이 드신 분의 말씀이 옳았어. 생각해보라구, 여자들이 떼를 지어 길거리에 나다니는 것만 해도 꼴불견인데, 게다가 머리까지 짧게 자른단 말야. 내가 가장 증오하는 것은 단발한 여학생들이야. 솔직히 말해서, 군인이나 비적(匪賊)들은 그래도 용서할 여지가 있지, 세상을 어지럽히는 건 바로 그 여학생들이야. 엄하게 다스려야 한다구……"

"그래요, 남자들이 까까중 꼴이 된 것도 모자라서, 이제 여자들까지 비구니 흉내를 낸다니까요."

"쉬에청!"

쉬에청은 금테 두른 작고 두툼한 책을 받쳐 들고 잰걸음으로 들어와서, 그것을 쓰밍에게 건네주고 한 군데를 가리키며 말했다.

"이게 그거 같아요. 이거요……"

쓰밍은 받아보고서 그것이 사전이라는 것을 알았다. 그러나 글자가 너무 작은 데다 가로쓰기로 되어 있었다. 그는 눈살을 찌푸리고, 책을 창문 쪽으로 향하고서, 눈을 가늘게 뜨고, 쉬에청이 가리키는 줄을 읽어나갔다.

"'십팔 세기에 창립된 공제조합의 명칭'…… 음, 아니야…… 이 발음은 어떻게 하지?" 그는 앞에 있는 '양놈' 글자를 가리키며 물었다.

"오드펠로우스(Oddfellows)."

"아니야, 아니야, 그게 아니야." 쓰밍은 또 갑자기 화를 냈다. "잘 들어, 그건 욕이라구, 사람을 욕할 때, 나 같은 사람을 욕할 때 쓰는 말이라니까. 알겠니? 찾아봐!"

쉬에청은 그의 눈치를 보면서 움직이지 않았다.

"무슨 말이 밑도 끝도 없이 그래요? 먼저 당신이 분명히 설명을 해주고 나서 개한테 잘 찾아보라고 해야죠." 그녀는 쉬에청이 난처해하자 불쌍한 생각이 들어 끼어들면서 불만스러운 듯이 말했다.

"글쎄, 내가 시내에 있는 꽝룬샹(廣潤祥)에서 비누를 사는데 말야." 쓰밍은 한숨을 내쉬고 그녀 쪽으로 얼굴을 돌리며 말했다. "가게에는 학생 셋이 물건을 사고 있었어. 물론 걔네들한테는 내가 잔소리꾼으로 보였을 거야. 한꺼번에 대여섯 가지를 봤는데 전부 사십 전이 넘어서 안 샀지. 한 개에 십 전짜리를 봤더니 그건 너무 형편없고, 아무 향기도 없는 거야. 내 생각엔 중간정도가 좋겠다 싶어서 그 연두색 나는 걸 한 개 골랐는데, 이십사 전짜리야. 점원은 원래 돈귀신이라서, 눈을 이마 끝까지 치켜 올리고 벌써부터 개주둥이를 하고 있더군. 가증스러운 건 그 학생이라는 나쁜 놈들도 전부 눈짓을 해가며 허튼소리를 하면서 웃는 거야. 그러고서, 나는 뜯어보고 나서 돈을 내려고 했지. 서양 종이로 포장해놨는데 물건이 좋은지 나쁜지 어떻게 알 수 있겠냐구. 그런데 글쎄 그 돈귀신이 안 된다고 하고는 억지를 부리면서 가증스러운 헛소리를 무수히 늘어놓는데, 나쁜 놈들이 덩달아 웃고 떠드는 거야. 그 말은 제일 작은 놈이 한 말인데, 다들 나를 쳐다보면서 웃은 것으로 보아, 틀림없이 욕일 거야." 그러고서 그는 얼굴을 돌려 쉐에청에게 말했다. "너는 '욕 종류'에서만 찾아보면 돼!"

쉐에청은 기어들어가는 소리로 "예" 하고 대답하고는, 공손히 물러갔다.

"그놈들은 무슨 '신문화(新文化), 신문화' 하고 떠벌리는데, 이 지경으로 '화(化)'하고도 아직 부족하다는 거야?" 그는 두 눈을 대들보에 못박은 채 계속해서 말했다. "학생들도 도덕이 없고 사회에도 도덕이 없으니, 구제 방법을 더 이상 생각해내지 못하면 중국은 정말 망하고 말 거야…… 생각해보라구, 그게 얼마나 한심한 일인지 말야?……"

"뭐가요?" 그녀는 내키는 대로 물어보면서, 조금도 이상스럽게 여기지 않았다.

"효녀 말야." 그는 눈을 돌려 그녀를 바라보며 정중하게 말했다. "시내에 거지 둘이 있었어. 하나는 처녀였는데, 열여덟아홉 살쯤 돼 보였지 — 사실 그 나이에 빌어먹는다는 건 참 어울리지 않는 건데, 그래도 거지를 하고 있더군 — 머리가 하얗고 눈이 먼 육칠십 된 늙은이랑 같이 포목섬 처마 밑에 앉아서 구걸을 하는 거야. 사람들 말로 그녀는 효녀고 그 늙은이는 할머니래. 구걸을 해서는 전부 할머니에게 먹게 하고, 자기는 배가 고파도 참는다는 거야. 그런데 이런 효녀에게 보시하는 사람이 있었을까?" 그는, 마치 그녀의 식견을 시험하려는 것처럼 그녀를 뚫어져라 쳐다보았다.

그녀는 대답하지 않고, 마치 그가 설명해주기만을 기다리는 것처럼 그를 뚫어져라 쳐다보았다.

"흥, 없었어." 결국 그가 스스로 대답했다. "내가 한참 동안 보고 있었지만, 딱 한 사람이 동전 한 닢을 줬을 뿐이고, 나머지는 빙 둘러서서 외려 놀려대기만 하더라구. 게다가 불량배 두 놈이 뻔뻔스럽게도 이렇게 말하더군. '아파(阿發), 저 물건을 더럽다고 보지 말게. 비누 두 장만 사다가 온몸을 뽀드득뽀드득

씻겨보라구, 아주 근사해질걸!' 글쎄, 당신 좀 생각해봐, 그게
말이나 돼?"

"흥." 그녀는 고개를 숙이고 한참 있다가 내키지 않는다는 듯
이 물었다. "당신은 돈을 줬나요?"

"나 말이야?…… 안 줬지. 한두 푼은 차마 꺼낼 수가 없더라
구. 그녀는 보통 거지가 아니니까, 적어도……"

"흠." 그녀는 말이 끝나기도 전에 천천히 일어나서 부엌으로
가버렸다. 황혼이 짙어지며 이미 저녁 먹을 시간이 되었다.

쓰밍도 일어나서 마당으로 나갔다. 바깥이 방 안보다 더 밝아
서, 쉬에청은 담 모퉁이에서 팔괘권을 연습하고 있었다. 이것은
그의 '가훈'이었는데, 낮과 밤이 바뀌는 시간을 경제적으로 이
용하는 이 방법을 쉬에청은 거의 반년째 실행 중이었다. 그는
대견하다는 듯 가볍게 고개를 끄덕인 뒤, 뒷짐을 지고 텅 빈 마
당을 팔자걸음으로 왔다 갔다 했다. 얼마 지나지 않아, 하나밖
에 없는 분재의 만년청(萬年靑) 넓은 잎사귀마저 어둠 속으로
사라져버리고, 조각 솜 같은 흰 구름 사이로 별들이 반짝였다.
이제부터 어두운 밤이 시작되는 것이었다. 이때 쓰밍은 자기도
모르게 흥분하기 시작했는데, 주위의 불량학생들과 악덕사회
에 대해 선전포고를 해야 할 커다란 이유라도 있는 것 같았다.
그의 의기는 점점 용맹스러워졌고, 발걸음은 점점 커졌으며, 신
발 소리도 점점 높아져서 닭장 속에 벌써 잠들어 있던 암탉과
병아리들이 놀라 깨어나 꼬꼬꼬꼬 울기 시작했다.

대청 앞에 등불이 켜졌다. 저녁 식사를 하러 오라는 신호였

다. 온 집안 식구들이 가운데 놓인 탁자 주위에 모였다. 등불은 아래쪽에 놓여 있었고, 위쪽에는 쓰밍 혼자 앉았는데, 살찐 둥근 얼굴이 쉬에청과 비슷했으나 가느다란 팔자수염이 더 있었고, 배춧국의 뜨거운 김 속에서 탁자 한쪽을 독차지하고 있는 모습이 꼭 사당의 재신(財神) 같았다. 왼쪽으로는 쓰 부인이 짜오얼을 데리고 앉았고, 오른쪽으로는 쉬에청과 슈얼이 나란히 앉았다. 그릇에 젓가락 부딪히는 소리가 빗소리처럼 울렸다. 아무도 말을 하지는 않았지만, 그래도 꽤 신나는 저녁식사였다.

짜오얼이 밥그릇을 엎는 바람에 배춧국물이 탁자를 절반이나 적셨다. 쓰밍은 가느다란 눈을 한껏 부릅뜨고 째려보다가 아이가 울려고 하자 눈길을 거두고, 젓가락을 내밀어 미리 보아두었던 배추속대를 집으려 했다. 그러나 배추속대는 이미 없어진 뒤였다. 좌우를 살펴보니, 쉬에청이 막 젓가락으로 그것을 집어서 크게 벌린 입 속으로 집어넣는 것이었다. 그래서 그는 시시하지만 누런 이파리를 먹을 수밖에 없었다.

"쉬에청." 그는 아들의 얼굴을 보며 말했다. "그 말은 찾았니?"

"그 말요?…… 못 찾았는데요."

"홍, 봐라, 학문도 없지, 도리도 모르지, 그저 먹는 것만 알아! 그 효녀를 좀 본받아라, 거지 노릇을 하면서도 오직 할머니에게 효도하고 자기는 배가 고파도 참는단 말야. 너희 학생 놈들이 그런 것을 알기나 해, 뻔뻔스러운 것들, 장차 그 불량배들같이 될 수밖에……"

"한 가지 생각나긴 했는데요, 하지만 맞을지 모르겠어요……

제 생각으론, 그들이 말한 게 '아얼더푸얼(阿爾特膚爾)'인 거 같아요."

"아아, 그래! 바로 그거야! 그들이 말한 게 바로 그 발음이야, '어두푸례(惡毒婦咧)'. 그게 무슨 뜻이지? 너도 그들과 한 패니까 알 거야."

"뜻은,…… 뜻은 잘 모르겠어요."

"무슨 소리! 날 속이려고. 너희들은 다 악종(惡種)이야!"

"'하늘도 밥 먹는 사람은 치지 않는다'는데, 당신 오늘 어떻게 된 게 성질만 부리고, 밥상머리에서까지 야단을 치는 거예요. 애들이 뭘 안다고 그래요." 쓰 부인이 갑자기 말했다.

"뭐라구?" 쓰밍은 막 화를 내려고 하다가, 고개를 돌려보니, 그녀의 움푹 팬 양 볼이 벌써 부어올라 있고 안색도 변한 데다가 세모 눈에서는 무서운 빛이 뿜어져 나왔으므로, 얼른 말투를 바꾸었다. "나도 뭐 화를 내는 건 아니고, 그저 쉬에청에게 사리를 알아야 한다고 가르치는 거야."

"걔가 당신 마음속의 일을 어떻게 알아요." 그러나 그녀는 더 화를 냈다. "걔가 만약에 사리를 알았으면, 벌써 등불이나 횃불을 켜 들고 그 효녀를 찾아갔겠지. 마침 당신이 그 여자를 위해 산 비누가 여기 한 장 있으니까, 이제 한 장만 더 사면……"

"무슨 소리야! 그건 그 불량배들이 한 말이야."

"그게 아닐걸. 한 장 더 사다가 그 여자 온몸을 뽀드득뽀드득 씻어주고 받들어 모시면 천하가 태평해지겠지."

"무슨 말을 하는 거야? 그게 무슨 상관이야? 나는 당신이 비누가 없다는 게 생각났기 때문에……"

"어째서 상관이 없어요? 당신이 특별히 효녀를 위해 산 거니까, 뽀드득뽀드득 씻기는 일도 당신이 하시구려. 나한텐 과분해요, 나는 필요 없어요, 효녀 덕을 보고 싶지도 않고요."

"그게 정말 무슨 말이야! 당신네 여자들은……"쓰밍은 얼버무리면서, 쉬에청이 팔괘권 연습을 했을 때처럼 얼굴에 비지땀을 흘렸는데, 그 절반쯤은 너무 뜨거운 밥을 먹은 탓이었을 것이다.

"우리 여자들이 어때서요? 우리 여자들이 당신네 남자들보다 훨씬 낫지. 당신네 남자들은 열여덟 살짜리 여학생 욕을 하지 않으면 열여덟 살짜리 여자 거지 칭찬을 하는데, 나 악취미라구요. '뽀드득뽀드득'이라니, 정말로 뻔뻔스러워!"

"내가 이미 말했잖아? 그건 불량배 놈이……"

"쓰옹(翁)!"바깥 어둠 속에서 갑자기 크게 부르는 소리가 들려왔다.

"따오옹(道翁)인가? 곧 나가네!"쓰밍은 그가 목소리 크기로 유명한 허따오퉁(何道統)임을 알고는, 구원이라도 받은 듯 기뻐하며 자기도 큰 소리로 말했다. "쉬에청, 어서 불 켜 들고 허 아저씨를 서재로 모셔라!"

쉬에청은 촛불을 켜 들고서, 따오퉁을 서쪽 사랑채로 안내했다. 뒤에는 뿌웨이위안(卜薇園)도 따라왔다.

"마중을 못해 미안하네."쓰밍이 아직도 밥을 씹는 채로 나와서는 두 손을 맞잡고 인사하며 말했다. "우리 집에서 간단히 요기라도 하지, 어때?……"

"먼저 먹었네." 웨이위안이 마중을 하며 두 손을 맞잡아 인사를 하고서 말했다. "우리가 밤중에 달려온 건 이풍문사(移風文社: 이풍은 풍속을 바꾼다는 뜻. 문사는 글 쓰는 사람들의 모임, 즉 문학 동인이라는 뜻-역주)의 제18회 작품 모집의 제목을 위해설세, 내일이 '이렛날'이지 않은가?"

"아! 오늘이 열엿새던가?" 쓰밍이 갑자기 깨달은 듯 말했다.

"자네, 정신이 없구먼!" 따오퉁이 큰 소리로 말했다.

"그러면, 밤중에라도 신문사로 보내서 내일 꼭 싣게 해야겠군."

"산문 제목은 내가 이미 초를 잡아보았네. 어떤가, 쓸 만하겠는가?" 따오퉁이 말하면서 손수건으로 싼 종이 한 장을 꺼내어 그에게 넘겨주었다.

쓰밍은 촛불 앞으로 다가서서 종이를 펼쳐 들고 한 자 한 자 읽어 내려갔다.

"'전국 인민이 대총통(大總統)께, 모름지기 경전(經典)을 중히 여기고 맹모(孟母)를 숭상함으로써 퇴폐풍조를 바로잡고 국수(國粹)를 보존하도록 밝은 명령을 특별히 반포하실 것을 공동으로 청원하는 글을 삼가 기초하시오'…… 아주 좋구먼. 하지만 글자 수가 너무 많은 거 아닌가?"

"괜찮아!" 따오퉁이 큰 소리로 말했다. "내가 세어봤는데, 광고비가 더 들지는 않네. 그런데 시 제목은?"

"시 제목?" 쓰밍은 갑자기 정중한 표정을 지었다. "내게 안이 하나 있네. 효녀행(孝女行)이지. 이건 실제 있는 일인데, 그녀를 표창해야 한다구. 오늘 시내에서……"

"아 그거, 그건 안 돼." 웨이위안이 급히 손을 흔들면서 그의 말을 막았다. "그건 나도 봤네. 그녀는 아마 '타지 사람'일 거야. 나도 그녀의 말을 못 알아듣겠고 그녀도 내 말을 못 알아듣던데, 도대체 어디 사람인지 모르겠어. 사람들이 다들 그녀를 효녀라 하더군. 하지만 내가 그녀더러 시를 지을 줄 아느냐고 물었더니 고개를 젓더라구. 시를 지을 줄 안다면 좋을 텐데."

"하지만 충효(忠孝)는 대절(大節)이니, 시를 못 짓는다 해도 그……"

"그건 그렇지 않아, 절대로 그렇지 않아!" 웨이위안은 손바닥을 펼쳐 흔들어 쓰밍을 향해 내밀면서 반박했다. "시를 지을 줄 알아야 흥취가 있지."

"우리는," 쓰밍이 그를 밀어냈다. "이 제목으로 하고, 설명을 덧붙여서 신문에 냅시다. 첫째 그녀를 표창할 수 있고, 둘째 이걸 가지고 사회에 경고를 할 수 있지. 요즘 사회는 엉망이란 말야, 내가 옆에서 한참 동안 보고 있었는데, 누구 하나 돈을 주는 사람을 보지 못했으니, 이건 정말 양심이라곤 조금도 없는……"

"아이구, 쓰웡!" 웨이위안이 또 대들었다. "자네 정말로 '중을 대머리라고 욕'하고 있구먼. 나도 돈을 안 줬네, 그때 마침 몸에 지닌 게 없었거든."

"신경 쓸 거 없네, 웨이웡." 쓰밍은 또 그를 밀어냈다. "자네야 물론 제외고, 또 경우가 다르니까. 내 말 좀 들어보게. 그녀 앞으로 사람들이 죽 둘러섰는데, 경의는 조금도 없고 그저 놀려대기만 하더군. 그리고 불량배 두 놈이 있었는데, 어떻게나 방자하고 뻔뻔스러운지 말야, 한 놈이 이렇게 말하는 거야. '아파, 비누 두 장만 사다가 온몸을 뽀드득뽀드득 씻겨보라구, 아주 근사해질걸.' 여보게, 그게……"

"하하하! 비누 두 장이라!"따오퉁이 갑자기 커다란 웃음소리를 터뜨려서 사람들은 귀가 다 멍멍해졌다. "자네가 사게, 하하, 하하!"

"따오공, 따오공, 떠들지 좀 마."쓰밍은 깜짝 놀라며 황급히 말했다.

"뽀드득뽀드득이라, 하하!"

"따오옹!"쓰밍은 얼굴을 찌푸렸다. "우린 진지한 일을 의논하는데, 자넨 웬 소란이야, 정신을 다 빼놓는구먼. 들어봐, 우리는 이 두 개의 제목으로 하고, 즉시 신문사로 보내서 내일 꼭 실리도록 하세. 이 일은 자네들 둘이 수고하는 수밖에 없네."

"그래그래, 그야 물론이지."웨이위안이 극구 찬성하며 말했다.

"호호, 씻긴단 말이지, 뽀드득…… 히히……"

"따오옹!!!"쓰밍이 벌컥 화를 내며 소리쳤다.

따오퉁은 이 일갈에 웃음을 그쳤다. 설명문 작성이 끝나자, 웨이위안이 그것을 편지지에 옮겨 쓴 다음 따오퉁과 함께 신문사로 달려갔다. 쓰밍은 촛불을 들고 문간까지 배웅한 뒤 대청 입구로 돌아오자 마음이 약간 불안해졌다. 하지만 잠깐 주저하다가는 결국 문턱을 넘어 안으로 들어갔다. 그가 안으로 들어가자마자 중앙의 사각 탁자 가운데에 놓여 있는 그 비누의 연두색 작은 사각 포장이 눈에 띄었는데, 포장지 한복판의 금빛 상표가 등불 아래 반짝반짝 빛났으며 그 주위로는 잔무늬가 있었다.

슈얼과 짜오얼은 탁자 아래쪽 바닥에 쪼그리고 앉아 놀고 있었고, 쉬에청은 오른쪽에 걸터앉아 자전을 찾아보고 있었다. 마지막으로 등불에서 가장 멀리 떨어진 어두운 그림자 속의 등받이가 높은 의자에 쓰 부인이 앉아 있는데, 등불에 비친 그녀의 굳은 얼굴에는 아무런 감정도 나타나 있지 않았고 눈은 아무것도 보고 있지 않았다.

"뽀드득뽀드득, 뻔뻔하다 뻔뻔하다……"

쓰밍은 등 뒤에서 슈얼이 하는 소리를 희미하게 들었으나, 고개를 돌려보았을 때는 아무런 움직임도 없었다. 단지 짜오얼이 그 작은 두 손의 손가락으로 자기 얼굴을 긁고 있을 뿐이었다.

그는 가만히 있을 수가 없어서 촛불을 끄고 마당으로 나갔다. 그가 조심하지 않고 왔다 갔다 하는 바람에 암탉과 병아리들이 다시 꼬꼬꼬꼬 하고 울기 시작했다. 그는 얼른 발소리를 죽이고서 좀 멀찍이 떨어졌다. 꽤 오랜 시간이 지난 뒤 대청의 등불이 침실로 옮겨졌다. 땅에 가득한 달빛은 기운 자리 없는 흰 비단을 가득 깔아놓은 것 같았고, 흰 구름 사이로 나타난 옥쟁반 같은 달은 조금도 이지러진 데가 없었다.

그는 몹시 슬펐다. 그 효녀와 마찬가지로 '무고지민'(無告之民: 호소할 곳 없는 백성—역주)이 된 것처럼 외롭고 쓸쓸했다. 그는 이날 밤 아주 늦게서야 잠이 들었다.

그러나 다음 날 아침이 되자, 비누는 사용되었다. 이날 그는 평소보다 느지막이 일어나, 그녀가 이미 세면대 위에 몸을 굽히고 목덜미를 문지르고 있는 것을 보았다. 비누거품이 커다란 게가 입으로 내뿜는 거품처럼 귀 뒤쪽으로 높이 피어올랐는데, 전에 쥐엄 열매를 쓸 때 아주 얇은 거품밖에 생기지 않았던 것에 비하면 그 높이는 정말로 천양지차였다. 그 뒤로 쓰 부인의 몸에서는 항상 올리브 같기도 하고 아닌 것 같기도 한, 뭐라 말할 수 없는 향기가 났다. 거의 반년쯤 지나서야 냄새가 바뀌었는데, 냄새를 맡아본 사람들은 다들 그것이 단향(檀香)인 것 같다고 했다.

〔1924. 3. 22〕

상서(傷逝)
쥐엔성(涓生)의 수기

　가능하다면, 나는 나의 회한과 비애에 대해 쓰고 싶다, 쯔쥔(子君)을 위해, 나 자신을 위해.

　회관(베이징에 올라온 동향 사람들에게 거처를 제공한 동향인 회관. 루쉰 자신도 7년 이상을 사오싱회관에서 살았다―역주) 안 한구석에 잊혀진 채 있던 낡은 방은 이토록 적막하고 공허하다. 시간은 정말 빨리 흘러서, 내가 쯔쥔을 사랑하고 그녀에게 의지해 이 적막과 공허를 벗어난 지도 벌써 만 일 년이 되었다. 뜻대로 되는 일이 없노라니, 내가 다시 돌아왔을 때 하필 빈 곳이라곤 또 이 방뿐이었다. 낡은 창, 창밖의 반쯤 시든 홰나무와 늙은 등나무, 창 앞의 사각 테이블, 부서진 벽, 벽에 붙여놓은 목침대들이 전과 똑같다. 한밤중에 혼자 침대에 누워 있으면, 내가 아직 쯔쥔과 동거하지 않았던 예전처럼, 지난 일 년의 시간은 전부 사라져버려 존재했던 적이 없고, 내가 이 낡은 방에서 이사를 나가 길조호동(호동胡同은 골목이라는 뜻이고 길조吉兆는 골목 이름—역주)에서 희망을 가득 품은 조그마한 가정을 꾸렸던 적도 없다.

그뿐만이 아니다. 일 년 전에는 이 적막과 공허도 결코 이렇지 않았고 나는 늘 기대를 품고 있었다, 쯔쥔이 올 것이라는 기대를. 오래 기다리며 조바심을 내는 중에, 높은 구두굽이 벽돌길에 닿는 맑은 소리가 들리면 나는 갑자기 얼마나 활기가 차올랐던가! 그러고는 보조개를 띤 파리한 둥근 얼굴과 창백하고 야윈 팔, 줄무늬 면 셔츠, 검은색 스커트가 보였다. 그녀는 또 창밖의 반쯤 시든 홰나무에서 새잎을 가져와 내게 보여주었는데, 쇠꼬챙이 같은 늙은 등나무 줄기에 매달린 자주색과 흰색의 송이송이 등꽃을 가져오기도 했다.

그러나 지금은, 오직 적막과 공허만이 여전할 뿐, 쯔쥔은 결코 더 이상 오지 않는다, 그것도 영원히, 영원히 말이다!……

쯔쥔이 나의 이 낡은 방에 없을 때면 나는 아무것도 눈에 보이지 않았다. 너무 허전하고 무료해서 손 가는 대로 책을 집어들어도, 과학이든, 문학이든, 뭐가 되었건 마찬가지였다. 계속 보다가 문득 정신을 차리면, 이미 십여 쪽이나 넘겼지만 책에 뭐라고 쓰였는지 조금도 기억이 나지 않았다. 단지 귀만 유독 밝아져서 대문 바깥에 오가는 발소리가 다 들리는 것 같았고, 그중에는 쯔쥔의 것도 있었는데, 자박자박 차츰 가까워지던 그 소리는, ──허나 대부분 다시 점점 희미해지고, 결국 다른 발소리에 뒤섞여 사라져버렸다. 나는 쯔쥔의 구두 소리와 다른, 헝겊신을 신는 관리인의 아들이 싫었고, 쯔쥔의 구두 소리와 너무나 비슷한, 늘 새 구두를 신고 얼굴에 배니싱 크림을 바르는 옆집 어린놈이 미웠다!

혹시 인력거가 넘어졌나? 혹시 전차에 부딪혔나?……

나는 그녀를 만나러 가려고 막 모자를 쓰려 했지만, 그러나 그녀의 작은아버지가 맞대놓고 나를 욕한 적이 있었다.

갑자기, 그녀의 발소리가 가까워졌다, 한 걸음 한 걸음 소리를 내며. 마중을 나갔을 때는, 이미 등나무 울타리 아래를 지났고 얼굴에는 미소 지은 보조개가 피어 있었다. 그녀가 작은아버지 집에서 야단을 맞지는 않은 모양이어서 나는 마음이 놓였다. 잠시 묵묵히 서로를 바라본 뒤, 낡은 방 안은 점점 내 말소리로 가득 찼다. 가정의 전제를 논하고, 낡은 관습의 타파를 논하고, 남녀평등을 논하고, 입센을 논하고, 타고르를 논하고, 셸리를 논했다…… 그녀는 늘 미소 지은 채 고개를 끄덕였고, 두 눈에는 치기와 호기심의 빛이 가득했다. 벽에는 동판 인쇄된 셸리의 반신상이 걸려 있었는데, 잡지에서 오려낸 것으로, 그의 가장 아름다운 초상이었다. 내가 그녀에게 처음 보여주었을 때, 그녀는 단지 얼핏 한 번 보고는 고개를 숙여버렸다. 마치 부끄러운 것처럼. 이런 점들로 봐서 쯔쥔은 아마도 아직 낡은 사상의 속박을 다 벗어나지는 못한 모양이었고, ─ 나도 나중에는, 셸리가 바다에 빠져 죽은 기념상이나 입센의 것으로 바꾸는 게 좋겠다고 생각했다. 하지만 역시 결국은 바꾸지 못했고, 지금은 그것조차도 어디로 갔는지 모른다.

"나는 나 자신의 것이고, 그분들은 아무도 나를 간섭할 권리
가 없어요!"

이것은 우리가 교제한 지 반년이 지나, 이곳에 사는 그녀의
작은아버지와 고향 집에 있는 아버지에 대한 말이 나왔을 때,
그녀가 잠시 말없이 생각에 잠겼다가 분명히, 단호하게, 차분
하게 한 말이었다. 그때 나는 이미 내 의견과 내 신세, 나의 결
점에 대해 거의 숨기는 것 없이 다 말했고, 그녀도 완전히 이해
하고 있었다. 그 몇 마디 말은 나의 영혼을 뒤흔들었고, 그 뒤로
여러 날 동안 귓속에서 울렸으며, 말로 표현할 수 없을 만큼 미
친 듯이 기뻤다, 중국 여성들이 염세가들이 말하는 것처럼 절망
적인 게 결코 아니며 머지않은 장래에 휘황한 새벽빛을 보게 될
것을 알았기에.

그녀를 집 밖으로 배웅할 때면 언제나 서로 열몇 걸음 떨어
져 걸었는데, 늘 그렇듯이 메기수염 늙은이는 얼굴이 더러운 창
유리에 바싹 달라붙어 코끝이 다 납작해졌고, 바깥뜰로 나오면
늘 그렇듯이 반짝거리는 유리창 안에 그 어린놈의 얼굴이, 두껍
게 처바른 배니싱 크림이 있었다. 그녀는 눈을 똑바로 뜬 채 거
만하게 걸으며, 그쪽을 쳐다보지도 않았다. 나는 거만하게 돌아
왔다.

"나는 나 자신의 것이고, 그분들은 아무도 나를 간섭할 권리
가 없어요!" 그녀의 머릿속에 있는 이 철저한 사상은, 나보다

더 투철하고, 훨씬 더 굳셌다. 크림 반 병과 납작한 코끝이, 그녀에게 대체 무슨 상관이란 말인가?

　내가 나의 순진하고 열렬한 사랑을 어떻게 그녀에게 고백했는지는 이미 기억이 분명치 않다. 지금은 말할 것도 없고, 그때일 직후에 이미 흐릿해져서, 밤중에 돌이켜볼 때 벌써 약간의 단편들만 남아 있었다. 동거를 시작하고 한두 달이 지나자, 그 단편들마저 흔적 없는 꿈속의 그림자로 변해버렸다. 나는 단지, 그때 이전의 십여 일 동안, 고백하는 자세, 말을 배열하는 순서, 그리고 만약 거절을 당했을 때의 상황을 자세히 연구했었다는 것만 기억난다. 그러나 때가 되자 다 소용이 없었고, 당황한 가운데 나도 모르게 영화에서 봤던 방법을 사용했다. 나중에 돌이켜보면 몹시 창피하긴 했지만, 기억 속에 오직 그것만이 영원히 남아, 지금까지도 어두운 방의 외로운 등불처럼 그 모습을 비춘다. 나는 눈물을 머금고 그녀의 손을 잡은 채, 한쪽 다리를 무릎 꿇고서……
　나 자신의 것뿐만 아니라 쯔쥔의 말과 행동도 당시에 나는 분명하게 보지 못했는데, 다만 그녀가 이미 나에게 허락했다는 것은 알았다. 하지만 그녀의 얼굴이 창백하게 변했다가, 나중에는 점점 진홍색으로 ── 아직 본 적도 없고, 앞으로도 다시 보지 못할 진홍색으로 변했던 것은 기억나는 것 같다. 어린아이 같은 눈에 슬픔과 기쁨이 비쳤다, 의혹의 빛과 뒤섞인 채, 당황해서 창문을 부수고 뛰쳐나가기라도 할 것처럼 내 시선을 피하려고 애썼지만. 그러나 나는 그녀가 이미 나에게 허락했다는 것을 알았다, 그녀가 무슨 말을 할지, 혹은 아무 말도 하지 않을지를 몰랐을 뿐.

오히려 그녀가 모든 것을 다 기억했다. 내가 한 말을, 다 외우기라도 한 듯 줄줄이 낭송했고, 내가 한 행동을, 내게는 보이지 않는 필름을 눈앞에 걸어놓은 것처럼 생생하고 자세하게 서술했다. 물론 다시는 생각하고 싶지도 않은 그 천박한 영화의 한 장면까지도. 밤이 깊어지고 주위가 고요해지면 마주 보고 복습하는 시간이 되었는데, 나는 늘 질문을 받고, 시험을 치고, 나아가 그때 한 말을 다시 말해보라는 명을 받았으며, 그러나 마치 D 학점을 받는 학생처럼 늘 그녀에게 보충을 받고, 교정을 받아야 했다.

이 복습은 그 뒤로 점차 줄어들었다. 허나 그녀의 두 눈이 허공을 주시하며 넋이 나간 듯 깊은 생각에 잠기고, 그리하여 표정이 더욱 부드러워지고 보조개도 깊어지는 모습을 보면, 그녀가 지나간 과목을 또 자습하고 있음을 알았는데, 나는 단지 그녀가 나의 그 우스꽝스러운 영화 속 한 장면을 볼까봐 걱정할 따름이었다. 허나 그녀가 반드시 볼 것이며, 또 보고야 말 것임을 나는 또한 알았다.

그러나 그녀는 결코 우스꽝스럽다고 느끼지 않았다. 나 자신은 우습다고, 심지어는 비루하다고까지 생각했는데도, 그녀는 조금도 우습다고 여기지 않았다. 그 이유를 나는 분명하게 알고 있었다. 그녀가 나를 사랑하는 것이, 그토록 열렬하고, 그토록

196

순진했기 때문이다.

　작년 늦은 봄은 가장 행복하고, 또 가장 바쁜 시간이었다. 내 마음은 안정되었지만, 마음의 다른 한 부분은 몸과 함께 바빠졌다. 우리는 이때가 되어서야 비로소 함께 다니기 시작했다. 공원을 몇 번 가기도 했지만, 대부분은 집을 구하기 위해서였다. 나는 길에서 종종 호기심 어린 표정과 비웃음, 음탕하고 경멸스러워하는 눈빛을 마주치는 걸 느꼈는데, 조심하지 않으면 온몸이 움츠러들 것 같아 얼른 나의 자부심과 반항심을 끌어올려 스스로를 지탱해야만 했다. 오히려 그녀가 별로 두려워하지 않았고, 그 모든 것들에 무관심했다. 오직 차분하게, 천천히 앞으로 나아갈 뿐이었다, 마치 무인지경에 든 듯이 태연하게.
　집을 구하는 것은 정말로 쉬운 일이 아니어서, 대부분은 집주인이 핑계를 대며 거절했고 일부는 우리가 부적당하다고 생각했다. 처음에 우리는 몹시 까다롭게 골랐는데, — 꼭 까다롭게 군 건 아니고, 대부분이 우리가 살 만한 곳같이 보이지 않기 때문이다. 나중에는, 집주인이 우리를 받아주기만 하면 되었다. 스무 집 넘게 보고 나서야 비로소 일단은 그럭저럭 살 만한 곳을 얻었는데, 길조호동에 있는 작은 집의 두 칸짜리 남쪽 별채였다. 주인은 말단 관리였지만 사리를 아는 사람이었고, 북쪽 본채와 동서의 곁채에서 살았다. 그는 부인과 첫돌이 채 되지 않은 딸이 있고 시골 출신 하녀를 한 명 고용했을 뿐이어서, 아이가 울지만 않으면 아주 조용할 것이었다.

우리의 세간살이는 단출했지만 내가 마련해온 금액의 태반이 거기에 다 들어갔고, 쯔쥔도 그녀의 유일한 금반지와 귀걸이를 팔아버렸다. 내가 말려도 그녀는 한사코 팔려 했고, 나도 더 이상 말릴 수가 없었다. 그녀에게 지분 참여의 기회를 전혀 주지 않는다면 그녀의 마음이 편치 못할 것임을 알았기 때문이다.

그녀는 작은아버지와 벌써 다투었는데, 그는 화가 난 나머지 더 이상 그녀를 조카딸로 여기지 않겠다고 했다. 나도, 스스로는 충고라고 여기지만 실은 나 때문에 겁이 났거나 아니면 나를 질투하는 친구들과 잇달아 절교했다. 그러자 오히려 조용해졌다. 매일 근무를 마친 뒤면 이미 황혼에 가까운 시간이 되었고 인력거꾼은 또 어김없이 늑장을 부렸지만, 그래도 결국은 두 사람이 마주 보는 시간이 왔다. 우리는 먼저 말없이 서로를 바라보고, 이어 마음 놓은, 친밀한 대화를 하고, 그 뒤에는 또 침묵했다. 둘 다 고개 숙이고 깊은 생각에 잠기지만, 실제로 생각한 것은 아무것도 없었다. 나는 차츰 정신을 차리면서 그녀의 신체와 그녀의 영혼을 두루 읽었다. 삼 주일이 지나기 전에 나는 그녀에 대해 더 많이 이해하게 되어, 전에는 이해했다고 여겼지만 지금 보니 오히려 간격인, 즉 수많은 이른바 진짜 간격을 없앤 것 같았다.

쯔쥔은 나날이 활발해졌다. 하지만 그녀는 꽃을 좋아하지 않아서, 내가 장에서 사 온 두 개의 작은 화분이, 나흘 동안 물을 주지 않아, 벽 구석에서 말라 죽었다. 나 역시 모든 것을 돌볼 짬이 없었다. 그러나 그녀는 동물은 좋아했는데, 아마도 관리 부인에게서 전염된 것이었으리라. 한 달도 되지 않아 우리 식구가 갑자기 많이 늘어나서, 병아리 네 마리가, 작은 마당에서 집주인의 병아리 십여 마리와 함께 다니고 있었다. 하지만 그녀들은 병아리의 생김새를 알아보았고, 어느 놈이 자기 집 것인지를 다 알고 있었다. 장에서 사 온 희끗희끗한 발바리 개 한 마리도 있었다. 기억하기로는 원래 이름이 있었던 것 같은데, 쯔쥔은 그놈에게 따로 이름을 붙여줘서, 아쑤이(阿隨)라고 불렀다. 나도 그놈을 아쑤이라고 불렀지만, 그 이름을 좋아하지는 않았다.

정말로 그렇다, 사랑은 반드시 항상 갱신되고, 성장하고, 창조되어야 한다. 내가 쯔쥔에게 그 말을 하자, 그녀도 이해를 하고 고개를 끄덕였다.

아아, 그것은 얼마나 평온하고 행복한 밤이었는지!

안녕과 행복은 굳혀야 한다. 그래야 안녕과 행복이 영원해질 수 있다. 우리가 회관에 있을 때는 종종 의견이 충돌되거나 뜻을 오해하곤 했는데, 길조호동에 온 뒤로는 그런 것들조차 없어졌다. 우리는 그저 등불 아래 마주 앉아 지난날을 회상하면서, 그 당시의 충돌 후의 화해라는 거듭남 같은 즐거움을 음미했다.

쯔쥔은 살이 오르기 시작했고 얼굴도 혈색이 돌았지만, 애석하게도 바빴다. 집안일을 하느라 한담을 할 짬조차 없었으니, 하물며 독서와 산보는 더 말할 것도 없었다. 우리는 늘 말했다, 하녀를 한 명 두어야 한다고.

저녁 무렵 돌아왔을 때, 기분 안 좋은 기색을 감추고 있는 그녀를 보면 나도 똑같이 기분이 나빠졌다. 더욱이 내가 언짢았던 것은 그녀가 억지로 웃는 얼굴을 한다는 것이었다. 다행히 그 이유를 알아낼 수 있었다, 그 말단 관리 부인과의 암투 때문이었고, 도화선이 바로 두 집의 병아리였다는 것을. 하지만 왜 나에게 말을 하지 않았을까? 사람은 자기만의 집이 있어야 한다. 이런 집은, 살 만한 곳이 못 되었다.

나의 길도 일정해졌다. 일주일 중 엿새는, 집에서 국(局)으로, 다시 국에서 집으로였다. 국에서는 집무용 책상 앞에 앉아 공문과 편지를 베끼고, 또 베끼고, 또 베꼈으며, 집에서는 그녀의 상대가 되어주거나 그녀가 화로에 불을 피우고, 밥을 짓고, 빵을 찌는 것을 도왔다. 내가 밥 짓는 법을 배운 것은, 바로 이때였다.

나의 먹을 것은 회관에 있을 때보다 훨씬 좋아졌다. 요리가 쯔쥔의 특기는 아니었지만, 그녀는 오히려 여기에 온 힘을 기울였다. 그녀가 밤낮으로 걱정을 하니까 나 역시 같이 걱정을 하지 않을 수 없었는데, 이에 대해서는 고락을 함께 하는 것이라 치기로 했다. 더구나 그녀는 이렇게 종일 얼굴 가득 땀을 흘려 짧은 머리카락이 이마에 다 달라붙었고, 또 손까지 이렇게 거칠어지지 않았는가.

게다가 아쑤이를 기르고, 병아리를 키우고, ……다 그녀가 아니면 안 되는 일이었다.

나는 그녀에게 충고했었다, 나는 안 먹으면 그만이라고. 이렇게 고생하면 절대 안 된다고. 그녀는 나를 한 번 쳐다보았을 뿐 아무 말도 하지 않았는데, 표정은 오히려 약간 슬퍼하는 것 같았다. 나도 아무 말 하지 않을 수밖에. 그러나 그녀는 여전히 그렇게 열심히 일했다.

내가 예상했던 타격이 결국 왔다. 쌍십절 전날 밤, 나는 한가로이 앉아 있었고 그녀는 설거지를 하고 있었다. 문 두드리는 소리를 듣고서 내가 문을 여니, 국(局)의 배달원이었고, 내게 등사된 쪽지 한 장을 건네주었다. 나는 어느 정도 짐작이 갔는데, 등불 아래로 가서 보니, 과연, 다음과 같이 쓰여 있었다.

통지

국장의 명에 의해 스쥐엔성을 해고함

사무처 발신 10월 9일

이것은 회관에 있을 때부터, 내가 이미 예상했던 일이었다. 그 배니싱 크림은 국장 아들의 도박 친구였으니, 틀림없이 소문을 퍼뜨리고 일러바치려 했을 것이다. 이제야 비로소 효험이 나타난 것이니, 이미 늦은 셈이었다. 사실 이것은 내게 타격이라고 할 수도 없었다. 왜냐하면 나는 일찌감치, 사람들에게 필사를 해주거나 혹은 글을 가르칠 수도 있고, 혹은 힘은 들겠지만 책을 번역할 수도 있다고 마음을 먹고 있었기 때문이다. 하물며 『자유의 벗』 편집장은 몇 번 만난 적이 있는 잘 아는 사람이었고, 두 달 전에는 편지도 주고받았었다. 그래도 나는 가슴이 뛰었다. 두려움을 모르던 쯔쥔도 얼굴색이 변했는데, 그것이 더욱 마음 아팠다. 그녀는 요즘 들어 좀 약해진 것 같았다.

"괜찮아요. 흥, 우리는 새 길을 찾을 거니까요. 우리는……" 그녀가 말했다.

그녀의 말이 다 끝나기도 전에, 어찌 된 일인지, 그 소리가 내 귀에 공허하게만 들렸고, 등불 빛도 몹시 어둡게 느껴졌다. 사람이란 정말로 가소로운 동물이어서, 극히 사소한 일에도 깊은 영향을 받을 수 있었다. 우리는 먼저 말없이 서로를 쳐다보다가 차츰 의논을 하기 시작했고, 마침내 지금 가지고 있는 돈을 최대한 절약하면서 한편으로 '줄광고'를 내서 필사와 교습 일을 구하고, 다른 한편으로는 『자유의 벗』 편집장에게 편지를 써서 지금의 내 상황을 설명하고, 내 번역 원고를 채택해서 힘든 시기를 겪는 나를 좀 도와달라고 부탁하기로 결정했다.

"하기로 했으면, 하자! 새 길을 열자!"

나는 즉시 책상을 향해 몸을 돌리고 향유를 담은 병과 식초 접시를 밀어냈고, 쯔쥔은 그 어두침침한 등불을 가져왔다. 나는 먼저 광고의 초안을 잡았고, 그다음에는 번역할 만한 책을 골랐는데, 이사한 뒤로는 들춰보지를 않아서 책이란 책은 다 윗부분에 먼지가 가득했다. 마지막으로 편지를 썼다.

나는 한참 망설였다. 어떻게 써야 좋을지 몰라 펜을 멈추고 생각에 잠겼을 때, 흘낏 그녀의 얼굴을 바라보니, 어두침침한 불빛 아래에서 몹시 처연해 보였다. 나는 이토록 사소한 일이, 굳세고 두려움을 모르던 쯔쥔에게 이토록 뚜렷한 변화를 줄 줄은 정말로 생각지 못했었다. 그녀는 근래 들어 정말로 나약하게 변했다. 이것은 오늘 밤에 와서 비로소 시작된 것이 결코 아니었다. 내 마음은 그리하여 더욱 어지러워졌는데, 갑자기 평화로운 삶의 모습이 떠올랐다 ― 회관 낡은 방의 정적이, 눈앞에서 번쩍인 것이다. 막 시선을 집중해서 자세히 보려 하자, 보이는 것은 또다시 어두침침한 불빛이었다.

긴 시간이 지나자 편지도 완성되었는데, 꽤나 긴 편지였다. 몹시 피곤했다. 요즘 들어 나 자신도 좀 나약해진 듯했다. 그래서 우리는, 광고를 내고 편지를 부치는 일은 내일 함께 처리하기로 결정했다. 두 사람 다 약속이나 한 듯 허리를 폈고, 말을 하지 않아도 서로의 굳센 정신이 느껴지는 것 같았으며, 새로운 싹에서 피어나는 장래의 희망이 보이는 듯했다.

밖에서 온 타격은 사실 오히려 우리의 새로운 정신을 진작시켜주었다. 국에서의 생활은 원래 새장수 손 안의 새와 같아서, 약간의 좁쌀로 남은 목숨을 유지할 뿐 결코 살을 찌우지는 못하고, 시간이 오래 지나면 날개가 퇴화되어버려 조롱 밖으로 풀어놓아도 이미 날지 못한다. 지금 드디어 그 조롱을 벗어나는 것이니, 나는 이제부터 탁 트인 새로운 하늘에서 비상할 것이었다, 아직 날갯짓을 잊어버리지 않았으니까.

줄광고는 금세 효과가 나지 못하는 게 당연했지만, 책 번역도 쉬운 일이 아니었다. 먼저 읽을 때는 다 이해했다고 생각했는데, 일단 착수를 하면 난제가 속출했고, 진행이 늦어졌다. 하지만 나는 노력해서 해내기로 마음먹었고, 반쯤 새것이었던 사전이 보름도 되지 않아, 가장자리에 새까만 손가락 자국이 가득해졌는데, 이것은 내가 얼마나 열심히 일했는지를 증명해주었다. 『자유의 벗』 편집장은 자기 잡지는 좋은 원고를 절대로 외면하지 않는다고 말했었다.

안타깝게도 내게는 조용한 방이 없었다. 쯔쥔도 예전처럼 조용하지 않았고 살림을 잘 보살피지도 않아서, 방 안에는 늘 그릇이 어지럽게 흩어져 있었고 매연이 가득했다. 마음 편히 일을 할 수가 없었다. 하지만 이건 물론 다 나 자신이 서재 한 칸 둘 능력이 없는 탓이었다. 더군다나 아쑤이도 있고 닭들도 있었다. 그리고 닭들이 커지자, 두 집 싸움의 도화선이 되는 일이 더 잦아졌다.

게다가 매일 '끊임없이 계속되는' 밥 먹기. 쯔쥔의 사업은, 완전히 이 밥 먹기 속에서 세워지는 것 같았다. 먹은 뒤엔 돈을 마련하고, 마련해온 뒤엔 밥을 먹었으며, 또 아쑤이를 먹이고, 닭을 먹여야 했다. 그녀는 예전에 알던 것을 전부 다 잊어버린 것 같았고, 나의 구상이 그 밥 먹으라는 재촉 때문에 늘 끊어진다는 것도 생각지 못했다. 앉은 자리에서 화난 기색을 비쳐도 그녀는 좀체 바뀌지 않았고, 여전히 아무것도 모른다는 듯이 크게 입을 벌리고 음식을 씹었다.

내 일이 규칙적인 밥 먹기의 속박을 받으면 안 된다는 것을 그녀에게 이해시키는 데 오 주일이 걸렸다. 이해한 뒤에 그녀는, 몹시 기분이 안 좋은 듯했지만 그래도 말은 하지 않았다. 내 작업은 과연 그 후로 비교적 신속하게 진행되어, 오래지 않아 전부 5만 자를 번역했는데, 한 차례 윤색만 하면 완성된 두 편의 소품을 만들어, 함께 『자유의 벗』에 기고할 수 있었다. 하지만 밥 먹기는 여전히 나에게 고뇌를 가져다주었다. 음식이 식는 건 괜찮았지만, 양이 충분하지 않았고, 때로는 밥조차 부족했다. 비록 내가 종일 집 안에 앉아 머리를 쓰기 때문에 전보다 먹는 양이 많이 줄어든 상태라고는 해도. 이것은 무엇보다 아쑤이를 먹이는 게 먼저였기 때문이다. 때로는 근래 나 자신조차 쉽게 먹지 못하는 양고기를 아쑤이에게 얹어주기도 했다. 그녀는 아쑤이가 정말로 불쌍할 정도로 말랐고, 집주인 여자가 그래서 우리를 비웃는데, 이런 비웃음을 참지 못하겠다고 말했다.

그래서 내가 남긴 밥을 먹는 건 닭들뿐이었다. 이 사실은 시간이 많이 지난 뒤에야 알게 되었는데, 그러자 헉슬리가 "인류의 우주에서의 위치"를 논한 것처럼, 나의 이곳에서의 위치가 발바리 개와 닭의 중간에 불과하다는 사실도 자각하게 되었다.

나중에는, 여러 차례 다투고 다그친 끝에, 닭들도 차츰 고기 반찬이 되었고 우리도 아쑤이도 신선하고 기름진 음식을 열흘 남짓 맛볼 수 있었다. 그러나 실은 다 비쩍 마른 놈들이었다. 진작부터 하루에 수수 몇 알밖에 먹이지 못했기 때문이다. 그 뒤로 집 안은 훨씬 조용해졌다. 단지 쯔쥔만은 의기소침해졌고, 늘 슬프고 지루해하는 것 같았으며, 별로 말을 하지 않게 되었다. 나는 생각했다, 사람이란 얼마나 쉽게 바뀌는 것인가!

하지만 아쑤이도 키우지 못하게 되었다. 우리는 이미 어디서도 소식이 오기를 희망할 수 없게 되었고, 쯔쥔도 그놈을 엎드리게 하거나 똑바로 서게 할 먹을 것이 없어진 지 오래였다. 겨울은 또 이렇게 빨리 와서, 난로가 큰 문제가 되었다. 그것의 식사량이, 우리에게는 피부로 느껴지는 무거운 부담이 된 지 오래였다. 그리하여 개조차도 포기해야 했다.

파는 물건이라고 표시해서 시장에 내다 팔면 아마 몇 문(文) 정도 돈을 받을 수는 있겠지만, 우리는 그럴 수도 없었고 그러고 싶지도 않았다. 결국 보자기로 머리를 덮은 채 내가 서문 밖으로 데리고 가 풀어주었다. 그래도 따라오려 해서, 그다지 깊지 않은 구덩이에 밀어넣었다.

집에 돌아오자마자 훨씬 더 조용해진 것이 느껴졌다. 하지만 쯔쥔의 슬픈 표정이 나를 깜짝 놀라게 했다. 이제까지 본 적이 없는 표정이었다. 물론 아쑤이 때문이었다. 하지만 왜 이렇게까지? 나는 구덩이에 밀어넣었다는 얘기는 꺼내지 않았다.

밤이 되자, 그녀의 슬픈 표정에 차가운 성분이 더해졌다.

"이상하네. ─ 쯔쥔, 당신 오늘 왜 이러지?" 나는 참지 못하고 물었다.

"뭐가요?" 그녀는 나를 쳐다보지도 않았다.

"당신 얼굴이……"

"괜찮아요, ─ 아무것도 아녜요."

나는 결국 그녀의 말과 행동에서 알아차렸다, 그녀가 이미 나를 잔인한 사람이라고 판단했으리라고. 사실, 나 혼자라면, 사는 게 어렵지 않았다. 오만한 탓에 집안 사람들과 종래 내왕을 하지 않았고 이사한 뒤로는 옛 친구들과도 소원해졌지만, 이곳을 떠나 멀리 가기만 하면 생로(生路)는 아직 무척 넓었다. 지금 생활의 압박이라는 고통을 견디고 있는 이유의 절반은 그녀 때문이었다. 아쑤이를 포기한 것도 바로 그런 이유이지 않은가. 하지만 쯔쥔은 식견이 천박해져서 그런 점조차 생각지 못하게 된 것 같았다.

나는 기회를 봐서 이러한 이치를 그녀에게 넌지시 일러주었고, 그녀는 알아들은 듯이 고개를 끄덕였다. 그러나 나중의 정황으로 보건대 그녀는 이해하지 못했거나 아니면 내 말을 아예 믿지 않았다.

추운 날씨와 싸늘한 표정 때문에 나는 집 안에서 편히 있을 수가 없었다. 하지만 어디로 간단 말인가? 큰길이나 공원은, 차가운 표정은 없지만, 찬 바람이 사람의 피부를 찢을 듯이 찔러댔다. 결국 나는 공공도서관에서 나의 천국을 찾았다.

거기는 표를 사지 않아도 되었고, 열람실에 무쇠난로도 두 개나 설치되어 있었다. 불길이 시원찮은 석탄난로에 불과했지만, 그것이 설치되어 있는 것만 보아도 정신적으로 따스함이 느껴졌다. 볼 만한 책은 없었다. 옛날 책은 진부했고, 새 책은 거의 없었다.

다행히 내가 거기 가는 이유는 책을 보기 위해서가 아니었다. 나 외에도 늘 몇 사람이, 많으면 열몇 명이 있었는데, 모두 얇은 홑옷 차림인 것이 나와 똑같았고, 각자 자기의 책을 보는 것으로 추위를 피하는 구실을 삼았다. 이곳은 나에게 딱 맞았다. 길에서는 아는 사람을 만나 경멸의 눈길을 받기가 쉬웠지만, 이곳에 그런 액운은 일절 없었다. 그들은 영원히 다른 무쇠난로 곁에 둘러앉거나 자기 집 석회난로 가에서 불을 쬘 것이기 때문에.

거기에 내가 볼 책은 없었지만 내가 생각할 수 있게 해주는 편안함이 있었다. 혼자서 한가하게 앉아 지난 일을 돌아보니, 반년 남짓을, 오직 사랑 ─ 맹목적인 사랑 ─ 을 위해, 인생의 다른 중요한 것들을 전부 소홀히 했다는 생각이 들었다. 첫째는, 생활이다. 사람은 반드시 생활을 해야 하고, 사랑은 그 위에 덧붙이는 것이다. 세상에는 분투하는 자를 위해 열린 활로가 결코 없지 않고, 나도 날개를 펄럭이는 법을 아직 잊지 않았다, 비록 이전보다 훨씬 쇠약해지긴 했지만……

내 눈에 실내와 책 읽는 이들은 점점 사라졌고, 보이는 것은 세찬 파도 속의 어부와 참호 속의 병사, 자동차 속의 귀하신 분, 조계지의 투기꾼, 깊은 산 밀림 속의 호걸, 강단 위의 교수, 캄캄한 밤에 돌아다니는 자, 한밤중의 도둑…… 쯔쥔은, ─ 근방에 없었다. 그녀의 용기는 다 사라졌고, 단지 아쑤이를 위해서 슬퍼하고 밥 짓기를 위해서 집중할 뿐이었는데, 이상하게도 조금도 수척해지지는 않는다……

  추워졌다. 난로 속의 시원찮은 몇 조각 석탄도 결국 다 타버렸고 문 닫을 때가 되었다. 또 길조호동으로 돌아가 차가운 색깔을 음미해야 한다. 근래 들어 간혹 따스한 표정을 볼 때도 있었지만, 그것이 오히려 나의 고통을 더해주었다. 어느 날 밤엔가 쯔쥔의 눈에서, 갑자기 오래전에 사라졌던 치기 어린 빛이 비쳤고, 아직 회관에 있을 때의 일을 웃으며 나에게 이야기했는데, 계속해서 두려워하는 기색도 띠고 있었다. 그녀보다 더한 내 근래의 차가움이 그녀의 근심을 야기했고, 그녀에게 조금이라도 위안을 줄 생각이라면 억지로라도 웃으며 이야기해야만 한다는 것을 나는 알았다. 그러나 나의 웃음이 얼굴에 떠오르고 나의 말이 입 밖으로 나와도 그것은 즉각 공허로 변해 버렸고, 그 공허는 또 즉각 반향을 일으켜 내 귓속으로 돌아왔으며, 내게 견디기 힘든 악독한 비웃음을 주었다.

  쯔쥔도 느낀 것 같았다. 그때부터 그녀의 예의 마비된 듯한 평정이 사라졌다. 애써 안 그런 척해도 계속 근심 어린 기색이 드러났다. 하지만 나에 대해서는 훨씬 더 온화해졌다.

  나는 그녀에게 분명하게 말해야 한다. 하지만 아직 용기를 내지 못했다. 말하기로 결심했을 때 그녀의 어린아이 같은 눈빛을 보면 나는 잠시 억지로 기쁜 얼굴을 지어야만 했다. 하지만 그것이 또 즉각 나를 비웃었고, 그러면 나는 차가운 평정을 잃어 버렸다.

그 뒤로 그녀는 지난 일의 복습과 새로운 시험을 다시 시작했고, 나를 다그쳐 수많은 거짓된 위안의 답을 내놓아 그녀에게 보여주게끔 했다. 허위의 초고가 나 자신의 마음에 새겨졌다. 내 마음은 점점 이 초고들로 가득 채워졌고, 늘 숨 쉬기가 힘든 느낌이 들었다. 나는 고뇌 속에서 항상 생각했다, 진실을 말하는 데는 물론 극히 큰 용기가 필요하고, 만약 그런 용기가 없고 단지 허위에 안주한다면 새로운 생로를 열지 못하는 사람인 거라고. 그뿐만이 아니라 그 사람조차도 존재할 수 없게 된다!

쯔쥔에게 원망하는 기색이 생겼다, 아침에, 몹시 추운 아침에. 그것은 예전에 본 적이 없는 것이었는데, 어쩌면 내가 원망하는 기색이라고 본 것일지도 몰랐다. 나는 그때 차갑게 분노하고 몰래 비웃었다, 그녀가 연마한 사상과 활달하고 거침없는 언론이 결국 하나의 공허였고, 그 공허에 대해 자각하지도 못한다고. 그녀는 벌써부터 아무 책도 보지 않았고, 인간 생활의 첫 번째가 구생(求生)이며 그 구생의 길을 향해 반드시 손을 잡고 동행하거나 홀로 분투해야 한다는 것을, 단지 다른 사람의 옷 귀퉁이를 잡을 줄만 안다면 전사(戰士)라 하더라도 전투하기가 어려워지고 함께 멸망할 수밖에 없다는 것을 알지 못했다.

나는 새로운 희망이 우리가 헤어지는 데에만 있다고 느꼈다. 그녀는 결연히 떠나야 한다, ─나는 문득 그녀의 죽음을 생각했지만, 즉시 자책하고 참회했다. 다행히 아침이었고 내가 나의 진실을 말할 수 있는 시간은 많았다. 우리의 새로운 길의 열림은 바로 여기에 달렸다.

나는 그녀와 잡담을 나누다가, 일부러 우리의 지난 일을 꺼내 문예를 얘기하고 그리하여 외국 문인과 그 문인의 작품 『인형의 집』과 『바다에서 온 여인』을 언급했다. 노라의 결단력을 칭송하고…… 작년에 회관의 낡은 방에 있을 때 했던 바로 그 말이었지만, 이제는 이미 공허하게 변해, 내 입에서 나와 내 귓속으로 전해지는데도, 보이지 않는 나쁜 아이 하나가 배후에서 악의를 품은 채 악독하게 말을 따라 하는 게 아닌가 계속 의심이 들었다.

　그녀는 여전히 고개를 끄덕여 응답하며 경청했지만, 나중에는 침묵했다. 나도 단속적으로 이어가던 말을 마쳤고, 그런 뒤엔 여음조차도 허공 속으로 사라져버렸다.

　"그래요." 그녀가 좀 더 침묵하다가 말했다, "하지만, ……쥐엔셩씨, 나는 당신이 요즘 들어 너무 달라진 것 같아요. 그런가요? 당신, ─솔직하게 말해봐요."

　나는 정수리에 일격을 맞은 느낌이었지만, 얼른 정신을 차리고 나의 의견과 주장을 말했다. 새로운 길을 여는 것, 새로운 생활을 만드는 것은 함께 멸망하는 것을 면하기 위해서라고.

　끝에 가서는, 단단히 결심을 하고서 다음과 같은 말 몇 마디를 덧붙였다.

　"……게다가 당신은 이미 망설일 필요도 없이, 용감하게 앞으로 나아갈 수 있지. 당신이 솔직하게 말하라고 하니까, 그래, 사람은 거짓되어서는 안 돼. 솔직히 말하지, 왜냐하면, 왜냐하면 나는 이미 당신을 사랑하지 않아! 하지만 이게 당신에겐 외려 훨씬 더 좋은 거야, 왜냐하면 당신은 조금도 거리낌 없이 일을 처리할 수 있거든……”

그러면서 나는 커다란 변고가 도래하리라 예상하고 있었는데, 침묵만이 있었다. 그녀의 얼굴은 갑자기 마치 죽은 것처럼 잿빛으로 변했다가 바로 다음 순간 다시 되살아났는데, 눈에서 치기 어린 빛이 반짝반짝 빛났다. 그 눈빛을 사방으로 던지는 것이 어린아이가 배고프고 목말라 자애로운 어머니를 찾는 것과 꼭 같았다. 하지만 그녀는 허공만 쳐다볼 뿐, 무서워하면서 내 눈을 피했다.

나는 계속 보고 있을 수가 없었다. 다행히 아침이어서, 나는 찬 바람을 무릅쓰고 공공도서관으로 곧장 달려갔다.

거기에서 『자유의 벗』을 보았다. 나의 소품문이 다 실려 있다. 그것이 나를 놀라게 했다. 활력이 좀 생기는 것 같았다. 나는 생각했다, 생활의 길은 아직 많다고, ─ 하지만, 지금 이대로는 안 된다고.

나는 소식이 끊긴 지 오래된 친구들을 방문하기 시작했지만, 그것도 겨우 한두 번뿐이었다. 그들의 방은 물론 따뜻했지만, 나는 오히려 뼛속 깊이 추위를 느꼈다. 밤이면, 얼음보다 더한 차가운 방에서 몸을 웅크렸다.

얼음의 바늘이 내 영혼을 찔러대, 내게 마비된 아픔의 영원한 고통을 주었다. 생활의 길은 아직 많고 나도 아직 날개를 치는 법을 망각하지 않았다고 나는 생각했다 ─ 문득 그녀의 죽음을 생각했고, 그러나 즉시 자책했고, 참회했다.

　공공도서관에서 종종, 반짝이는 광명을 언뜻 보곤 했다. 새로운 생로가 앞에 가로놓여 있었다. 그녀는 용맹하게 각오를 하고, 이 얼음처럼 차가운 집을 의연히 떠난다, 게다가, ── 원한의 기색은 조금도 없다. 나는 구름처럼 가볍게 하늘을 떠다닌다. 위로는 짙푸른 하늘이오, 아래에 있는 것은 깊은 산 큰 바다, 높은 빌딩, 전쟁터, 오토바이, 조계지, 공관, 청명한 번화가, 어두운 밤⋯⋯

　그리고, 정말로, 나는 예감했다, 새로운 국면이 곧 도래할 것을.

　우리는 몹시 견디기 힘든 겨울을, 이 베이징의 겨울을 간신히 넘겼다. 마치 잠자리가 짓궂게 장난치는 나쁜 아이 손에 떨어진 것처럼, 가느다란 실에 매인 채 잔뜩 희롱당하고 학대받다가, 다행히 목숨을 잃지는 않았지만 결국은 땅바닥에 누워 조만간을 다툴 따름이었다.

　『자유의 벗』편집장에게 이미 세 통이나 편지를 썼는데, 이제야 겨우 답신을 받았다. 봉투 안에는 두 장의 도서교환권만 들어 있었다. 20전짜리 하나와 30전짜리 하나. 나는 단지 독촉하려고 9전어치의 우표를 썼는데, 하루의 굶주림에 아무 소득 없는 공허만이 헛되이 주어졌다.

　그러나 올 거라고 생각한 일이 결국 도래했다.

　그것은 겨울과 봄이 바뀔 때의 일이었다. 바람은 이미 그다지 차갑지 않아졌고, 나는 더욱 오래 밖에서 배회했다. 집에 돌아오면 대체로 날이 저물었다. 바로 그런 어느 날 어두운 밤에, 평소처럼 기운 없이 돌아온 나는 거처의 문이 보이자 평소처럼 더욱 기운이 없어졌고 발걸음은 더욱 느려졌다. 하지만 결국은 집으로 들어갔는데, 등불이 켜져 있지 않았다. 성냥을 찾아 불을 켰을 때, 이상하게 적막하고 공허했다!

경악에 잠겨 있을 때, 관리 부인이 창밖에서 나를 불렀다.

"오늘 쯔쥔의 부친이 와서, 데리고 갔어요." 그녀가 간단히 말했다.

그것은 예상하지 못했던 일이었고, 그래서 나는 뒤통수에 일격을 맞은 것처럼 말없이 서 있었다.

"그 사람이 갔습니까?" 잠시 후, 나는 겨우 이렇게 한마디를 물었을 뿐이었다.

"갔어요."

"그 사람이, ─ 그 사람이 뭐라고 했습니까?"

"아무 말도 안 했어요. 그냥 당신이 돌아오면 알려주라고 부탁했어요, 갔다고 말하라고."

나는 믿지 않았다. 하지만 방 안은 이상하게 적막하고 공허했다. 나는 온 데를 다 살피며 쯔쥔을 찾았지만, 보이는 것은 오직 몇 개의 낡고 빛바랜 가구뿐이었는데 드문드문 흩어진 채 그것들에게 사람이나 물건을 감출 능력이 없음을 증명하고 있었다. 나는 편지나 그녀가 남긴 글씨를 찾기로 생각을 바꿨지만 역시 없었다. 단지 소금이랑 마른 고추, 밀가루, 배추 반 포기를 한곳에 모아 놓았고, 그 곁에 몇십 개의 동전이 있었다. 이것은 우리 두 사람의 생활 재료 전부였다. 지금 그녀가 정중하게 이것을 나 한 사람에게 남겨준 것은, 무언중에, 이것을 가지고 한동안 생계를 유지하라는 것이었다.

나는 주위에 내쫓긴 것처럼 마당 가운데로 뛰쳐나왔다. 내 주위는 온통 어둠이었다. 본채의 종이 창문에 밝은 불빛이 비쳤다. 그들은 아이를 어르며 웃음꽃을 피웠다. 내 마음도 차분해졌고, 무거운 압박 속에서 차츰 어렴풋이 탈주의 길이 나타나는 게 느껴졌다. 깊은 산 큰 호수, 조계지, 전등 아래의 성대한 파티, 참호, 가장 캄캄한 심야, 예리한 칼날의 일격, 소리 없는 발걸음……

마음이 좀 가벼워지고 편안해졌지만, 여비를 생각하자 또 한숨이 나왔다.

누운 채로, 감은 눈앞에 떠오르는 예상되는 앞길은 밤이 절반도 지나기 전에 이미 사라져버렸고, 어둠 속에서 문득 한 무더기 음식물이 보인 것 같았고, 그다음에는 쯔쥔의 잿빛 얼굴이 떠올라, 치기 어린 눈을 뜨고 간청하는 것처럼 나를 바라보고 있었다. 내가 정신을 차리고 보자 아무것도 없었다.

하지만 내 마음은 또다시 무겁게 느껴졌다. 왜 나는 며칠을 못 참고 그렇게 급하게 그녀에게 참말을 한 것일까? 이제 그녀는 안다, 앞으로 그녀에게는 다만 그녀 부친 ― 자식의 채권자인 ― 의 땡볕 같은 위엄과 다른 사람들의 서릿발 같은 차가운 시선만 남았다는 것을. 그 밖에는 아무것도 없다. 공허의 무거운 짐을 진 채, 위엄과 차가운 시선 속에서 이른바 인생의 길을 가다니, 이 얼마나 무서운 일인가! 더구나 이 길의 끝은 ─ 묘비조차 없는 무덤뿐이다.

나는 쯔쥔에게 진실을 말해서는 안 되었다. 우리는 사랑했었고, 나는 영원히 그녀에게 나의 거짓말을 바쳐야 했다. 만약 진실이 귀중할 수 있다면, 그것이 쯔쥔에게 무거운 공허가 되어서는 안 된다. 물론 거짓말도 하나의 공허이지만, 끝까지 가도 기껏해야 이보다 더 무겁지는 않을 것이다.

나는 쯔쥔에게 진실을 말해주면 그녀가 조금의 거리낌도 없이 견결하게, 의연히 앞으로 나아갈 수 있으리라 생각했다. 우리가 동거하려 했을 때와 똑같이. 하지만 그것은 나의 착오였던 것 같다. 그녀가 당시에 용감하고 두려움이 없었던 것은 사랑 때문이었다.

나는 허위의 무거운 짐을 질 용기가 없었다. 그래서 오히려 진실의 무거운 짐을 그녀에게 넘겨버렸다. 그녀는 나를 사랑한 뒤부터, 그 무거운 짐을 져야 했다, 위엄과 차가운 시선 속에서 이른바 인생의 길을 가며.

나는 그녀의 죽음을 생각했다…… 나는 알아차렸다, 내가 일개 비겁자임을, 진실된 자든 거짓된 자든 힘 있는 사람들에게 배척당해 마땅함을. 하지만 그녀는 오히려 처음부터 끝까지, 내가 한동안 생계를 유지하기를 바랐다……

나는 길조호동을 떠날 것이었다. 여기엔 이상스러운 공허와 적막이 있었다. 나는 생각했다, 여기를 떠나기만 하면, 쯔쥔이 내 곁에 있는 것이나 같아진다고. 적어도, 계속 시내에 있으면 어느 날엔가 뜻하지 않게 나를 찾아올 것이다, 마치 회관에 살 때처럼.

그러나 일체의 청탁과 서신은 아무런 반응이 없었다. 나는 어쩔 수 없이, 오랫동안 찾아뵙지 않았던 집안 어른 한 분을 방문해야만 했다. 그는 내 큰아버지의 유년 시절 동창이고 올곧음으로 유명한 발공(청나라 과거제도에서 동자시를 통과한 생원 중 선발되어 국자감에 입학한 자를 발공이라 했음─역주)인데, 베이징에 산 지 오래되었고 교유도 넓었다.

아마도 의복이 낡아서였을까, 방문하자마자 수위에게 푸대접을 받았다. 집안 어른을 가까스로 만났고 나를 알아보기도 했지만, 다만 냉대했다. 우리의 과거를 그는 전부 알고 있었다.

"물론, 자네가 여기에 있을 수는 없네," 그는 다른 곳의 일을 찾아달라는 내 부탁을 듣고서, 차갑게 말했다. "하지만 어디로 갈 것인가? 어렵군. ─ 자네의 그, 뭐지? 자네의 친구겠군, 쯔쥔, 자네 아는가, 그 여자가 죽었네."

나는 놀라서 아무 말도 못했다.

"정말입니까?" 결국 나는 나도 모르게 물었다.

"하하. 당연히 정말이지. 우리 집 왕성(王昇: 하인 이름─역주)이 그 여자와 같은 고향이네."

"하지만, ─ 어떻게 죽었는지는 모르십니까?"

"누가 알겠나. 아무튼 죽었으면 그만이지."

나는 어떻게 그에게 작별 인사를 하고 거처로 돌아왔는지 다 망각했다. 그가 거짓말을 하지 않았다는 걸 나는 알았다. 쯔쥔은 더 이상 작년처럼 오지 못한다. 그녀가 위엄과 차가운 시선 속에서 공허의 무거운 짐을 진 채 이른바 인생의 길을 가고 싶어도, 이제는 불가능하다. 그녀의 운명은, 내가 준 진실 ― 사랑 없는 인간은 사멸한다는 그 진실을 이미 그녀에게 결정해 준 것이다!

물론, 나는 여기에 있을 수 없다. 하지만, "어디로 갈 것인가?"

사방이 광대한 공허였고, 그리고 죽음의 정적이었다. 사랑 없음 때문에 죽은 사람들의 눈앞의 어둠이 내게 하나하나 보이고, 모든 고민과 절망이 몸부림치는 소리도 들리는 것 같았다.

나는 여전히 새로운 것의 도래를 기다렸다, 이름 없는 것, 뜻 밖의 것을. 그러나 하루하루 날이 지나도, 죽음의 정적뿐이었다.

나는 전에 비해 그다지 외출을 하지 않았고, 단지 광대한 공허 속에 앉거나 누운 채로, 죽음의 정적이 내 영혼을 침식하도록 내버려두었다. 죽음의 정적은 때로 스스로 전율하고 스스로 몸을 숨기기도 했으며, 그래서 끊어짐과 이어짐이 교차되는 그때가 되면 이름 없고, 뜻밖이며, 새로운 기대가 반짝였다.

어느 날 흐린 오전, 태양은 아직 구름 속에서 벗어나지 못하고 있었고, 공기조차 지쳐 있었다. 낮고 어지러운 발소리와 씩씩거리는 콧김 소리가 귀에 들려 내 눈을 뜨게 했다. 대충 살펴보니 방 안은 여전히 공허했다. 하지만 무심코 바닥을 보자, 한 마리 조그만 동물이 맴을 돌고 있었다, 여위고 다 죽어가는 모습으로, 온몸이 흙투성이인 채……

자세히 보자마자, 내 심장이 순간 멈췄다가 곧이어 방망이질 하기 시작했다.

아쑤이였다. 그가 돌아왔다.

내가 길조호동을 떠난 것은 집주인들과 그 집 하녀의 차가운 시선 때문만이 아니라 십중팔구는 아쑤이 때문이었다. 하지만, "어디로 갈 것인가?" 새로운 생로는 물론 많았다. 나는 대략 알고 있었고 간혹 희미하게 보이기도 했고 바로 내 앞에 있다고 느끼기도 했지만, 그리로 들어갈 첫걸음을 어떻게 내디딜지를 알지 못했다.

수없이 생각해보고 비교해보았지만, 오직 회관만이 내가 용납될 수 있는 곳이었다. 낡은 방, 목침대, 반쯤 시든 홰나무와 자등나무는 여전히 똑같았지만, 그때 나에게 희망과 기쁨, 사랑과 삶을 주던 것들은 전부 사라져버리고 하나의 공허, 내가 진실을 가지고 맞바꿔온 공허만 존재했다.

새로운 생로는 아직 많다. 나는 반드시 그리로 걸어 들어가야 한다, 왜냐하면 내가 아직 살아 있기 때문에. 하지만 나는 어떻게 그 첫걸음을 내디뎌야 할지를 모른다. 이따금, 그 생로가 한 마리 긴 회색 뱀처럼 스스로 꿈틀거리며 나를 향해 달려오는 모습이 보이는 듯한데, 내가 기다리고 기다리면서 다가오는 것을 살펴보면, 갑자기 어둠 속에서 사라져버린다.

초봄의 밤은 여전히 이토록 길다. 오랫동안 우두커니 앉아 있다가 오전에 거리에서 본 장례식이 생각났다. 앞쪽은 종이 사람과 종이 말이었고, 뒤쪽은 노래 부르는 것 같은 곡성이었다. 나는 이제 그들이 총명하다는 것을 안다. 이 얼마나 간단명료한 일인가.

그러나 쯔쥔의 장례식이 또 내 눈앞에 나타났다. 홀로 공허의 무거운 짐을 진 채, 회색의 긴 길을 전진하다가 주위의 위엄과 차가운 시선 속에서 금세 사라져버린다.

나는 정말로 이른바 귀신이 있기를, 정말로 이른바 지옥이 있기를 바란다. 그러면 설사 재난의 바람(孽風)이 노하여 으르렁거리는 가운데서도 쯔쥔을 찾고, 만나서 나의 회한과 비애를 말하고, 그녀의 용서를 빌 것이다. 그러지 않으면 지옥의 독한 화염(毒焰)이 나를 에워싸고 나의 회한과 비애를 맹렬하게 태워버릴 것이다.

나는 재난의 바람과 독한 화염 속에서 쯔쥔을 포옹하고, 그녀에게 용서를 빌 것이다, 아니면 그녀를 기쁘게 해주리라……

하지만, 이것은 새로운 생로보다 더 공허하다. 지금 있는 것은 초봄의 밤뿐이다. 뜻밖에도 여전히 이토록 길다. 나는 살아 있다, 나는 새로운 생로를 향해 걸어나가야 한다, 그 첫걸음은, ── 역시 나의 회한과 비애를 쓰는 것뿐이다, 쯔쥔을 위해,

나 자신을 위해.

　나는 여전히 노래 부르는 것 같은 곡성만 가지고, 쯔쥔을 장송한다, 망각 속에 장사 지낸다.

　나는 망각할 것이다, 나 자신을 위해. 또한 다시는 생각하지 않을 것이다, 망각으로 쯔쥔을 장송한 일을.

　나는 새로운 생로를 향해 첫걸음을 내디딜 것이다. 나는 진실을 마음의 상처 속에 깊이 감추고, 묵묵히 전진할 것이다, 망각과 거짓말을 나의 길잡이로 삼아……

〔1925.10.21 마침〕

홍수를 다스리다

1

그때는 "거센 홍수가 바야흐로 천하를 해치고, 널리 산을 에 워싸고 언덕에 넘실거리고 있었다". 순(舜) 어른의 백성들이 전 부 다 물위에 떠 있는 산꼭대기에 모여 있었던 것은 아니고, 나 무 꼭대기에 몸을 매단 사람도 있었고, 뗏목을 탄 사람도 있었 고, 뗏목 위에 작은 지붕을 설치한 사람도 있었던 것이니, 언덕 에서 바라보면 시적(詩的)인 정취가 제법 풍부했다.

먼 곳의 소식은 뗏목으로부터 전해져왔다. 곤(鯀) 대인(大人) 이 구 년에 걸친 치수사업에서 아무런 성과를 거두지 못하자 천 자께서 크게 노하여 그를 우산(羽山)으로 유배 보냈으며 그 후 임은 그의 아들, 아명(兒名)이 아우(阿禹)인 문명(文命) 도령인 것 같다는 것을 사람들은 마침내 알게 되었다.

재해가 오래 계속되자 대학은 벌써 해산되었고 유치원조차 문을 연 곳이 없게 되었으므로 백성들은 모두 무지몽매해졌다. 다만 문화산(文化山)에는 많은 학자들이 모여 있었다. 그들의 양식은 기굉국(奇肱國)에서 비거(飛車)로 운반해왔기 때문에 양식이 떨어질까봐 걱정할 필요가 없었고 학문을 연구할 수도 있었다. 그러나 그들 중 대부분은 우(禹)를 반대했고, 우라는 사람이 세상에 존재한다는 것 자체를 아예 믿지 않는 사람도 있었다.

매달 한 번씩, 관례대로 공중에서 쏴쏴 하는 소리가 나고, 소리가 점점 더 커지면서 비거가 모습을 나타내는데, 수레에는 깃발이 꽂혀 있고 거기에는 희미하게 빛나는 노란색 원이 그려져 있었다. 지상에서 다섯 자 높이로 바구니 몇 개를 늘어뜨리는데, 안에 든 것이 무엇인지 다른 사람들은 알지 못했다. 다만 아래 위로 대화하는 소리만 들렸다.

"굿모닝!"

"하우두유두!"

"쏼라쏼라……"

"OK!"

비거가 기굉국으로 날아가 하늘의 희미한 소리마저 사라져버리면 학자들도 조용해지는데, 그것은 모두들 밥을 먹고 있기 때문이었다. 산 주위의 파도만이 돌에 부딪혀 끊임없이 출렁출렁 소리를 냈다. 낮잠에서 깨어나면 백배나 정신이 났고, 그러면 학설이 파도 소리를 압도하게 되는 것이었다.

"우가 치수를 맡는 것은 분명히 성공하지 못할 거요, 만약 그가 곤의 아들이라면 말이오." 지팡이를 짚은 학자가 말했다. "내 일찍이 수많은 왕공대신(王公大臣)과 부자들의 족보를 수집하여 열심히 연구한 결과 하나의 결론을 얻었소. 부자의 자손은 전부 다 부자고 악인의 자손은 전부 다 악인이다 — 이것이 '유전'이라는 것이오. 그러므로, 곤이 성공하지 못했으니 그의 아들 우도 분명히 성공하지 못할 거요, 왜냐하면 어리석은 자가 총명한 자를 낳을 수는 없는 것이니까!"

"OK!" 지팡이를 짚지 않은 한 학자가 말했다.

"하지만 우리의 태상황(太上皇)을 생각해보오." 지팡이를 짚지 않은 다른 한 학자가 말했다.

"처음에는 좀 '우둔' 했었지만 이제는 좋아졌소. 만약 어리석은 사람이 영영 좋아질 수가 없는 것이라면……"

"OK!"

"그, 그, 그런 건 전부 쓸데없는 얘기야." 또 다른 한 학자가 더듬거리며 말하고는 금세 코끝을 빨갛게 상기시켰다. "당신들은 헛소문에 속은 거요. 사실은 소위 우라는 사람은 존재하지 않아요. '우(禹)'는 벌레거든, 버, 벌레가 치수를 하다니요? 내가 보기엔 곤도 존재하지 않아요. '곤(鯀)'은 물고기라, 무, 물고기가 치, 치, 치수를 할 수 있겠어요?" 그는 여기까지 말하고는 두 다리를 뻗고 잔뜩 힘을 주었다.

"하지만 곤은 확실히 존재했었소. 칠 년 전에, 그가 곤륜산(崑崙山) 아래에서 매화 구경 가는 걸 내 눈으로 봤거든."

"그렇다면, 그의 이름이 틀린 것이지요. 그는 아마 '곤'이라 하지 않을 거요. 그의 이름은 '인(人)'이라 해야 해요! 우로 말하자면, 분명히 벌레인 거요. 나는 그의 부재를 증명할 많은 증거를 가지고 있어요. 여러분들이 공정하게 비평해주시기를……"

그러고서 그는 용맹하게 일어나더니, 삭도(削刀)를 꺼내어 다섯 그루의 소나무 껍질을 벗기고, 먹다 남은 빵 부스러기를 물에 이겨 걸쭉한 풀을 만들고 거기에 숯가루를 섞어서, 나무줄기에 아주 작은 과두문자로 아우(阿禹)를 말살하는 고증을 썼는데, 꼬박 삼구 이십칠 일이 걸렸다. 이 고증을 보려는 사람은 느릅나무 새잎 열 장을 내야 했고, 뗏목에 사는 사람의 경우에는 신선한 물이끼를 조개껍데기에 가득 담아 와도 되었다.

도처가 다 물이어서 사냥을 할 수도 없고 땅에 파종을 할 수도 없었으므로 살아남은 사람들은 너나없이 시간이 남아돌았고, 그래서 보러 오는 사람들도 아주 많았다. 소나무 밑은 사흘간 붐볐는데, 도처에서 탄식 소리가 흘러나왔다. 감탄해서 내는 소리도 있었고 피로해서 내는 소리도 있었다. 그런데 네 번째 날 정오에 한 시골 사람이 드디어 입을 열었다. 그때 그 학자는 볶음국수를 먹고 있었다.

"사람들 중에는 아우라는 사람도 있는데요." 시골 사람이 말했다. "더구나 '우(禹)'는 벌레도 아닌걸요, 그건 우리 시골 사람들이 쓰는 약자(略字)구요, 나으리들은 '우(禹)'라고 쓰는데, 그건 큰 원숭이인데요……"

"크, 큰 원숭이라는 사람이 있다구?……"학자는 벌떡 일어나, 미처 씹지 못한 국수를 황급히 삼키고, 코를 빨갛다 못해 보라색으로 물들이며, 버럭 소리를 질렀다.

"있어요, 아구(阿狗)도 있고 아묘(阿猫)도 있는데요."

"조두(鳥頭) 선생, 그자와 논쟁할 것 없소." 지팡이를 짚은 학자가 빵을 내려놓고, 중간에 끼어들며 말했다. "시골 사람들은 전부 바보야. 너네 족보를 가져와봐." 그는 다시 시골 사람 쪽으로 돌아서며 큰 소리로 말했다. "너네 조상이 전부 바보라는 걸 내 반드시 밝혀낼 것이야……"

"저는 지금까지 족보라는 게 있었던 적이 없는데요……"

"쳇, 내 연구를 정밀하지 못하게 하는 건 바로 너희 같은 가증스런 놈들이야!"

"하지만 이, 이것은 족보도 필요 없어요, 내 학설은 틀릴 리가 없어요." 조두 선생은 더욱 화를 내며 말했다. "전에, 수많은 학자들이 내 학설에 찬성한다는 편지를 보냈었는데, 그 편지들이 여기에 있으니……"

"아니오, 그래도 족보를 조사해야……"

"하지만 저는 족보가 없는데요." 그 '바보'가 말했다. "또 지금은 이렇게 세상이 어지럽고요, 교통도 불편해서요, 선생님 친구분들이 찬성하는 편지를 보내기를 기다려 증거로 삼으려면 정말로 우렁이 껍데기 속에 도장(道場)을 짓기보다 더 어렵겠는데요. 증거는 바로 눈앞에 있네요. 선생님은 이름이 조두 선생인데, 정말로 새 대가리이고 사람이 아닌 건가요?"

"흥!" 조두 선생은 화가 나서 귓불까지 보라색으로 변했다.

"네놈이 이렇게 나를 모욕해! 날더러 사람이 아니라구! 너, 나하고 같이 고요(皐陶) 대인(大人)에게 가서 법으로 해결하자! 내가 정말로 사람이 아니라면 내 기꺼이 참수를 당하겠다 — 바로 목을 베는 것 말이야, 알겠니? 그렇지 않다면 네가 그 벌을 받아야 한다. 너 기다려, 꼼짝 말고 있어, 내가 볶음국수를 다 먹을 때까지 말이야."

"선생님." 시골 사람은 별 관심 없다는 듯 차분히 대답했다. "선생님은 학자이시니까요, 지금 벌써 오후가 되었고, 다른 사람도 배가 고프다는 걸 아셔야지요. 유감스럽게도요, 바보의 배도 똑똑한 사람과 똑같이 고프거든요. 정말 미안하지만요, 저는 청태(靑苔)를 건지러 가야겠어요, 선생님이 고소장을 내시고 나면 제가 스스로 법원에 출두하도록 하지요." 그러고서 그는 뗏목에 뛰어올라 그물을 들고 수초를 건지며 둥둥 뜬 채로 멀어져갔다. 구경꾼들도 점차 흩어졌고, 조두 선생은 귓불과 코끝을 빨갛게 물들인 채 다시 볶음국수를 먹기 시작했다. 지팡이를 짚은 학자는 머리를 흔들고 있었다.

그러나 '우'가 도대체 벌레인지 사람인지는, 여전히 커다란 의문이었다.

2

우는 아무래도 정말 벌레인 것 같았다.

반년이 지나자, 기굉국의 비거는 이미 여덟 번을 다녀갔고, 소나무 줄기 위의 글을 읽었던 뗏목 주민들은 열 사람 중 아홉은 각기병에 걸렸는데, 치수를 한다는 새 관리는 아직 소식이 없었다. 열 번째 비거가 다녀간 뒤에야 새로운 소식이 전해져왔다. 우라는 사람이 확실히 있는데, 그는 바로 곤의 아들이고, 확실히 수리대신(水利大臣)으로 임명되었으며, 삼 년 전에 이미 기주(冀州)를 출발했으므로 머지않아 이곳에 도착할 거라고 했다.

사람들은 약간 흥분이 되었지만 금세 냉정을 되찾았고 그 소식을 별로 믿지 않았다. 왜냐하면 그런 종류의 그다지 믿을 수 없는 소문은 다들 귀에 못이 박이도록 들어왔기 때문이었다.

그러나 이번에는 믿을 만한 소식인 것 같았다. 십여 일 뒤에는 거의 모든 사람들이 대신이 확실히 올 거라고 말했는데, 그것은 어떤 사람이 부초(浮草)를 건지러 갔다가 제 눈으로 관선(官船)을 보았기 때문이었다. 게다가 그 사람은 머리에 난 검푸른 혹을 가리키며, 빨리 길을 비켜주지 않고 어물어물하다가 관병(官兵)이 던진 돌에 맞은 것이라고 했다. 그것이야말로 대신이 확실히 이미 도착했다는 증거였다. 그 사람은 이때부터 아주 유명해졌고, 몹시 바빠졌다. 사람들이 앞을 다투어 그의 머리에 난 혹을 보러 오는 바람에 하마터면 뗏목이 뒤집힐 뻔했다. 나중에는 또 학자들이 그를 불러다가 자세히 연구하고서 그의 혹은 확실히 진짜 혹이라고 판정했다. 그리하여 조두 선생도 더 이상 자기 견해를 고집할 수 없게 되었고, 고증학을 다른 사람에게 양보하고 자신은 따로 민간가요를 수집할 수밖에 없게 되

228

었다.

대형 통나무배의 선단(船團)이 도착한 것은 머리에 혹이 난지 약 삼십여 일 뒤였다. 배마다 이십 명의 관병이 노를 저었고 삼십 명의 관병이 창을 들고 있었으며 앞뒤로 깃발이 가득했다. 산꼭대기에 배를 댔을 때는 이미 신사(紳士)들과 학자들이 물가에 도열하고서 공손히 마중하고 있었다. 반나절이 지난 뒤에야 가장 큰 배에서 중년의 뚱뚱한 고관(高官) 두 분이 모습을 나타내더니, 이십 명 가량의 호피를 입은 무사들에게 둘러싸인 채마중 나온 사람들과 함께 가장 높은 봉우리의 돌집으로 갔다.

사람들은 수륙 양쪽으로 은밀히 알아본 끝에 이 두 분은 시찰 전문 요원일 뿐 결코 우 본인이 아니라는 것을 알게 되었다.

고관은 돌집 중앙에 앉아 빵을 먹고서 곧 시찰을 시작했다.

"재해의 정도가 결코 심하지는 않습니다. 양식도 그럭저럭 충당은 되고요." 학자들의 대표인 묘족(苗族) 언어학 전문가가 말했다. "빵은 매달 공중에서 떨어뜨려주기로 되어 있고, 물고기도 없지 않지요. 비록 흙냄새가 좀 나기는 하지만, 그래도 살진 것들입니다, 대인. 저 아랫백성들로 말하자면, 그들은 느릅나무 잎과 해태가 얼마든지 있어서, '종일 배불리 먹으니 마음 쓸 것이 없도다' ── 즉 결코 걱정하지 않습니다. 그것들만 먹어도 충분하거든요. 우리도 먹어봤는데, 맛도 괜찮고 아주 별미라서……"

"뿐만 아니라," 『신농본초(神農本草)』를 연구하는 다른 한 학자가 끼어들었다. "느릅나무 잎에는 비타민 W가 함유되어 있고, 해태에는 요오드가 있어서 연주창을 고칠 수 있으니, 두 가지 다 위생에 지극히 부합됩니다."

"OK!" 또 다른 한 학자가 말했다. 고관들이 눈을 부릅뜨고 그를 노려보았다.

"음료로 말하자면," 그 『신농본초』 학자가 말을 계속했다. "얼마든지 있습니다. 만대를 마셔도 다 못 마십니다. 흠이라면 황토가 좀 섞여 있어서 마시기 전에 증류시켜야 한다는 거지요. 소생이 여러 차례 지도해봤지만, 그들은 우매하고 완고해서 절대로 시키는 대로 하지 않습니다. 그래서 수없이 많은 환자들이 나오고 있는데……"

"홍수도 그들 때문에 생긴 거 아닙니까?" 다섯 가닥의 긴 수염을 기르고 짙은 갈색 장삼을 입은 신사(紳士)가 또 끼어들었다. "물이 아직 오지 않았을 때는 게으름을 부리면서 막지 않았고, 홍수가 진 뒤에는 또 게으름을 부리면서 물을 퍼내려 하지 않으니까요……"

"이를 일러, 그 성령(性靈)을 잃었음이라 하지요." 뒷줄에 앉아 있던 팔자수염의 복희(伏羲) 시대 소품(小品) 문학가가 웃으며 말했다. "내 일찍이 파미르 고원에 올랐더니, 바람은 호연(浩然)하고 매화가 피었는데 흰 구름이 날리고 금값이 폭등하며 쥐새끼는 잠이 들었더라. 한 소년을 만났는데, 입에는 시거를 물고 얼굴에는 치우(蚩尤)씨의 안개를 피우더라…… 하하하! 어쩔 수가 없어……"

"OK!"

이런 식으로 반나절을 이야기했다. 고관들은 열심히 귀를 기울여 듣고, 끝에 가서는 그들에게 공동으로 보고서를 작성하라고 하면서, 뒤처리할 방법을 피력하는 조목별 진정서를 첨부하는 게 좋겠다고 했다.

그러고서 고관들은 배로 내려갔다. 다음 날에는 여행의 피로 때문에 공무를 보지 않고 손님도 만나지 않는다고 했다. 셋째 날에는 학자들의 초청으로 가장 높은 산봉우리에서 땅바닥에 납작하게 깔린 고송(古松)을 구경하고, 오후에는 또 함께 산 뒤쪽으로 장어 낚시를 가서 저녁때까지 놀았다. 넷째 날에는 시찰의 피로 때문에 공무를 보지 않고 손님도 만나지 않는다고 했다. 다섯째 날 오후가 되자 아랫백성들의 대표를 호출했다.

아랫백성들은 나흘 전부터 대표를 뽑으려고 했지만 아무도 하려고 하지를 않았다. 이제까지 관리라고는 본 적이 없다는 것이었다. 그래서 대다수의 사람들은 관리를 본 경험이 있다는 이유로 머리에 혹이 난 사람을 추천했다. 그러자 그는 이미 가라앉은 혹이 갑자기 바늘로 찌르는 것처럼 아파 와서 울면서 이를 악물고 말했다. 대표는 죽어도 못해! 사람들은 그를 둘러싸고 밤낮으로 대의(大義)로써 질책하며, 그가 공익을 돌보지 않는 이기적인 개인주의자이고 장차 중화(中華)에 용납되지 못할 거라고 했다. 좀 더 과격한 사람들은 주먹을 쥐고 그의 코끝을 겨누며 그에게 이번 수해의 책임을 지우기까지 했다. 그는 목이 마르고 잠이 쏟아져 죽을 지경이 되자 뗏목 위에서 핍박당해 죽느니 위험을 무릅쓰고 공익의 희생물이 되는 게 낫겠다는 생각이 들었고, 그래서 절대적인 결심을 하고서 나흘째 되는 날 응낙했다.

모두들 그를 칭찬했지만, 몇 명의 용사들은 오히려 질투를 하기도 했다.

바로 닷새째 되는 날 아침에 사람들은 일찌감치 그를 끌고 나와 물가에서 호출을 기다렸다. 과연, 고관들이 호출을 했다. 그는 금세 두 다리가 떨려왔지만 곧 다시 절대적인 결심을 했고, 결심을 하고 나자 큰 하품이 두 번 나왔고 눈두덩이 부어올랐으며, 다리가 땅에 닿지 않고 공중에 떠 있는 것 같은 느낌 속에서 관선으로 올라갔다.

매우 이상스럽게도, 창을 든 관병이나 호피를 입은 무사들이 그를 욕하지 않고 곧장 가운데 선실로 들어가게 했다. 선실에는 곰가죽과 표범가죽이 깔려 있고 몇 벌의 활과 화살이 걸려 있으며 수많은 병과 단지가 놓여 있어서 그의 눈을 어지럽게 했다. 정신을 차리고 바라보니, 위쪽, 즉 자기 맞은편에 뚱뚱한 관리 두 분이 앉아 있는 것이 보였다. 어떻게 생겼는지는 감히 자세히 살펴보지 못했다.

"네가 백성들의 대표냐?" 고관 중의 하나가 물었다.

"사람들이 저를 보내서 왔습니다." 그는 눈으로는 선실 바닥에 깔려 있는 표범가죽의 쑥잎 같은 무늬를 바라보며 대답했다.

"너희들은 어떠하냐?"

"………" 그는 무슨 말인지를 몰라 대답하지 못했다.

"너희들은 잘 지내고 있느냐?"

"대인의 덕택으로, 잘……" 그는 조금 생각해보고는 낮은 소리로 말했다. "그럭저럭…… 되는 대로……"

"먹을 것은?"

"있습니다, 나뭇잎도 있고, 물이끼도 있고……"

"그것들을 먹을 수 있느냐?"

"먹을 수 있습니다. 저희는 뭐든지 다 익숙해져서, 먹을 수 있습니다. 단지 어린놈들만 불평을 하는데, 인심이 자꾸 나빠지는 거지요, 씨팔, 저희가 그놈들을 혼내줍니다."

고관들이 웃었다. 하나가 다른 하나에게 말했다. "이 녀석은 그래도 착실하군."

이 녀석은 칭찬을 듣자 대단히 기분이 좋아졌고 담도 커져서 거침없이 말하기 시작했다.

"저희는 항상 방법을 생각해냅니다. 물이끼 같으면, 활류비취탕(滑溜翡翠湯)을 만드는 게 최고고, 느릅나무 잎은 일품당조갱(一品當朝羹)을 만듭니다. 나무껍질을 벗길 때는 다 벗겨서는 안 되고, 약간 남겨놓아야 하는데, 그러면 내년 봄에 다시 나뭇가지 끝에서 긴 잎사귀가 나오고 수확을 할 수 있죠. 대인의 덕으로 혹시 뱀장어라도 낚게 되면……"

그러나 대인들은 그다지 듣고 싶어 하지 않는 것 같았다. 한 분이 연달아 두 번 큰 하품을 하고 나서 그의 연설을 가로막으며 말했다. "너희도 역시 공동으로 보고서를 작성해라, 뒤처리 방법에 도움이 될 조목별 진정서를 첨부하는 게 제일 좋다."

"하지만 저희는 아무도 쓸 줄 모르는데요……" 그가 겁먹은 소리로 말했다.

"글자를 몰라? 이거야말로 정말 불구상진(不求上進: 향상을 추구하지 않는다는 뜻−역주)이군! 할 수 없지, 너희들이 먹는 것을 각각 한 가지씩 챙겨서 가져와도 좋다!"

그는 두려워하면서도 또한 기뻐하면서 물러나와 혹이 났던 자리를 쓰다듬어보고는, 즉시 대인의 분부를 물가와 나무 위, 그리고 뗏목 위의 주민들에게 전하고 큰 소리로 당부했다. "이건 상부에 올리는 거예요! 깨끗하고 정성스럽게, 보기 좋게 만들어야 해요!……"

모든 주민들이 동시에 바빠졌다. 나뭇잎을 씻고, 나무껍질을 벗기고, 청태를 건지고 하면서 한바탕 법석을 떨었다. 그 자신은 나무판자를 톱질하여 진상할 상자를 만들었다. 판자 두 장은 특별히 매끈하게 갈아서, 밤중에 산꼭대기로 달려가 학자에게 글씨를 써달라고 했다. 한 장은 상자 덮개로 쓸 것이었는데 '수산복해(壽山福海)'라 써달라고 했고, 다른 한 장은 자기 뗏목에 액자로 걸어 이 영광을 기념할 요량으로 '착실당'(老實堂: 老實은 중국어로 착실하다는 뜻−역주)이라 써달라고 했다. 그러나 학자는 '수산복해' 쪽만 써주었다.

3

두 분의 고관이 서울로 돌아왔을 무렵에는 다른 시찰관들도 대부분 속속 돌아왔는데, 다만 우만은 아직 돌아오지 않았다. 그들이 집에서 며칠 쉬고 나자, 수리국(水利國) 동료들이 관청에서 그들을 환영하는 큰 잔치를 열었다. 회비는 복(福), 녹(祿), 수(壽) 세 종류로 나누었는데, 최소한 큰 조개껍데기 오십 장은 내야 했다. 이날은 참으로 수레와 말이 끊이지 않고 왕래했고, 날이 저물기도 전에 주인과 손님이 모두 모여들었다. 뜰에는 이미 횃불이 켜졌고, 솥 안의 쇠고기 냄새가 문밖에 있는 위병들의 코끝에까지 스며들어 사람들은 일제히 군침을 삼켰다. 술이 세 순배 돌고 나서, 고관들은 수향(水郷) 연도의 풍경에 대해, 갈대꽃이 눈과 같았다느니, 진흙물이 금과 같았다느니, 뱀장어는 기름졌고 물이끼는 미끈거렸다느니 하는 이야기들을 했다. 술기운이 좀 오르자, 모두들 채집해온 백성들의 음식을 내놓았는데, 그것들은 정교한 나무상자에 담겨 있었고 뚜껑에는 글씨가 쓰여 있었다. 어떤 것은 복희(伏羲)의 팔괘체(八卦體)였고 어떤 것은 창힐(倉詰)의 귀곡체(鬼哭體)였다. 모두들 먼저 글씨를 감상하고, 거의 싸움이 날 정도로 논쟁을 벌인 끝에 '국태민안(國泰民安)'이라고 쓰인 것을 일등으로 뽑기로 결정했다. 글자가 질박하고 알아보기 어려운 데다가 상고(上古)의 순후지풍(淳厚之風)이 있으며 그 뜻도 내용이 있어 사관(史館)에 보내어 기록해둘 만했기 때문이다.

중국 특유의 예술을 품평하고 나니 문화 문제는 일단락된 셈이 되었고, 그리하여 상자의 내용물을 시찰하기 시작했다. 모두들 떡의 정교한 모양을 칭찬하는 데서는 일치했지만, 그다음부터는, 아마도 술이 과한 탓인지, 의견이 분분해졌다. 어떤 사람은 소나무껍질 떡을 한입 먹어보고서 그 맑은 향기를 극구 칭찬하며 자기는 내일 당장 옷을 벗고 은퇴하여 이런 맑은 복을 누리러 가겠다고 했고, 잣나무잎 과자를 먹어본 사람은 껄끄럽고 써서 혀가 아프다며, 이처럼 아랫백성들과 환난을 함께하여야 임금 되기가 어렵고 신하 되기도 쉽지 않다는 것을 알 수 있다고 했다. 또 몇몇 사람들은 뛰어나와 그들이 베어 먹은 떡과 과자를 빼앗으려 했다. 조만간 전람회를 열어 모금을 할 터인데 이것들을 전부 진열해야 하므로 너무 많이 베어 먹으면 보기 흉하게 된다는 것이었다.

관청 밖에서도 한바탕 소란이 일어났다. 한 무리의 거지 같은 사내들이, 시커먼 얼굴에 찢어진 옷차림으로, 통행을 차단한 경계선을 뚫고서 관청 안으로 뛰어들었다. 위병들이 크게 소리 지르며 번쩍이는 창을 황급히 좌우로 교차시켜 그들의 진로를 막았다.

"뭐하는 거야?…… 잘 봐!" 선두는 마르고 키가 크고 손발이 거친 험상궂은 사내였는데, 잠깐 멈칫하고는 버럭 소리를 질렀다.

위병들은 황혼 속에서 눈을 모아 살펴보고는 즉시 공손하게 차렷을 하고 창을 들어올려 그들을 통과시켰다. 다만 숨을 헐떡거리며 그 뒤를 쫓아온, 군청색 무명 두루마기를 입고 손으로 아이를 안은 여자만은 가로막았다.

"왜 이래? 내가 누군지 몰라?" 그녀가 주먹으로 이마의 땀을 훔치며 의아하다는 듯이 물었다.

"우(禹) 부인, 저희가 어찌 부인을 모르겠습니까?"

"그렇다면, 왜 나를 들어가지 못하게 하는 거야?"

"우 부인, 요즘 세월이 좋지 않아서요, 금년부터는 풍속을 단정히 하고 인심을 바로잡으려고 남녀유별을 하기로 했습니다. 이제는 모든 관청에서 다 여자와 아이들은 출입을 금지시킵니다. 여기뿐만이 아니고 부인뿐만이 아닙니다. 이건 상부의 명령이니, 저희를 나무라지 마십시오."

우 부인은 잠시 넋을 잃은 듯하더니, 갑자기 두 눈썹을 치켜올리고 몸을 돌리면서 악을 썼다.

"죽일 놈! 누구 장사를 지내나! 자기 집 문 앞을 지나면서 들어와 보지도 않다니, 네 장사나 지내라! 벼슬 벼슬 하는데 벼슬이 뭐가 좋아, 꼭 제 애비처럼 유배나 가서 연못에 빠져 큰 자라나 돼라! 양심도 없는 죽일 놈!……"

이때, 수리국 안의 대청에서도 소동이 벌어졌다. 사람들은 험상궂은 사내들이 달려오는 것을 보고는 모두들 이리저리 도망치려 하다가, 번쩍이는 무기가 보이지 않자 정신을 차리고 눈길을 모아 바라보았다. 달려오는 사람들이 가까워지자, 선두에 선 사람이 얼굴은 검고 야위었지만 그 표정으로 보아 그가 바로 우라는 것을 알 수 있었다. 그 나머지는 물론 그의 수행원들이었다.

놀라는 바람에 사람들은 술기운이 싹 가셨다. 부스럭부스럭 옷 스치는 소리를 내면서 모두들 얼른 아래쪽으로 물러났다. 우는 자리에 도착하자마자 그 위에 털썩 주저앉았는데, 거드름을 피우는 것인지 아니면 학슬풍(鶴膝風: 결핵성 관절염의 일종—역주)에 걸린 것인지 무릎을 구부리지 않고 두 다리를 쭉 뻗어 커다란 발바닥을 고관들을 향해 내밀었다. 버선도 신지 않았는데 발바닥이 온통 밤톨 같은 굳은살로 가득했다. 수행원들은 그의 좌우로 나뉘어 앉았다.

"대인께서는 오늘 귀경하셨습니까?" 소속 관리 중에 대담한 자 하나가 무릎걸음으로 조금 앞으로 나서며 공손히 물었다.

"좀 가까이들 앉아보시오!" 우는 그의 물음에는 대답하지 않고 사람들 모두에게 말했다. "조사한 결과는 어떤가요?"

고관들은 무릎걸음으로 나서면서 서로 눈치를 보고는, 채 치우지 못한 잔칫상 아래쪽으로 열을 지어 앉았다. 베어 먹은 소나무껍질 떡과 발라먹은 쇠뼈가 보였다. 몹시 마음이 불편했지만, 그렇다고 식당 사람을 불러 치우라고 할 수도 없었다.

"아룁니다." 마침내 고관 한 분이 말했다. "그래도 아직은 괜찮은 듯…… 인상은 매우 좋았습니다. 소나무 껍질과 물풀의 생산이 적지 않고, 음료는 아주 풍부합니다. 백성들은 모두 착실하고, 익숙해져 있습니다. 아룁니다, 그들은 모두 고통을 잘 견디기로 세계에 이름을 날린 사람들입니다."

"소직은 이미 수재의연금을 모집할 계획을 세워놓았습니다." 다른 고관 한 분이 말했다. "진기 식품 전람회를 열고, 따로 미스 여외(女隗: 외隗는 춘추시대에 오랑캐 여자 이름에 사용하던 말이다. 미스 여외는 서양 여자를 가리키는 것 같으나 확실치는 않다—역주)를 초빙하여 패션쇼를 할 준비를 하고 있습니다. 단지 표를 팔기만 할 뿐, 전람회에서는 더 이상 성금을 받지 않는다고 하면 보러 오는 사람들이 좀 더 많아질 겁니다."

"그건 좋군요." 우가 말하면서 그를 향해 허리를 약간 굽혔다.

"하지만 가장 요긴한 것은 조속히 큰 뗏목 선단을 보내 학자들을 고원으로 데리고 오는 일입니다." 세 번째 고관이 말했다. "그러는 한편 사람을 보내 기굉국으로 통지함으로써 우리가 문화를 존중한다는 것을 그들에게 알리고, 구호품도 매달 이리로 보내게 하면 됩니다. 학자들의 보고서가 여기 있는데, 그 내용이 아주 재미있습니다. 그들의 견해에 따르면, 문화는 나라의 목숨이고, 학자는 문화의 영혼이며, 문화가 존재하기만 하면 중화도 존재하는 것이니, 다른 모든 것은 그다음이고……"

"그들의 견해에 따르면 중화의 인구는 너무 많아서," 첫 번째 고관이 말했다. "조금 줄이는 게 태평지도(太平之道)를 이루는 것입니다. 더욱이 그것들은 우민(愚民)에 불과하고, 그 희로애락도 지혜로운 자가 추측하는 것처럼 그렇게 정밀하지 않습니다. 사람을 알고 일을 논하는 것은 제일 먼저 주관에 의거해야 합니다. 가령 셰익스피어는……"

'놀구 자빠졌네!'라고 우는 마음속으로 생각했지만, 입으로는 큰 소리로 다음과 같이 말했다. "나는 조사를 통해 이전의 방법, 즉 '막기(湮)'가 확실히 잘못이었다는 것을 알았소. 앞으로는 '흐르게 하기(導)'를 방법으로 삼아야 하리니! 여러분의 의견은 어떤가요?"

마치 묘지처럼 조용해졌다. 대관들의 얼굴도 사색이 되었고, 많은 사람들은 자기가 병이 나서 내일은 병가를 내게 될지도 모르겠다고 생각했다.

"그건 치우(蚩尤)의 방법입니다!" 한 용감한 청년 관리가 격분하여 나직이 말했다.

"소직의 어리석은 생각으로는, 대인께서는 그 명령을 취소하셔야 할 것 같사옵니다." 흰 수염 흰 머리의 고관 한 분이, 바야흐로 천하의 흥망이 자기 입에 달려 있다고 여기고서, 마음을 굳게 먹고 생사를 도외시하고 견결히 항의했다. "막기는 대인의 어른께서 정하신 방법입니다. '삼 년 동안 아비의 도(道)를 고치지 않아야 효(孝)라 할 수 있느니라.' 대인의 어른께서 승천하신 지 아직 삼 년이 되지 않았습니다."

우는 한마디도 하지 않았다.

"더욱이 대인의 어른께서는 얼마나 심혈을 기울이셨던가요. 옥황상제의 식양(息壤: 전설상의 자기 증식력이 있는 천상의 흙―역주)을 빌려다가 홍수를 막았기 때문에, 비록 옥황상제의 노여움을 사기는 했지만, 홍수의 깊이는 분명히 조금 낮아졌지요. 이로 보면 역시 종래대로 치수해야 한다는 것입니다." 수염과 머리가 희끗희끗한 또 다른 고관 한 분이 말했는데, 그는 우의 외숙부의 양아들이었다.

우는 한마디도 하지 않았다.

"제가 보기에 대인께서는 '아버지의 잘못을 덮는 것'이 더 좋을 것입니다." 뚱뚱한 고관 한 분이 우가 아무 말도 하지 않는 것을 보고 곧 굴복하려는 것으로 짐작하며 약간 경박하게 큰 소리로 말했는데, 그래도 얼굴에는 비지땀을 흘리고 있었다. "집안의 법도에 따라 집안의 명예를 만회하는 겁니다. 대인께서는 사람들이 대인의 어른에 대해 무어라고 이야기하는지 아마 모르시겠지만……"

"요컨대, '막기'는 세상에서 이미 정평이 난 좋은 방법인 것이고," 흰 수염 흰 머리의 늙은 고관이 뚱보가 말실수를 할까봐 걱정이 되어 얼른 말을 가로챘다. "다른 여러 가지, 소위 '모던' 이라는 것들도, 옛날에 치우씨가 바로 그것 때문에 실패했던 것입니다."

우가 약간 웃었다. "난 알아요. 내 아버지가 누런 곰으로 변했다는 사람도 있고, 세 발 달린 자라로 변했다는 사람도 있고, 또 내가 명예를 추구하고 이익을 도모한다고 말하는 사람도 있소. 마음대로 말하라지. 내가 말하고자 하는 건, 산천의 형세를 조사하고 백성들의 의견을 모아서 이미 실정을 파악하고 주의를 정한 것이니, 어쨌든 간에 '흐르게 하기'가 아니면 안 된다는 것이오! 여기 동료들도 모두 나와 같은 의견이오."

그는 손을 들어 양쪽을 가리켰다. 수염과 머리가 하얀 관리, 수염과 머리가 희끗희끗한 관리, 얼굴이 작고 하얀 관리, 뚱뚱하면서 비지땀을 흘리는 관리, 뚱뚱하면서 비지땀을 흘리지 않는 관리 등등이 그의 손가락을 따라 바라보니, 오직 검고 야윈 거지 같은 것들만이 마치 쇠붙이인 양 움직이지도 않고 말도 하지 않고 웃지도 않고 있었다.

4

우 어른이 떠난 뒤 세월은 정말로 빨리 지나갔고, 알지 못하는 사이에 서울의 경기는 날로 번성을 더해갔다. 먼저 부자들이 비단 장삼을 입게 되었고, 다음에는 큰 과일가게에서 귤과 유자를 팔고 큰 비단 상점에 수놓은 비단이 내걸리고 부잣집 잔칫상에 좋은 간장과 상어 지느러미 요리, 해삼 요리가 오르게 되었고, 다시 더 뒤에는 그들은 곰가죽 깔개와 여우가죽 저고리를 가지게 되고 그 부인들도 금귀고리와 은팔찌를 끼게 되었다.

대문 앞에 서 있기만 하면 새로운 물건들을 얼마든지 볼 수 있었다. 오늘은 수레에 가득 실린 대나무 화살대가 지나가고, 내일은 한 무더기 송판이 지나갔다. 때로는 가산(假山)을 만드는 괴석을 메고 가고, 때로는 횟감 생선을 들고 갔으며, 때로는 한 자 두 치 길이의 큰 거북들이 머리를 움츠린 체 대바구니 속에 넣어져 수레에 실려 황성 쪽으로 끌려가기도 했다.

"엄마, 저기 봐요, 큰 거북이!" 아이들은 보자마자 아우성을 치며 달려가 수레를 둘러쌌다.

"꼬맹이들아, 얼른 비켜라! 이건 황제 폐하의 보물이라구, 조심해야지, 안 그러면 목이 달아난다!"

그러나 우 어른에 관한 새 소식도 진귀한 보물의 입경(入京)과 마찬가지로 많아져갔다. 백성들의 처마 밑에서, 길가의 나무 아래에서, 사람들은 모두 그의 이야기를 하고 있었다. 가장 많이 화제에 오르는 것은, 그가 밤에는 누런 곰으로 변하여 입과 발톱으로 아홉 개의 강을 하나하나 소통시켰다는 이야기, 그리고 하늘의 군대로부터 도움을 받아 바람과 파도를 일으키는 요괴 무지기(無支祁)를 붙잡아 구산(龜山) 아래 가두었다는 이야기였다. 황제인 순 어른의 일은 아무도 더 이상 이야기하지 않았고, 기껏 한다고 해봐야 단주(丹朱) 태자는 희망이 없다는 이야기에 지나지 않았다.

우가 서울로 돌아올 거라는 소문이 퍼진 지는 이미 오래 되었고, 그의 의장대가 도착하는지 구경하려고 관문으로 모여드는 사람들이 날마다 끊이지를 않았다. 결코 오지 않았다. 그러나 소식은 점점 더 긴박해졌고 점점 더 실감이 들었다. 흐리지도 맑지도 않은 어느 날 오전에, 그가 마침내 구름처럼 모여든 백성들 사이로 해서 기주(冀州)의 제도(帝都)로 들어섰다. 앞에 의장대는 없었고, 오직 한 무리의 거지같은 수행원들뿐이었다. 마지막은 손발이 거친 커다란 사내였는데, 검은 얼굴에 누런 수염, 다리가 약간 굽었고, 두 손으로는 새까맣고 끝이 뾰족한 큰 돌 ─ 순 어른께서 하사하신 '현규'(玄圭: 검은색 규. 규는 위가 가늘고 아래가 뭉툭한 옥그릇으로서 제사에 사용하거나 훈공의 상징으로 사용되었다─역주)를 받쳐 들고 연신 "비켜요, 비켜, 좀 지나갑시다"라고 말하면서 인파를 헤치고 황궁으로 들어갔다.

백성들은 궁궐 문밖에서 환호하며 떠들어댔다. 그 소리가 마치 절수(浙水)의 파도 소리 같았다.

순 어른은 용상에 앉아 있었다. 이미 나이가 있는지라 피로함을 느끼지 않을 수 없었는데, 이번엔 또 약간 놀라기도 한 것 같았다. 우가 도착하자 얼른 정중히 일어서서 인사를 했다. 고요(皐陶)가 먼저 몇 마디 인사말을 한 뒤에, 순이 말했다.

"그대도 몇 마디 좋은 이야기를 들려주게나."

"예? 제게 무슨 할 이야기가 있겠습니까?"우가 무뚝뚝하게 대답했다. "저는 매일 부지런하게 하자!라는 것만 생각했습니다."

"'부지런하게 한다'는 것이 무엇이오?"고요가 물었다.

"홍수가 하늘에까지 넘쳐서," 우가 말했다. "널리 산을 에워싸고 언덕에 넘실거리니, 아랫백성들은 모두 물 속에 잠겼습니다. 저는 마른 길에서는 수레를 타고 물길에서는 배를 타고 진흙길에서는 썰매를 타고 산길에서는 가마를 탔습니다. 산에 이르면 나무를 베고, 익(益)과 둘이서 사람들에게 먹을 밥과 고기를 주었습니다. 밭의 물을 강으로 빼내고, 강물을 바다로 빼내고, 직(稷)과 둘이서 사람들에게 구하기 힘든 먹을 것을 주었습니다. 물자가 부족하면, 남는 곳의 것을 덜어 부족한 곳으로 보냈습니다. 이사도 시켰습니다. 그제야 사람들이 안정되고, 각 지방이 모양이 잡혔습니다."

"그래, 그래, 정말 좋은 이야기요!"고요가 칭찬했다.

"아!" 우가 말했다. "황제 된 사람은 신중하고 침착해야 합니다. 하늘에 대해 양심이 있어야 비로소 하늘이 전과 같이 은혜를 내리실 겁니다!"

순 어른은 한숨을 쉬고서, 그에게 국가 대사의 관리를 부탁하고, 의견이 있으면 면전에서 말하지 뒤에서 험담을 하지는 말라고 당부했다. 우가 전부 응낙하자 또 탄식하며 말했다. "단주(丹朱) 같은 사람이 되지 말게. 말 안 듣고, 놀기만 좋아하고, 마른 땅에서는 배를 저으려 하고, 집에서는 소란을 부려 하루도 편할 날이 없게 하니, 그런 꼴은 내 정말 보기 싫어!"

"저는 장가를 든 지 나흘 만에 집을 떠났고," 우가 대답했다. "아계(阿啓)를 낳고서도 애비 노릇을 하지 못했습니다. 그래서 치수를 할 수 있었습니다. 천하를 다섯 구역으로 나누니 실로 오천 리에 십이 주(州)로서 바닷가까지 이어졌고, 다섯 두령을 세웠는데 모두들 훌륭합니다. 다만 유묘(有苗: 묘苗 종족. 원래 화중지방의 농경 원주민으로서 고대에 한족과 대립하던 종족이다. 한족에게 쫓겨나 남쪽으로 이동했지만 점차 숫자가 줄어들었다—역주)만은 안됩니다. 유의하셔야 합니다!"

"나의 천하는, 참으로 그대의 공로 덕분에 좋아졌네!" 순 어른도 칭찬을 했다.

그리하여 고요도 순 어른과 함께 엄숙히 일어나서 머리를 숙였다. 조정이 파한 후, 그는 서둘러 특별한 명령을 내렸다. 백성들에게 우의 행실을 배우도록 하고, 만약 그렇게 하지 않으면 즉시 죄를 지은 것으로 간주한다는 것이었다.

그것은 우선 상인들에게 대공황을 일으켰다. 그러나 다행히도, 서울로 돌아온 뒤로는 우 어른의 태도도 조금씩 달라졌다. 먹고 마시는 것에 마음을 쓰지 않았지만 제사나 행사 때에는 호화롭게 했고, 의복을 아무렇게나 입었지만 조정에 나가거나 손님으로서 방문할 때 입는 것은 아름다운 것으로 했다. 그래서 시장은 여전히 별다른 영향을 받지 않았고, 오래지 않아, 상인들은 우 어른의 행실은 참으로 배워 마땅한 것이고 고 어른의 새 법령도 아주 훌륭한 것이라고 말하기 시작했다. 마침내 천하가 태평해지자 온갖 짐승들조차 춤을 추고 봉황도 날아와서 모두 함께 떠들썩하니 즐겼다.

〔1935. 11〕

관문 밖으로

노자(老子)는, 마치 나무토막같이, 미동도 없이 앉아 있었다.

"선생님, 공구(孔丘)가 또 왔습니다!" 그의 제자 경상초(庚桑楚)가 귀찮다는 듯이 들어와 가만히 말했다.

"모셔라……"

"선생님, 안녕하십니까?" 공자(孔子)는 지극히 공손하게 인사를 하면서 말했다.

"나야 항상 똑같소만," 노자가 대답했다. "그대는 어떠신가? 여기 있는 책은 다 보셨겠지?"

"다 읽었습니다. 하지만……" 공자는 상당히 초조한 모습이었는데, 이는 여태껏 없던 일이었다. "저는 『시(詩)』 『서(書)』 『예(禮)』 『악(樂)』 『역(易)』 『춘추(春秋)』의 육경(六經)을 연구했습니다. 아주 오래 연구했고 충분히 통달했다고 스스로 생각합니다. 그런데 칠십이 명의 군주(君主)를 만났지만 아무도 채용해주지 않습니다. 정말로 사람이란 설명하기 어려운 거군요. 아니면 '도(道)'가 설명하기 어려운 걸까요?"

"자네는 그래도 운이 좋은 편이지." 노자가 말했다. "유능한 군주를 만나지는 않았거든. 육경이라는 애들 장난은 선왕(先王)의 발자국일 뿐이야. 발자국을 만들어낸 것은 어디에 있을까? 자네 말은 발자국과 같은 것이야. 발자국은 신발이 만든 것이지만, 발자국이 바로 신발인 것은 아니지 않은가?" 그리고는 잠시 쉬었다가 다시 계속해서 말했다. "거위들은 얼굴을 마주보기만 하면, 눈동자조차 움직이지 않아도 저절로 새끼를 배고, 벌레는 수놈이 바람 위에서 부르고 암놈이 바람 아래에서 답하면 저절로 새끼를 배고, 유(類: 『산해경山海經』에 나오는 전설상의 동물—역주)는 한 몸에 자웅을 다 갖추고 있기 때문에 저절로 새끼를 배지. 성(性)은 고칠 수 없고, 명(命)은 바꿀 수 없고, 시(時)는 멈출 수 없고, 도(道)는 막을 수 없어. 도를 얻기만 하면 뭐든지 다 할 수 있지만, 만약 잃어버린다면 아무것도 할 수 없지."

공자는 머리를 한 대 얻어맞은 것처럼 멍하니 앉아 있었다. 마치 나무토막 같았다.

팔분쯤 지났을까, 그는 깊은 한숨을 내쉬고서, 일어나 작별을 고하며 늘 그랬던 것처럼 노자의 가르침에 대해 정중하게 감사를 표했다.

노자도 결코 그를 만류하지 않고, 일어나 지팡이를 짚고 그를 도서관 대문 밖까지 배웅했다. 공자가 수레에 오르려 하자 비로소 그는 유성기처럼 말했다.

"가시려고? 차라도 좀 마시고 가시잖고?……"

공자는 "예, 예"라고 대답하면서 수레에 올랐다. 두 손을 모아 수레 앞턱 가로장을 잡고 지극히 공손하게 인사를 했다. 염유(冉有)가 공중으로 채찍을 휘두르며 입으로 "이랴" 하고 소리치자 수레가 움직이기 시작했다. 수레가 대문에서 십여 보 멀어지는 것을 보고서야 비로소 노자는 자기 방으로 돌아갔다.

"선생님, 오늘은 기분이 좋으신 것 같습니다." 경상초는 노자가 자리에 앉는 것을 보고 비로소 그 곁에 서서 손을 내리며 말했다. "말씀도 꽤 많이 하시고……"

"네 말이 맞다." 노자는 가볍게 한숨을 쉬고서, 약간 의기소침한 듯이 말했다. "정말로 내가 말이 너무 많았다." 그는 또 갑자기 한 가지 일이 생각난 듯이, "아, 참, 공구가 가져온 거위고기 말이야, 소금에 절여 말린 것이겠지? 네가 쪄서 먹도록 해라. 어차피 나는 이가 없어서 먹을 수가 없다."

경상초가 나갔다. 노자는 다시 침묵하면서 눈을 감았다. 도서관은 아주 조용했다. 단지 장대가 처마에 부딪히는 소리만 들렸는데, 그것은 경상초가 처마 밑에 걸어두었던 거위고기를 내리는 소리였다.

어느새 석 달이 지났다. 노자는 여전히, 마치 나무토막같이, 미동도 없이 앉아 있었다.

"선생님, 공구가 왔습니다!" 그의 제자 경상초가, 이상하다는 듯이 들어와 가만히 말했다. "그는 오랫동안 안 왔었지요? 이번에 온 건 무엇 때문일까요?……"

"모셔라……" 노자는 늘 그랬던 것처럼 이 말 한마디만 했다.

"선생님, 안녕하십니까?" 공자는 지극히 공손하게 인사를 하면서 말했다.

"나야 항상 똑같소만," 노자가 대답했다. "오랫동안 만나지 못했는데, 틀림없이 집에 들어앉아 공부를 하신 게지?"

"별말씀을요." 공자가 겸손하게 말했다. "외출하지 않고 생각만 했습니다. 약간 깨달은 바가 있습니다. 까마귀와 까치는 입을 맞추고, 물고기는 침을 바르고, 허리가 가는 벌은 다른 것으로 변하고, 아우를 가지면 형 된 아이가 웁니다. 제 자신이 오랫동안 변화 속에 몸을 던지지 않았는데, 그래 가지고 어떻게 다른 사람을 변화시킬 수 있겠습니까!……"

"그렇지, 그렇지!" 노자가 말했다. "그대는 깨달았네!"

그러고서 두 사람 모두, 마치 두 개의 나무토막같이, 침묵에 잠겼다.

팔분쯤 지났을까, 공자가 비로소 깊은 한숨을 내쉬고서, 일어나 작별을 고하며 늘 그랬던 것처럼 노자의 가르침에 대해 정중하게 감사를 표했다.

노자도 결코 그를 만류하지 않고, 일어나 지팡이를 짚고 그를 도서관 대문 밖까지 배웅했다. 공자가 수레에 오르려 하자 비로소 그는 유성기처럼 말했다.

"가시려고? 차라도 좀 마시고 가시잖고?……"

공자는 "예, 예"라고 대답하면서 수레에 올랐다. 두 손을 모아 수레 앞턱 가로장을 잡고 지극히 공손하게 인사를 했다. 염유가 공중으로 채찍을 휘두르며 입으로 "이랴" 하고 소리치자 수레가 움직이기 시작했다. 수레가 대문에서 십여 보 멀어지는 것을 보고서야 비로소 노자는 자기 방으로 돌아갔다.

"선생님, 오늘은 기분이 그다지 좋지 않으신 것 같습니다." 경상초는 노자가 자리에 앉는 것을 보고 비로소 그 곁에 서서 손을 내리며 말했다. "말씀도 별로 안하시고……"

"네 말이 맞다." 노자는 가볍게 한숨을 쉬고서, 약간 의기소침하게 대답했다. "그러나 너는 모른다. 보아하니 나는 떠나야 할 것 같다."

"어째서 그렇습니까?" 경상초는 마치 마른하늘에 벼락이라도 만난 것같이 깜짝 놀랐다.

"공구는 이미 나의 뜻을 이해했다. 자기의 내막을 아는 사람이 나뿐이라는 것을 알고 있으니, 그자는 틀림없이 마음이 놓이지 않을 게다. 내가 떠나지 않으면, 불편한 일이……"

"그렇다면, 바로 동도(同道) 아닙니까? 그런데 왜 떠나신다는 겁니까?"

"아니다," 노자는 손을 흔들었다. "우리는 여전히 도가 다르다. 설사 같은 한 켤레의 신발이라 할지라도, 내 것은 사막으로 가는 것이고 그자의 것은 조정으로 오르는 것이다."

"그렇지만 선생님께서는 어쨌든 그의 스승이십니다!"

"너는 내게서 그렇게 오랫동안 배우고서도 여전히 어리석구나." 노자는 웃었다. "이것이 바로 성(性)은 고칠 수 없고 명(命)은 바꿀 수 없다는 것이다. 공구는 너와 다르다는 것을 알아야지. 앞으로 그자는 더 이상 오지 않을 거고, 더 이상 나를 선생님이라고 부르지도 않을 거고, 그저 영감탱이라고나 부르며, 뒤에서는 수작까지 부릴 거다."

"저는 정말 생각지도 못했습니다. 하지만 선생님의 사람 보는 눈이 잘못될 리가 없으니까……"

"아니다, 처음부터 항상 잘못 봤다."

"그렇다면," 하고 경상초는 잠시 생각해보고서, "우리가 그자를 한 번……"

노자는 또 웃고서 경상초에게 입을 벌려 보였다.

"봐라, 내 이빨이 아직 있느냐?" 그가 물었다.

"없습니다." 경상초가 대답했다.

"혀는 아직 있느냐?"

"있습니다."

"알겠느냐?"

"선생님의 뜻은, 단단한 것은 빨리 없어지지만 부드러운 것은 남는다는 것입니까?"

"네 말이 맞다. 보아하니 너도 짐을 꾸리고 집으로 돌아가 마누라를 만나는 게 좋겠다. 다만 그 전에 내 푸른 소에 솔질을 해주고 안장을 햇볕에 말려두렴. 나는 내일 아침 일찍 그걸 타야겠다."

노자는 함곡관(函谷關)에 도착하자 관문으로 통하는 큰길로 가지 않고 푸른 소의 고삐를 당겨 사잇길로 들어가 성벽 아래를 천천히 돌았다. 그는 성벽을 넘어가려는 것이었다. 성벽은 결코 높지 않아서, 소 등에 서서 몸을 뻗기만 하면 가까스로 기어오르를 수는 있었다. 그러나 성안에 남게 되는 푸른 소를 성밖으로 옮길 도리가 없었다. 옮기려면 기중기를 사용해야 하는데, 어이하리오, 이 무렵에는 아직 노반(魯般)과 묵적(墨翟)은 태어나지도 않았고, 노자 자신도 그런 장난감이 있으리라고는 생각지도 못했던 것이다. 요컨대 그는 철학적 두뇌를 다 써보았지만 아무런 방법이 없다는 결론뿐이었다.

그러나 그가 더욱 생각지 못한 것은 사잇길로 들어섰을 때 이미 보초에게 발견되어 즉시 관문의 장에게 보고되었다는 것이었다. 그래서 성벽을 칠팔 장(丈)도 채 돌지 못했는데 한 무리의 사람과 말이 뒤에서 쫓아왔다. 그 보초가 말을 달려 앞장을 섰고, 그다음은 관문의 장, 즉 관윤희(關尹喜)였는데, 경찰관 네 명과 검사원 두 명을 데리고 있었다.

"서라!" 몇 사람이 크게 소리를 질렀다.

노자는 급히 푸른 소의 고삐를 잡아당겼는데, 자신은 마치 나무토막같이 조금도 움직이지 않았다.

"아니!" 관문장은 앞으로 달려나와 노자의 얼굴을 보자마자 놀라 소리를 지르고는 얼른 말에서 뛰어내려 손을 모아 인사를 하면서 말했다. "누군가 했더니 노담(老聃) 관장이셨군요. 이거 정말 뜻밖입니다."

노자도 얼른 소 등에서 내려와 눈을 가늘게 뜨고 그 사람을 바라보고는 모호하게 말했다. "나는 기억력이 안 좋아서……"

"당연하죠, 선생님이 기억 못하시는 건 당연합니다. 저는 관윤힙니다. 전에 『세수정의(稅收精義)』를 찾아보려고 도서관에 갔다가 선생님을 방문한 적이 있거든요……"

이때 검사원은 소 등의 안장을 뒤집어 꼬챙이로 구멍을 뚫고 손가락을 넣어 후벼보고는 아무 말 없이 입을 삐죽거리며 물러났다.

"선생님께서는 지금 성 주변을 산책중이신가요?" 관윤희가 물었다.

"아니오, 난 나가려는 거요, 신선한 공기를 좀 쐬려고……"

"그거 좋죠! 아주 좋죠! 요즘은 모두들 위생 얘기를 하는데, 위생은 정말로 중요한 것이죠. 하지만 얻기 힘든 기회이니만큼, 저희 관소(關所)로 오셔서 며칠 머무르시며 선생님의 가르침을 들려주시지요……"

노자가 대답도 하기 전에 네 명의 경찰관이 우르르 몰려와 그를 소 등에 태웠고, 검사원이 꼬챙이로 소 엉덩이를 쿡 찌르자 소는 꼬리를 말며 걸음을 옮기기 시작했고, 그리하여 다 같이 관소를 향해 달려갔다.

관소에 도착하자 즉시 대청을 열고 그를 맞아들였다. 이 대청은 성루(城樓) 중의 한 칸으로서 창문으로 내다보면 바깥은 온통 갈수록 낮아지는 황토 평원이었는데 하늘은 푸르렀고 정말로 공기가 맑았다. 이 웅장한 관문은 험한 고개 위에 높이 자리

잡고 있었는데, 관문 바깥은 좌우가 모두 흙언덕이고 중간의 한 가닥 차도는 절벽 사이에 끼여 있는 것 같았다. 정말로 한 덩어리 흙만으로도 봉쇄할 수 있을 정도였다.

사람들은 뜨거운 물을 마시고서 만두를 먹었다. 노자를 잠시 쉬게 해준 다음, 관윤희가 그에게 강연을 해주십사고 제의했다. 노자는 이것이 피할 수 없는 일임을 이미 알고 있었으므로 즉시 승낙했다. 그리하여 잠시 웅성웅성하더니 방 안은 점차 강연을 들으려는 사람들로 가득 찼다. 같이 온 여덟 사람 이외에도 경찰관 네 명, 검사원 두 명, 보조 다섯 명, 서기 한 명, 그리고 경리와 요리사가 있었다. 몇몇 사람은 붓, 칼, 목찰(木札: 가늘게 쪼갠 나무. 종이가 없는 시대였으므로 목찰(혹은 목간)이나 죽간에 붓으로 글을 썼다. 잘못 썼을 경우에는 칼로 긁어내고 새로 썼다─역주)을 가지고 강의를 필기할 준비를 했다.

노자는 나무토막같이 중앙에 앉아서 잠시 침묵하다가 기침을 몇 번 하고서 흰 수염 속의 입술을 움직이기 시작했다. 사람들은 즉시 숨을 죽이고 귀를 기울여 들었다. 오직 그가 천천히 말하는 소리만 들렸다.

"도가도(道可道)는 비상도(非常道)요, 명가명(名可名)은 비상명(非常名)이라. 무명(無名)은 천지지시(天地之始)요 유명(有名)은 만물지모(萬物之母)라……"

사람들은 서로 얼굴을 힐끗거렸다. 아무도 필기하지 않았다.

"고(故)로 상무욕이관기묘(常無欲以觀其妙)하고," 노자는 계속해서 말했다. "상유욕이관기규(常有欲以觀其竅)라. 차양자

(此兩者)는, 동출이이명(同出而異名)이라. 동(同)은, 위지현(謂之玄)이요, 현지우현(玄之又玄)은, 중묘지문(衆妙之門)이라……"

사람들은 곤혹스런 표정을 짓기 시작했고, 개중에는 어쩔 줄을 몰라 하는 사람들도 있었다. 한 검사원은 크게 하품을 했고, 서기 선생은 끝내 졸기 시작했는데, 덜그럭하는 소리가 나면서 칼과 붓, 목찰이 손에서 바닥으로 떨어졌다.

노자는 전혀 의식하지 못하는 듯했다. 아니, 조금은 의식한 듯하기도 했다. 이때부터 그의 강연이 좀 자세해졌기 때문이다. 그러나 그는 이빨이 없어서 발음이 분명치 않았고, 섬서(陝西) 사투리와 호남(湖南) 발음이 섞여 있어 '리'와 '니'가 구분되지 않았으며, 게다가 무슨 '니'라는 말을 애용하였으므로, 사람들은 여전히 알아들을 수가 없었다. 그런 데다가 시간이 자꾸 길어져서 그의 강연을 들으러 온 사람들은 몹시 괴로웠다.

체면상 사람들은 참고 있을 수밖에 없었지만, 나중에는 도저히 견딜 수가 없어 자세를 멋대로 흐트러뜨리고 저마다 자기 생각에 잠겨버렸다. "성인지도(聖人之道)는 위이부쟁(爲而不爭)이니라"라는 대목에 이르러 강연이 끝났지만, 아무도 움직이지 않았다. 노자는 잠시 기다렸다가 다시 한마디를 덧붙여 말했다.

"니, 끝났습니다!"

사람들은 그제야 비로소 한바탕 꿈에서 깨어난 듯했다. 너무 오래 앉아 있었기 때문에 두 다리가 다 마비되어 금방 일어나지 못했지만, 그래도 마음속으로는 마치 대사면이라도 받은 것처럼 놀랍기도 하고 기쁘기도 했다.

그리하여 노자는 응접실로 안내되어 휴식을 취하게 되었다. 그는 뜨거운 물을 몇 모금 마시고서, 마치 나무토막같이 미동도 없이 앉아 있었다.

사람들은 바깥에서 분분히 의논을 했다. 잠시 후 네 명의 대표가 노자를 만나러 들어왔다. 말인즉, 그의 말이 너무 빨랐고 더욱이 표준어가 그다지 순수하지 못했기 때문에 아무도 필기를 하지 못했다는 것이었다. 기록이 없다는 것은 대단히 애석한 일이기 때문에 그에게 강의를 보충해달라고 했다.

"무슨 말씀인지 저는 통 모르겠습니다." 경리가 말했다.

"직접 써주시죠. 써주신다면 쓸데없이 헛소리한 게 되지는 않을 겁니다. 그렇죠?" 서기 선생이 말했다.

노자도 그들의 말을 충분히 알아듣지는 못했지만, 다른 두 사람이 붓과 칼, 목찰을 자기 앞에 늘어놓는 것을 보고서, 틀림없이 그에게 강의 내용을 써달라는 것이리라고 생각했다. 그는 이것이 피할 수 없는 일임을 알고 있었기 때문에 선뜻 그러마고 했다. 그러나 오늘은 너무 늦었으니 내일 착수하기로 했다.

대표들은 이 결과를 만족스럽게 여기고 물러갔다.

다음 날 아침, 날씨가 좀 음침해서 노자는 마음이 불편했지만 그래도 강의 내용을 기록해야 했다. 왜냐하면 그는 빨리 관문 밖으로 나가고 싶었고, 관문 밖으로 나가려면 강의 원고를 넘겨주어야 했기 때문이다. 그는 앞에 쌓여 있는 한 무더기의 목찰을 흘낏 바라보고는 더욱 마음이 불편해지는 듯했다.

그러나 그는 여전히 표정을 바꾸지 않고 조용히 앉아서 쓰기 시작했다. 어제 했던 말을 돌이키면서, 생각하고는 쓰고, 쓰고 는 또 생각했다. 당시에는 아직 안경이 발명되지 않았으므로, 그는 노안을 마치 실처럼 가늘게 하느라고 몹시 힘이 들었다. 뜨거운 물을 마시고 만두를 먹는 시간 이외에는 하루하고도 반 나절을 꼬박 썼지만 그래도 겨우 오천 자에 지나지 않았다.

"관문을 나가기 위해서는 대충 이 정도면 되겠지"라고 그는 생각했다.

그리하여 노끈을 가지고 목찰을 엮어 두 묶음으로 만들고서, 지팡이를 짚고 관윤희의 사무실로 가서 원고를 넘겨주고는 즉 시 떠나겠다는 뜻을 밝혔다.

관윤희는 대단히 기뻐하고 대단히 감사해하고 또 대단히 애 석해하며 좀 더 머물러달라고 간곡히 청했지만, 그러나 그가 머 물지 않으리라는 것을 알아차리자 곧 슬픈 표정을 짓고서 응낙 했고, 경찰관에게 푸른 소에 안장을 얹으라고 명령했다. 그러면 서 손수 선반에서 소금 한 봉지와 참깨 한 봉지, 만두 열다섯 개 를 꺼내고, 그것들을 압수해두었던 흰 무명 자루에 넣어 노자에 게 여행 중의 양식으로 삼으라고 주었다. 또한 그것은 그가 원 로작가이기 때문에 특별히 우대한 것이며 그가 젊은 사람이었 다면 만두는 열 개뿐이었을 거라고 밝혔다.

노자는 거듭 감사의 말을 하며 자루를 받아 들고서 사람들과 함께 성루에서 내려왔는데, 관문까지 와서도 푸른 소의 고삐를 끌며 걸어가려고 했다. 관윤희가 그에게 소를 타라고 한사코 권하자 한바탕 사양을 하다가 마침내 소 등에 올라탔다. 작별 인사를 하고 소 머리를 돌려서 험한 고개의 큰길을 따라 천천히 나아갔다.

잠시 후, 소가 발걸음을 크게 떼기 시작했다. 사람들은 관문에서 눈으로 전송하고 있었다. 이삼 장씩 더 멀어져도 흰 머리와 누런 옷, 푸른 소, 그리고 흰 자루를 구분할 수 있었다. 이어서 먼지가 발걸음을 따라 피어올라 사람과 소를 뒤덮자 모두 회색으로 변했고, 다시 잠시 후에는 이미 누런 먼지만이 자욱할 뿐 아무것도 보이지 않았다.

사람들은 관소로 돌아왔다. 마치 무거운 짐을 내려놓은 것처럼 허리를 펴기도 하고 또 무슨 진기한 물건을 얻은 것처럼 혀를 차기도 하면서, 여러 사람들이 관윤희를 따라 사무실로 들어갔다.

"이것이 원고인가?" 경리 선생이 한 묶음의 목찰을 집어 들고 펼치면서 말했다. "글씨는 깨끗이 썼구먼. 보아하니 시장에 내다 팔면 틀림없이 살 사람이 있을 게야."

서기 선생도 다가가서 첫 번째 장을 보면서 읽었다.

"'도가도(道可道), 비상도(非常道)……' 흥, 여전히 그 타령이군. 정말로 듣기만 해도 골치가 아프고 지긋지긋해……"

"골치 아픈 데는 조는 게 약이지." 경리가 목찰을 내려놓고서 말했다.

"하하하!…… 정말로 조는 수밖에 없었어. 솔직히 말해 나는 그가 자기 연애 이야기라도 하는가 싶어서 들으러 갔던 거야. 그따위 허튼소리인 줄을 진작에 알았더라면, 애당초 그렇게 반나절이나 앉아서 곤욕을 치르러 가지는 않았을 텐데……"

"그거야 당신 자신이 사람을 잘못 본 걸 탓해야지." 관윤희가 웃으면서 말했다. "그에게 무슨 연애 이야기가 있겠어? 그는 애당초 연애를 해본 적이 없다구."

"그걸 어떻게 아십니까?" 서기가 의아하다는 듯이 물었다.

"그것도 당신이 조느라고 '무위이무불위(無爲而無不爲)'라는 말을 듣지 못한 탓이야. 그 양반은 정말로 '심고어천(心高於天)하고 명박여지(命薄如紙)하니라'야. '무불위'하려면 '무위'해야만 한다는 거지. 사랑하는 것이 있다면 사랑하지 않는 것이 없다가 될 수 없는 거니까, 그래 가지고서야 어디 연애를 할 수 있겠어? 감히 연애를 할 수 있겠느냐구? 당신 자신을 생각해봐. 지금은 젊은 여자만 보면, 잘생겼든 못생겼든, 눈이 게슴츠레해져서 전부 제 마누라같이 보이지. 앞으로 장가를 들어봐. 우리 경리 선생처럼 점잖아질걸."

창밖에 한바탕 바람이 일자 사람들은 모두 추위를 느꼈다.

"그 영감탱이는 도대체 어딜 가서 무얼 하려는 걸까?" 서기 선생이 그 틈을 타서 관윤희의 말을 막았다.

"자기 말로는 사막으로 간댔는데," 관윤희가 차갑게 말했다. "갈 수 있나 보라구. 바깥에는 소금도 밀가루도 없고 물도 구하기 어려워. 배가 고파지면 말이야, 내가 보기엔 나중에 이곳으로 되돌아올걸."

"그러면, 다시 책을 지으라고 합시다." 경리 선생은 신바람이 났다. "하지만 만두가 정말 너무 많이 들겠군요. 그때는 말이죠, 우리가 이미 방침을 신인작가 발굴로 바꾸었다고 하기만 하면 원고 두 묶음에 만두 다섯 개만 줘도 충분할 겁니다."

"그건 안 될걸. 불평을 하면서 화를 낼 거야."

"배가 고파봤는데도 화를 낼까요?"

"그나저나 이런 건 아무도 안 볼까봐 걱정입니다." 서기가 손을 흔들며 말했다. "만두 다섯 개의 본전조차 찾지 못한다구요. 가령 말이죠, 그의 말이 맞다면요, 우리 대장님은 관문장을 그만두고 하지 않으셔야만, 하지 않는 것이 없다가 되고, 위대한 사람이 되는 건데……"

"그건 중요하지 않아." 경리 선생이 말했다. "그래도 볼 사람은 있다구. 잘린 관문장과 아직 관문장이 되지 못한 숨은 선비들은 아주 많잖아?……"

창밖에서 한바탕 바람이 불어 누런 먼지를 피워 올려 하늘을 캄캄하게 가렸다. 그때 관윤희가 문밖을 내다보니, 많은 경찰관과 보초들이 아직도 거기에 서서 멍청히 그들의 한담을 듣고 있었다.

"거기 멍청히 서서 뭐하는 거야?" 그가 벌컥 소리를 질렀다. "저녁이 되었다. 밀수꾼들이 성벽을 넘어 탈세할 때가 아니냐? 순찰을 나가!"

문밖의 사람들은 재빨리 흩어져 뛰어갔다. 관윤희는 옷소매로 책상 위의 먼지를 털고 두 묶음의 목찰을 집어 들어 압수한

소금, 참깨, 무명, 콩, 만두 등속이 쌓여 있는 선반 위에 올려놓
았다.

〔1935. 12〕

해설

중국문학의 루쉰과 동아시아문학의 루쉰

전형준

1

중국 바깥에 가장 널리 알려진 현대 중국 작가는, 중국 내에서도 20세기 내내 중국문학의 강력한 중심으로 작용해온 루쉰(魯迅)이다. 루쉰 소설은 일찍부터 여러 나라 말로 번역되어 많은 외국 독자들에게 감동을 주었다.

중국 바깥에서 루쉰에 대해 가장 큰 관심을 보인 곳은 일본이었다. 일본에서는 1927년 10월에 「고향」이 일본인에 의해 일어로 번역 발표된 뒤 루쉰의 전 소설과 대부분의 산문이 번역되어 각종 전집, 선집, 문집과 단행본의 형식으로 출판되었고 루쉰에 대한 연구 또한 놀라울 만큼 활발히 진행되었다. 이 관심은 일본 내부의 진보적 사상운동 속에서 형성된 것이었다. 특히 전후(戰後)의 일본에서 진보적 지식인들이 새로운 자기 정립을 위해

고투를 벌이는 데에 루쉰 해석은 대단히 중요한 작용을 하였다. 일본의 루쉰 연구는 지금도 기본적으로 같은 맥락에서 이루어지고 있다.

우리나라에서도 루쉰은 적지 않은 관심을 끌었다. 「광인일기」가 이미 1927년 8월에 한국인에 의해 한국어로 번역 발표되고 「아Q정전」이 1930년에 번역 소개되었던 데 비하면 번역작업은 그다지 활발하게 이루어지지 않았지만, 많은 사람들이 직접 중국어 원본이나 일역본을 통해 루쉰을 읽었고, 루쉰에게서 문학적 영향을 받은 경우도 적지 않았다. 가령 한설야(韓雪野)는 1956년에 쓴 「로신과 조선문학」이라는 글에서 1930년대 후반에 쓴 자신의 단편소설 「모색」 「파도」 등이 루쉰의 「광인일기」 「쿵이지」에서 적지 않은 암시를 받은 것이라고 스스로 밝힌 바 있다. 그러나 냉전체제의 성립과 함께 양상은 달라진다. 북한에서는 루쉰에 대한 관심이 한층 커져서 외국문학을 이야기할 때면 고르끼와 루쉰을 나란히 들 정도가 된 데 반해, 남한에서는 루쉰에 대한 관심이 거의 단절되어버린 것이다. 그 관심은 1960년대 중반부터 다시 나타나기 시작하였고 1980년대에 들면서 급격히 커져서 루쉰의 소설 전부가 번역되고 일부 산문들도 번역되었으며 루쉰 연구도 대단히 활발해졌다. 여기서 주목되는 것은 루쉰에 대한 관심이 단순히 외국 작가에 대한 관심에 그치지 않고 한국문학과의 깊은 내적 연계 속에서 형성되었다는 점이다.

한국과 일본에서 루쉰이 이처럼 큰 관심의 대상이 되는 데에서 우리는 짙은 암시를 받게 된다. 그것은 루쉰이 단지 중국적인 인물이라기보다는 동아시아적 인물이 아닌가 하는 것이다. 중국의 근대 속에서 탄생한 루쉰의 문학적 생애는 한국의 근대와 일본의 근대를 비추어주는 하나의 거울인 듯하다. 중국의 특수성만을 지닌 거울이 아니라 동아시아적 보편성에 가닿는 그러한 거울 말이다. 그렇기 때문에 루쉰을 올바르게 읽는 일은 대단히 중요한 일이 된다. 중국의 루쉰 읽기와 일본의 루쉰 읽기가 서로 다른바, 그것들과는 구별되는 우리 나름의 루쉰 읽기가 정당하게 이루어져야 하는 것이다.

앞에서 말했듯이 루쉰은 20세기 내내 중국문학의 강력한 중심으로 작용해왔다. 생전의 루쉰 역시 동시대의 중국문학에 대해 커다란 기여를 했고 많은 영향을 미쳤지만, 그러나 그가 중국문학의 강력한 중심이 되는 것은 역시 사후의 일로서 1940년에 마오쩌뚱(毛澤東)이 그를 "중국 문화혁명의 주장(主將)"이라 부르며 "그는 단지 위대한 문학인일 뿐 아니라, 또한 위대한 사상가이자 혁명가였다"라고 규정한 데서 시작되었다. 이로부터 루쉰은 문학가 ── 사상가 ── 혁명가의 모순 없는 통일로 파악되기 시작했고 마오주의의 문학적 상징이 되었다. 그러나 그러한 루쉰 규정은 루쉰 자신과 부합되기보다는 오히려 루쉰 자신을 일정하게 왜곡하였다. 특히 루쉰의 소설과 초기 산문은 그러한 루쉰 규정과 현저히 어긋났으므로 그것들은 그 규정에 맞도록 견강부회되거나 진정한 루쉰에 미달하는 과도기적인 것으로 치부되었다. 루쉰이 문학가 ── 사상가 ── 혁명가의 통일이라면 그 통일은 모순과 갈등으로 충만한 통일이다. 더욱이 문학가·사상가·혁명가 각각의 개별적 측면 내부에서도 모순과 갈등이 충만한 것이다. 중국에서 이 점이 올바르게 인식되기 시작한 것은 1980년대 후반에 들어와서이다. "먼저 루쉰이 있는 그 자리로 돌아가자"라는 주장이 제출되고 루쉰의 내적 모순과 갈등에 조명이 가해지기 시작했다. 그리하여 논자에 따라 계몽자 루쉰이 강조되기도 하고 사상가 루쉰이 강조되기도 한다. 이는 종래에 비하면 커다란 변화라고 아니할 수 없지만, 그러나 두 가지 점에서는 종래와 변함이 없다고도 할 수 있다. 첫째, 여전히 루쉰을 중국문학의 살아 있는 중심으로 작동시킨다는 점이다. 새로운 루쉰 해석자들의 루쉰 담론은 단순히 루쉰 담론에 그치지 않고 오늘의 중국문학에 대한 주장과 성찰을 담고 있다. 루쉰은 여전히 현재적 존재인 것이다. 둘째, 새로운 루쉰 해석은 종래의 루쉰 규정과 마찬가지로 루쉰이라는 사람에게 초점을 맞추고 있다. 루쉰의 소설은 주로 루쉰이라는 사람을 해명하는 자료로 사용되지 그 자체 독립적인 존재로서는 그다지 부각되지 않는다(이 점은 일본의 루쉰 해석에도 대체로 공통된다). 우리가 보기에 이 두 번째 점은 특히 문제적이다. 루쉰이라는 사람과 루쉰의 소설 사이에는 말할 나위도 없이 밀접한 관련이 존재하지만 그러나 양자가 동일한 것은 아니며, 또한 루쉰 소설이 루쉰이라는 사람을 해명하기 위한 자료로서만 가치를 갖는 것은 결코 아니다. 루쉰 소설이 갖는 독립적인 가치를 존중할 때 오히려 루쉰이라는 사람이 루쉰 소설을 해명하기 위한 자료가 될 수도 있는 것이다. 지금이야말로 '먼저 루쉰 소설이 있는 그 자리로 돌아가기'가 필요한 것이 아닐까.

　기왕에 여러 종류의 루쉰 소설 번역본들이 나와 있음에도 불구하고 필자가 다시금 루쉰 소설선을 엮은 것은 바로 위와 같은 문제의식 때문이다. 루쉰의 소설은 중편 1편과 단편 32편이 전부인데 필자는 그중 11편을 가려 뽑았다. 많은 독자들이 압축된 형태를 통해 비교적 수월하게 루쉰 소설의 정수를 체험할 수 있기를 바란 것이다. 루쉰 소설 33편의 완역본으로는 1986년에 처음 나와 그동안 두 차례의 개정을 거친 김시준(金時俊) 교수 번역본(『루쉰 소설 전집』, 서울대학교 출판부 1996)이 있는데 루쉰 소설의 전모를 알고 싶은 독자들에게는 그 책을 권하고 싶다. 루쉰 소설의 중국어 원문은 대단히 까다롭다. 설명을 될 수 있는 한 줄인 절제된 문체인 데다가 풍자와 아이러니를 기본적 태도로 하며 자유간접화법을 많이 구사하기 때문이다. 까다로운 부분에 부딪히면 일본어역의 대표 격인 타께우찌 요시미(竹內好) 역본과 김시준 교수 역본을 함께 참조했는데 이견이 있을 경우 대체로 김시준 교수 역본을 따랐다. 대체로 필자는 루쉰의 문장이 철저히 계산된 것이라는 점을 십분 존중하여 시 텍스트를 대하는 듯한 태도로 번역에 임했다. 원문의 행갈이를 그대로 살리고, 쉼표 등의 문장부호도 최대한 원작을 따른 것은 그 때문이다. 특히 루쉰이 의도적으로 비튼 부분이나 의도적으로 생략한 부분을, 우리말로 옮겼을 때의 어색함을 무릅쓰고, 그대로 살리고자 노력했다. 자연스럽게 한다고 해서 꼭 좋은 번역이 되는 것은 아니다. 가령 원문에 "나 이외에는 네 개의 비어 있는 탁자들뿐이었다"라고 되어 있는 것을 "내가 앉아 있는 곳 이외에 네 개의 탁자는 여전히 비어 있었다"라는 자연스러운 표현으로 바꾸어놓는다거나, 혹은 "나중에는 더 확대하여 '빛나다(光)'도 꺼리고 '밝다(亮)'도 꺼리고, 더 나중에는 '등불(燈)'이나 '촛불(燭)'까지도 꺼렸다"라고 되어 있는 것을 "'밝다(亮)'도 꺼리고"와 "더 나중에는" 사이에 친절하게도 "그 까닭은 나두창으로 인해 벗겨진 흉터가 유난히 반짝거렸기 때문에 그런 뜻을 가진 글자나 그런 뜻의 음을 가진 글자까지 싫어하게 된 것이다"라는 설명을 첨가한다거나 하면 뉘앙스가 아주 달라지는 것이다. 그리하여 결국 고지식한 직역에 가까워지고 말았다. 하긴, 훌륭한 번역가이기도 했던 루쉰 자신이 이미 철저한 직역주의자였다. 다만 필자의 중국어 해독력의 부족에서 비롯된 오역이 전혀 없지는 않을 것이다. 이에 대해서는 독자 여러분의 질정(叱正)을 기대한다.

　　　2

　루쉰의 첫 현대소설 작품이자 중국 현대소설의 첫 작품인 「광인일기」가 발표된 것은 1918년 5월이다(루쉰은 1911년에 단편소설 「회구懷舊」를 써서 1913년에 발표한 적이 있지만 그것은 중국어가 아니라 한문으로 씌었으며 현대소설이 아니다).

개인적으로나 문학사적으로나 첫 작품이기 때문에 완성도가 높지 못하기는 하지만, 그러나 이 작품은, 어느 작가에게나 첫 작품이 그러하듯, 루쉰 소설세계의 원형이라 할 만한 것을 지니고 있으며, 그 해석을 놓고 오늘날에도 논란이 벌어질 만큼 의외의 현재성을 띠고 있다. 그런 까닭에 비교적 자세한 검토가 필요하겠다.

「광인일기」는 한문으로 쓰인 서문과 중국어(백화문)로 쓰인 본문의 두 부분으로 이루어진다. 서문의 화자는 작가 자신인바, 여기서 작가는 피해망상증을 앓은 친구의 일기를 입수하여 그것을 발췌해서 전재(轉載)한다고 밝히고 있다(이는 물론 허구이다). 본문은 광인의 일기의 전재이다. 일기의 서술은 광기가 발생하는 데서 시작하여 점차 심화되어 최고조에 달하는 데서 끝난다. 그 광기의 심화 과정은 그러나 일의적인 것이 아니다. 그 과정에서 표면적으로는 광기의 심화가 이루어지지만 심층적으로는 가치의 전도가 이루어지는 것이다. 처음에 광인은 단순한 광인으로만 나타난다. 그는 사람들이 자기를 잡아먹으려 한다는 망상에 빠져 있다. 그러나 그 망상이 점점 심해지면서 그 망상이 단순한 망상이 아니라 심각한 진실을 담고 있는 것임이 드러나기 시작한다. 봉건 유교사회가 '식인(食人)'의 사회라는 것이 그 심각한 진실의 내용이다. 이 진실에 입각하여 보면, 식인사회의 풍속에 매몰되어 있는 사람들을 사람을 잡아먹는 사람들이라 부르는 것은 비유적으로 옳다. 이 진실이 드러나면서 처음에는 광인의 광기를 증명해주던 일화들이 이제는 거꾸로 사람들의 식인성(食人性)을 증명해주는 것으로 가치 전도된다. 광기의 심화라는 표면구조와 가치의 전도라는 심층구조의 중첩이라는 점에서 「광인일기」의 미학적 특징은 아이러니이다. 놀라운 것은 그 아이러니가 오늘날에도 충분한 긴장감을 조성할 만큼 심각하며 여전히 현대적이라는 점이다. 서문과 본문의 관계 역시 아이러니라는 각도에서 이해될 수 있다. 서문은 짐짓 본문의 아이러니적 진실을 모르는 척 시치미를 떼고 있다. 그러나 그 시치미는 역설적으로 본문의 아이러니적 진실을 더욱 부각한다. 서문과 본문의 중첩 역시 하나의 아이러니인 것이다.

「광인일기」의 광인은 봉건에 반대하고 근대를 추구하는 계몽자의 아이러니한 변형이다. 계몽자가 왜 하필 광인으로 변형되었는가. 여기에 「광인일기」의 비밀이 있다. 봉건에 매몰되어 있는 사람들의 눈에 계몽자는 광인으로밖에 보이지 않는다. "다들 나가요! 미친놈이 뭐 볼 게 있다구 그래요!"라는 '형'의 말이나 "미친놈이라는 명분을 준비해두었다가 나에게 뒤집어씌우기로 진작부터 계획을 짜놓은 것이다"라는 '나'의 진술을 보라. 「광인일기」는 바로 그 눈으로 계몽자를 바라보면서 광인 — 계몽자의 진실을 아이러니하게 드러내는 것이다. 이는 계몽자의 주장을 직설적으로 토로하는 소박한 태도와는 근본적으로 구별된다. 「광인일기」의 아이러니 속에는 계몽자의 입장과 그 계몽자를 광인이라고 보는 봉건 풍속의 입장이 동시에 포함되어 있기 때문이다. 그런데 그 광인 — 계몽자는 끝에 가서 자기 자신의 한계를 깨닫는다. 자기 자신도 알지 못하는 사이에 자기 누이동생의 고기를 먹었을지도 모른다는 깨달음이 그것이다. 그는 식인인(食人人) ─ 봉건인이 되기를 거부하고 진인(眞人) ─ 근대인이 되고자 하는 열망에도 불구하고 그 자신 이미 봉건적인 것에서 자유롭지 못한 운명인 것이다. 그리하여 그는 아직 봉건적인 것에 물들지 않은 새로운 세대의 아이들을 구하자고 절규한다.「광인일기」는 이 절규로 끝난다. 이 점에 주목하면 광인 ─ 계몽자는 식인인과 진인 사이에 존재하는 중간자로 해석될 수도 있다.

　「광인일기」에 대해 몇 가지 단편적인 지적이 더 필요하겠다. 첫째, 광인이라는 모티프의 출처 문제. 루쉰이 다른 글들에서 밝힌 바에 따르면, 이 광인은 현실적으로는 루쉰의 외사촌동생에서 비롯되었고(그는 산시성山西省의 한 관청에서 보조원으로 일하던 중 피해망상증이 발병하여 1916년에 베이징北京으로 치료하러 왔었지만 끝내 치료하지 못하고 고향으로 돌아갔다), 문학적으로는 러시아 작가 고골(N. V. Gogol')의 단편소설「광인일기」에서 비롯되었다. 루쉰은 자신의「광인일기」가 고골의 것보다 "울분을 더 깊고 폭넓게 토로하였다"고 자평하기도 했다. 둘째, 서문에서 광인이 병이 나은 뒤 "모지(某地)의 후보(侯補)"로 갔다고 쓰고 있는 문제. 이 점을「광인일기」의 반봉건 자세에 치열성이 부족한 증거로 드는 해석도 있다. 그러나 좀 더 생각해보면, 이는 작가 자신의 이력과 관계될 수도 있다. 루쉰은 1900년대 후반에 일본에서 반봉건 근대 지향의 문화운동을 전개했고 귀국 후 신해혁명을 전후하여 중학교 및 사범학교에서 교편을 잡았으며 1912년부터 교육부 직원으로 근무했다. 이러한 루쉰의 삶(반봉건운동 ─ 관직)은 광인의 삶(광기 ─ 관직)과 겹쳐진다. 이 착안을 좀 더 발전시키면, 서문의 '나'나 본문의 광인은 모두 루쉰 자신의 변형으로서 반성하는 자아와 반성되는 자아의 분열로 파악될 수도 있다. 이렇게 본다면 「광인일기」의 현대성은 한층 증대된다.

「쿵이지」와 「약」은 「광인일기」의 후속작으로 1919년 4, 5월에 한 달 간격으로 잇달아 발표되었다. 「쿵이지」는 꽁뜨에 가까운 짧은 단편소설이지만 그 내용은 결코 가볍지 않다. 작가 자신이 일인칭 화자로 등장하여 쿵이지(孔乙己)라는 인물에 대해 서술하는 이 작품은 흔히, 구시대의 몰락한 지식인의 비참한 운명을 묘사했으며 봉건 과거제도의 죄악을 폭로한 작품이라고 해석되어왔다. 그러나 우리는 그런 해석에 만족할 수 없다. 비참한 삶을 살아가는 쿵이지와 그를 놀려대는 함형(咸亨)주점 사람들의 관계, 그리고 그들을 바라보는 열두세 살 먹은 일인칭 화자의 시선이 복합적으로 고려되어야 한다. 함형주점의 주인과 다른 짧은 옷 손님들(그들은 하층민중이다)은 쿵이지를 놀려대면서 희열을 느낀다. 그것은 일종의 가학인데 그렇지 않아도 비참한 처지인 쿵이지는 그 학대에 너욱 상처를 받는다. 쿵이지 개인으로 말하자면 비록 몰락한 구지식인이기는 하지만 아이들에 대한 태도에서 보이듯 인간적 선량함을 지니고 있다. 소년 화자의 시선은 쿵이지를 놀려대는 사람들에 대해서는 반감을 띠고 있고 쿵이지에 대해서는 연민을 띠고 있다. 다만 그 반감과 연민이 직접적으로 드러나지 않고 은밀히 갈무리되어 있는 것은 그것이 소년 화자의 의식 이전의 느낌이기 때문일 것이고 작가의 서술 의도 때문이기도 할 것이다. 작가가 노리는 것은 몰락한 구지식인을 옹호한다거나 혹은 비판한다거나 하는 것이 아니다. 작가는 민중의 왜곡된 공격성을 비판하고 있다. 출신이야 어떻든 현재의 쿵이지는 넓은 의미에서 하층민중에 속한다고 할 수 있으므로 쿵이지에 대한 함형주점 사람들의 학대는 결국 민중적 자해의 한 양상이 되는 것이다.

「약」은 구지식인이 아니라 신지식인을 등장시킨다. 그는 반청(反淸)혁명 봉기에 실패하여 처형당하는 혁명가 샤위(夏瑜)이다. 그와 민중 사이의 관계가 이 작품의 초점이다. 삼인칭 서술이므로 「쿵이지」에서와 같은 일인칭 화자의 시선은 없다. 이 작품에서는 크게 두 가지 이야기가 교직된다. 하나는 찻집 주인이 폐병을 치료하기 위해 사람의 피에 적신 만두(인혈만두人血饅頭)를 아들 샤오수안에게 먹이지만 결국 아들은 죽고 만다는 이야기이고, 다른 하나는 투옥되어 있던 샤위가 처형당한다는 이야기이다. 이 두 이야기는 두 지점에서 만난다. 하나는 찻집주인이 샤위의 피로 만두를 적시는 지점이고, 다른 하나는 샤오수안의 어머니와 샤위의 어머니가 묘지에서 만나는 지점이다. 첫 번째 지점이 지시하는 것은 미신에 현혹된 민중의 우매함이 아니라 민중적 자해(그 역시 우매함에서 비롯되는 것이지만)이다. 봉건사회의 억압과 착취에 고통받는 민중이 봉건사회의 모순을 타파하려는 혁명가를 박해하는 데 앞장선다는 이 모순은 결국 민중이 자기 자신에게 가해자가 된다는 것과 다르지 않은 것이다. 찻집에서 샤위를 화제로 벌어지는 대화에 그 점은 아주 극명하게 나타난다. 두 번째 지점에서도 양자 사이의 격절 (隔絶)이 지시된다. 오솔길을 사이에 두고 저쪽에는 샤위의 무덤이, 이쪽에는 샤오수안의 무덤이 있는 것이다. 혁명가와 민중 사이의 모순과 격절이 이 작품의 주제이다. 그 모순과 격절에 대해서는 양자 모두에게 책임을 물을 수도 있을 터인데, 작가는 민중을 비판하되 혁명가에 대해서는 애도를 표한다. 샤위의 무덤이 꽃으로 장식되고(그것이 누군가에 의해 그렇게 된 것인지 아니면 자연적으로 그렇게 된 것인지는 분명치 않다) 까마귀가 샤위의 무덤 위로 날아가도록 한 것은 그 애도의 표현이면서 작가의 희망의 표현이다.

1921년에 발표된 「고향」은 그 희망에 대해 한층 직접적으로 이야기하고 있다. 작가 자신이 일인칭 화자로 등장하여 이십 년 만에 돌아온 고향에서의 상실감을 묘사하는 이 작품은 고향 상실이라는 보편적인 주제의 한 변주이며, 직접적으로는 러시아 작가 치리꼬프(E.N. Chirikov)의 단편소설 「시골읍내」의 패러디이다. 「시골읍내」는 혁명파 지식인이 이십 년 만에 배를 타고 귀향하여 친구와 재회하고 실망한다는 내용이다. 「고향」의 일인칭 화자 역시 어린 시절의 친구 룬투(閏土)와 재회하고 실망한다. 룬투는 봉건사회의 잔혹한 계급적 압박 때문에 마비된 민중으로 변해버렸다. 잿더미 속에 십여 개의 그릇을 숨겨 훔쳐 가려고 할 정도로 변해버린 것이다(그릇을 숨긴 것은 룬투가 아니라 양얼 아지매의 조작이라는 해석도 있지만 이는 억지이다). 어린 시절의 신비감과 일체감은 환멸로 바뀐다. 그러나 일인칭 화자는 이 절망적인 환멸의 자리에서 희망을 꿈꾼다. 자신의 조카와 룬투의 아들의 한마음이 더 이상 격절되지 않고 계속되기를 희망하는 것이다(다음 세대의 아이들에 대한 이 희망은 「광인일기」에서의 "아이들을 구하자"라는 청유와 연결된다). "그들은 마땅히 새로운 삶을 살아야 한다, 우리가 아직 살아보지 못한 삶을"이라는 희망은 어떻게 실현될 수 있을까. 여기서 작가는 그 유명한 진술을 행한다.

몽롱한 가운데, 나의 눈앞에 해변의 초록빛 모래밭이 펼쳐졌다. 그 위의 쪽빛 하늘에는 황금빛 둥근 달이 걸려 있었다. 나는 생각했다. 희망은 본래 있다고 할 수도 없고, 없다고 할 수도 없다. 그것은 지상의 길과 같다. 사실은, 원래 지상에는 길이 없었는데, 걸어 다니는 사람이 많아지자 길이 된 것이다. (「고향」)

이 '지상의 길'이라는 비유는 필자가 개인적으로 가장 좋아하는 구절이거니와, 비유의 적절성으로 작가의 희망은 불현듯 놀라운 설득력을 발휘한다.

1921년 12월부터 1922년 2월까지 발표된 「아Q정전」은 루쉰의 유일한 중편소설이며 아마도 가장 유명한 작품일 것이다. 그러나 소설 미학적으로 보자면 취약점이 분명히 드러나는데, 제

1장 서(序)의 지나친 요설(饒舌)이 그러하고, 전체적으로 구성의 치밀성이 부족하며, 루쉰 특유의 냉정 침착하던 문체가 상당히 들떠 불안정하게 흔들린다. 풍자의 의욕이 소설 미학을 압도해버린 형국이라고 할 수 있다. 하지만 이 작품은 위에 살펴본 작품들을 포괄하면서 주제상으로 진일보한 측면을 갖고 있고 수많은 아Q의 변형에서 보듯 중국 현대소설사에 막대한 영향을 미쳤다.

아Q는 그 성격을 단일하게, 혹은 체계적으로 설명할 수 있는 인물이 아니다. 그는 모순적이거나 혼란스럽거나 복합적인 인물인데(한 인물이라기보다는 여러 인물의 합성이라는 느낌이 들 정도로), 그런 가운데에도 이야기의 전개에 따라 대체적인 성격 변화의 줄기는 나타난다. 처음에 그는 민중의 온갖 열악한 근성을 두루 지닌 인물로 나온다. 그중 가장 두드러진 것은 정신승리법이다. 그러나 정신승리법은 곧 파탄에 부닥친다. 자신이 경멸하던 왕 털보에게 굴욕을 당하고 가짜 양놈에게 매를 맞고서는 정신승리법이 아니라 망각에 의지하는 것이며, 비구니를 희롱하고서야 비로소 승리의 느낌을 갖게 되는 것이다. (강한 자에게 약하고 약한 자에게 강한 야비한 속성을 우리는 지금도 얼마나 많이 목격하는 것인지!) 그런 아Q가 우마에게 구애를 하는 장면에서 처음으로 인간적 절실성을 내보인다. 그러나 그것은 잠깐에 지나지 않고 아Q는 다시 원래의 상태로 돌아간다. 아Q가 자신에게 피해를 주는 강한 자에 대해 비로소 정당한 반감을 느끼는 것은 혁명의 소문과 함께 그 강한 자들이 겁먹는 모습을 목격하고서이다. 그리하여 그는 혁명을 외치는데 이 장면에서 아Q는 다시 인간적 절실성을 내보인다. 하지만 그는 혁명을 금지당하고 대신 강도라는 누명을 쓰고 처형된다. 마지막 순간에 희미한 각성이 오지만 이미 때는 늦었다.

아Q의 비극적 삶을 결정짓는 요소는 세 가지이다. 하나는 지배계급 인물들의 가해이다. 아Q가 생계의 위협에 부닥치는 것은 짜오 어른 때문이고, 중흥에서 말로로 떨어지는 것도 짜오 어른 때문이며, 혁명을 금지당하는 것은 가짜 양놈 때문이고, 강도로 몰리는 것은 짜오 어른 때문이다. 아Q의 삶의 가능성은 모두 그들 때문에 차단된다. 다음은 민중적 자해이다. 같은 민중이면서 다른 사람들은 모두 앞장서서 아Q를 박해한다. 그러나 무엇보다도 큰 요소는 아Q 자신의 어리석음이다. 풍자적 과장을 감안하더라도 그의 어리석음은 기가 막힐 정도이다. 이 세 가지 요소 중 두 번째 요소와 세 번째 요소는 앞선 작품들에서도 나타나던 것이지만 첫 번째 요소가 직접적으로 나타나는 것은 「아Q정전」에서가 처음이다. 또 주목되는 것은 세 번째 요소와 관련하여 아Q의 어리석음을 그릴 때 작가가 풍자와 해학을 적절히 안배하고 있다는 점이다. 아Q의 부정적 측면을 그릴 때에는 통렬한 풍자를 행하지만 그의 인간적 절실성이나 혁명적 가능성 등 긍정적 측면을 그릴 때 작가는 교묘한 해학을 구사하는 것이다. 이 풍자와 해학의 적절한 안배가, 아Q의 어리석음의 지나친 과장에도 불구하고, 아Q의 비극에서 짙은 연민과 감동을 불러일으킨다.

「복을 비는 제사」와 「술집에서」는 1924년 2월중에 잇달아 완성된 작품들로서, 작가 자신이 일인칭 화자로 등장하여 오랜만에 들른 고향에서 두 사람을 만난 이야기를 서술하고 있다. 「복을 비는 제사」에서는 샹린댁을 만난다. 선량하고 성실하던 그녀가 어떻게 불행해지고 결국 죽음에 이르게 되는가를 그린 이 작품은 종래의 민중적 자해라는 주제가 계속되는 가운데 두 가지 주목되는 면모를 내보인다. 하나는 인간적 덕성을 지닌 샹린댁이라는 인물의 부각이다. 비록 어리석으며 불행한 운명에 함몰되지만 루쉰 소설에 등장하는 민중 중에서 그녀는 보기 드물게 긍정적인 인물이다. 다른 하나는 무기력한 지식인으로서의 자기반성이다. 샹린댁의 물음 앞에 자신의 무기력을 뼈저리게 느끼고 그녀의 죽음 앞에서 참담한 자괴감에 빠지는 일인칭 화자의 마음의 움직임은 작가의 시선이 자기 자신을 향하는 데에서 비롯된 것이다. 「술집에서」에서는 옛 친구 뤼웨이푸를 만난다. 뤼웨이푸는 젊어서부터 추구해오던 진보와 변혁에 대한 열정을 완전히 상실하고 좌절의 늪에 빠져 있다. 그가 하는 두 가지 이야기는 그의 깊은 상실감과 좌절감을 여실히 드러내준다. 이장(移葬)을 하려고 파헤친 동생의 무덤에는 동생의 흔적이 조금도 남아 있지 않고, 비로드 꽃을 갖다 주려 한 아순은 남의 악의에 찬 거짓말에 상처를 입고 죽어버렸다. 동생의 유골이나 아순이 상실된 것처럼 그의 삶 역시 상실된 것이다. 일인칭 화자 역시 상실감과 좌절감에서는 그와 마찬가지이다. 몇 년 뒤 혁명문학 논쟁이 벌어졌을 때 루쉰을 소시민 작가라고 매도한 사람들이 그 증거로 들이댄 대표적 작품이 바로 이「술집에서」이다. 그러나 이 작품의 상실감과 좌절감은 소시민적 비관주의나 순응주의, 패배주의의 소산이라기보다는 우울하지만 정직한 자기성찰이라고 해야 할 것이다. 거짓 낙관주의나 허세의 저항은 실제로 아무런 의미가 없다. 당장은 고통스럽더라도 정직한 자기성찰은 극복에의 모색으로 연결될 수 있는 것이다.

1924년 작인「비누」역시 지식인의 삶을 그리고 있지만 위의 두 작품과는 맥락이 아주 다르다. 삼인칭 서술인「비누」의 주인공 쓰밍은 보수적인 지식인이다(그의 직업이 무엇인지는 분명치 않으나 부인이 부업으로 지전紙錢을 만드는 것으로 보아 부유한 것 같지는 않다). 그는 유교적 덕목을 고수하며 신문화를 거부한다. 그러면서도 자기 아들에게는 영어 교육을 시키는 그는 일종의 자기기만에 빠져 있다. 그 자기기만은 의식과 무의식 사이의 편차에서 뚜렷이 나타나는데 그것을 드러내는 매개물이 비누이다. 의식의 차원에서 그는 거지 소녀의 효행에 감동을 하지만 무의식의 차원에서는 거지 소녀에게서 성적 자극을 받는다. 그가 비누를 산 것은 그 성적 자극에서 유발된 무의식적 행동이다. 이 작품은 쓰밍의 심리를 섬세하게 드러내는데, 서술이 쓰밍에 대한 외적 관찰과 그의 의식의 추적에 제한되어 있기 때문에 그의 무의식은 표면에 드러나지 않는다. 이러한 심리묘사는 기법상 상당히 현대적인 것이라고 할 수 있다. 흔히 이 작품은 보수적 지식인의 위선적인 모습을 풍자한 것이라고 해석되어왔지만 그러한 직접적 해석에 갇히기에는 좀 더 두꺼운 작품이다. 쓰밍의 무의식은 위선의 증거일 수도 있지만 달리 보면 인간적 진실의 표현일 수도 있으며 그런 의미에서는 의식 차원의 이데올로기적 허구를 해체하는 결정적인 요소가 될 수 있다.

　1925년 10월에 탈고된 뒤 잡지 발표를 거치지 않고 다음 해 8월 두 번째 소설집 『방황』에 수록된 「상서」는 어느 의미에서 루쉰 소설 중 가장 특이한 작품이라 할 수 있다. 먼저 제목의 '상서(傷逝)'라는 표현부터 확인하자면, 다소 낯설지만 우리나라에서도 예부터 사용되어온 한자어로서 '애도'나 '추도'와 비슷한 말이다. 중국에서도 별로 사용되지 않는 말이지만, 이 말을 사용한 작가의 의도를 존중하여 번역 제목으로 그대로 두기로 한다. 이 작품은 페미니즘의 맥락에서나 서술 기법의 맥락에서나 중요한 작품으로 부각되어왔고, 앞으로도 그러리라 예상된다. 이 작품의 외형은 1인칭 화자인 쥐엔성이라는 젊은 남자가 죽은 애인과의 과거사를 회상하는 수기이다. 자유연애를 추구하는 쥐엔성이 쯔쥔을 계몽하여 신여성으로 각성시켰고, 두 사람은 혼인하지 않은 상태에서 동거를 시작했다. 그러나 이 동거는 사람들의 지탄을 받게 되고 심지어 쥐엔성의 해고까지 초래해 두 사람은 생계의 위기에 처하게 된다. 쥐엔성은 차츰 쯔쥔을 탓하게 되고, 두 사람 사이에 갈등이 깊어진 어느 날 쯔쥔의 부친이 와서 그녀를 데려간다. 얼마 뒤 쥐엔성은 쯔쥔이 죽었다는 소식을 접하고 충격을 받으며 죄의식에 사로잡힌다. 한동안 방황하던 쥐엔성이 어느 날 밤, 오전에 길에서 목격한 장례 행렬을 상기하고서 쯔쥔을 애도하기 위한 수기를 쓴다. 이 작품은 수기를 쓰는 현재 쥐엔성의 목소리와 회상되는 과거 쥐엔성의 목소리가 공존하면서 때로는 합쳐지고 때로는 분리되며 현재의 쥐엔성이 과거의 자신을 비판하고, 또 그 뒤에 숨은 작가가 현재의 쥐엔성을 비판하는 복합적인 서술을 한다. 화법도 따옴표 친 직접화법과 따옴표 안 친 직접화법, 그리고 간접화법과 자유간접화법이 복잡하게 섞여 있다. 이런 서술상의 특성과 작품에 구현된 아이러니와 패러독스라는 미적 범주를 잘 인지할 때 이 소설의 남성중심주의 비판에 대한 깊은 이해가 가능할 것이다. 한마디로 말하자면 얇지 않고 두꺼운 언어가 이 작품의 특징이다.

「홍수를 다스리다」와 「관문 밖으로」는 루쉰이 타계하기 전해인 1935년의 작품들이다. 신화와 전설, 역사에서 제재를 취하되 그것을 현재적으로 재해석하고 나아가서는 현재적 사실들과 결합하는 독특한 소설들이다. 「홍수를 다스리다」는 우(禹)의 치수(治水)신화를 제재로 취했다. 우의 치수는 여기서 낡은 가치에 대한 새로운 가치의 승리로 해석된다. 치수의 방법으로 보면 막기와 흐르게 하기의 대립이 있고, 삶의 방식으로 보면 관념적이고 허위적인 구정치가와 실천적이고 진실한 신정치가의 대립이 있다. 그러나 작가의 묘사는 그 대립과 대결 자체보다는 거기에 현재적 사실들을 중첩시켜 현재의 보수적이고 반동적인 갖가지 행태들을 풍자하는 데 더 역점을 두고 있다(민중의 노예근성 역시 풍자의 대상이 되고 있다). 그 풍자의 날카로움이 이 작품을 대단히 전투적인 것으로 만든다. 「관문 밖으로」는 노자(老子)의 출관(出關) 전설을 제재로 취했다. 노자가 공자(孔子)의 위협을 피하여 세상 밖으로 은둔하는 이야기를 골격으로 하면서 공자와 함곡관(函谷關)의 관리들을 풍자하는 이 작품은 다소 서둘러 쓴 듯한 느낌이 들지만 나름대로 흥미로운 점이 있다. 여기서 노자는 루쉰 자신의 내면의 투영으로 해석될 여지가 크다. 그렇게 본다면 공자는 루쉰의 적대자, 그것도 동지 중의 적대자(루쉰이 대표로 있었던 좌익작가연맹의 실제적 권력자 저우양周揚이나 그 부류의 사람들 정도의)가 될 것이다. 그러나 이렇게 볼 경우 공자에 대한 풍자가 너무 미약하다. 루쉰 글쓰기의 특성으로 보자면 그럴 경우 풍자의 강도가 대단히 높아지는 게 자연스럽다. 각도를 달리해서 공자를 루쉰 자신의 또다른 측면으로 볼 수는 없을까. 그러니까 노자와 공자의 대립을 루쉰 자신의 내적 갈등, 즉 '사막으로 가는 신발'과 '조정으로 오르는 신발' 사이의 갈등의 형상화로 보는 것이다. 어느 쪽으로 보든지 간에 함곡관 관리들에게 겉으로는 공손하지만 속으로는 몰이해와 경멸로 가득 찬 대접을 받고 관문 밖으로, 즉 세상 밖으로 나가는 노자의 모습은 외롭고 쓸쓸하다. 거기에는 만년의 루쉰 내면의 적막감과 피로감이 짙게 배어 있는바, 우리는 여기에서 도피 욕망을 읽기보다는 휴식과 위안을 갈구하는 실존적 진실을 읽어야 할 것이다. 이 작품이 백이숙제(伯夷叔齊)의 전설을 다룬 「고사리를 캐다」와 『장자(莊子)』에서 제재를 취한 「되살아나다」와 함께 루쉰의 마지막 작품이라는 사실은 무척 암시적이다.

3

　루쉰 소설에는 공간과 시간이라는 점에서 볼 때 하나의 원형이 존재한다. 먼저 공간적으로 보면, 그것은 루쉰의 고향 소흥(紹興) 일대이다. 소흥이라는 실명으로 등장하기도 하고 S시가 되기도 하며 노진(魯鎭)이나 웨이주앙(未莊) 같은 가상의 지명으로 등장하기도 하고 이름 없이 등장하기도 하지만, 그것들은 중국 남부 농촌 지역의 소도시 소흥과 그 부근의 변형들이다. 이 책에 수록된 작품들만 놓고 보더라도 신화와 전설에서 제재를 취한 「홍수를 다스리다」 「관문 밖으로」와 베이징이 배경일 것으로 짐작되는 「비누」와 「상서」를 제외한 나머지 일곱 편이 모두 그러하다. 쿵이지, 화라오수안, 캉 아저씨, 룬투, 아Q, 왕털보, 샤오디, 짜오 어른, 치엔 어른, 짜오 수재, 가짜 양놈, 루쓰 어른 등은 이 고장에서 태어나 살고 있는 인물들이고, 샹린댁 같은 경우는 타지에서 이 고장으로 흘러들어 온 인물이며, 뤼웨이푸 같은 경우는 이 고장을 떠났다가 이따금 귀향하곤 하는 인물이다. 소설에서 그려지는 풍속 또한 이 고장의 풍속이다. 넓히면 동아시아의 루쉰으로까지 넓어지지만 좁히면 그는 소흥의 루쉰인 것이다.

　시간적으로 보면, 많은 경우 1911년 신해혁명 전후가 되고 있다. 「쿵이지」 「약」은 신해혁명 이전이고 「광인일기」는 신해혁명 전후일 것으로 추측되며 「아Q정전」 역시 신해혁명 전후에 걸쳐 있다. 여기서 우리는 루쉰의 신해혁명에 대한 집착을 엿볼 수 있다. 신해혁명 당시 루쉰의 나이는 31세였다. 한창 사회 변혁에 대한 열망으로 불타던 젊은 시절이었던 것이다. 1900년대 후반 토오꾜오(東京) 시절의 문화운동과 1911년 신해혁명의 체험은 루쉰에게 세대적 각인을 새겼다. 그런 의미에서 루쉰은 신해혁명 세대이다. 그 신해혁명이 참혹하게 실패한 혁명임으로 해서 그 세대적 각인은 뿌리 깊은 상처를 담고 있다. 그 상처는 역사적이며 실존적 상처인바 역사적으로는 훗날의 역사 전개에 따라 치유될 수도 있겠지만 실존적으로는 치유되기 어려운 불가해(不可解)한 상처이다. 1910년대의 시간을 다룰 때는 물론이고 5·4운동 이후인 1920년대의 시간을 다룰 때에도 루쉰은 흔히 그것을 신해혁명의 후일담이라는 각도에서 다루었다. 「술집에서」가 그 대표적 예일 것이고 「고향」 「복을 비는 제사」도 비슷한 맥락에서 바라볼 수 있다. 1919년의 5·4운동이 그렇게도 중요한 역사적 사건이었지만 그것은 루쉰의 실존적 뿌리와는 거리가 있었다. 1924년 작인 「술집에서」가 5·4운동의 후일담이 아니라 신해혁명의 후일담이 되는 것은 그 때문이다. 신해혁명 세대의 상처는 루쉰 소설 전체에 걸쳐 적막과 우울의 짙은 그림자를 드리운다. 그런데 바로 그 점이 오늘날에도 루쉰을 중국문학에서 살아 있는 존재로 만들어준다. 봉건의 극복과 근대의 실현이라는 역사적 과제가 아직도 완성되지 못한 채 탈근대의 징후가 몰려오고 있는 지금까지도 봉건과 근대의 착종(錯綜)이라는 현실이 계속되고 있기 때문이다. 루쉰 소설은 그 거대 문제와의 치열한 고투이다. 중국을 포함하는 오늘날의 동아시아는 그 착종 위에 근대 추구와 근대 극복의 동시성이라는 문제가 중첩되고 있거니와, 루쉰 소설은 그 중첩된 지평에서 재해석될 때 동아시아문학에서도 여전히 살아 있는 존재로 작용하게 될 것이다. 좁히면 신해혁명의 루쉰으로까지 좁아지지만 넓히면 그는 20세기의 루쉰인 것이다.

루쉰 연보

1881년(1세)	9월 25일 절강성(浙江省) 소홍현(紹興縣) 성내(城內) 동창방구(東昌坊口) 신태문(新台門)에서 출생. 본명은 저우수런(周樹人), 아명은 쌍서우(樟壽). 부친 저우펑이(周鳳儀), 모친 루루이(魯瑞)의 3남 중 장남.
1898년(18세)	5월, 남경(南京)의 강남수사학당(江南水師學堂)에 입학.
1899년(19세)	남경의 강남육사학당(江南陸師學堂) 부설 광무철로학당(礦務鐵路學堂)에 전학.
1902년(22세)	4월, 국비 일본 유학생으로 선발되어 도일, 유학생 예비학교인 동경홍문학원(東京弘文學院)에 입학.
1903년(23세)	번안소설 「스파르타의 혼」, 과학논문 「라듐에 대하여」 「중국지질약론(中國地質略論)」, 쥘 베른의 과학소설 『지구에서 달까지』 『지구 속 여행』의 번역 등을 유학생 잡지 『절강조(浙江潮)』에 발표.

1904년(24세)	9월, 선대(仙臺)의학전문학교에 입학.
1906년(26세)	3월, 선대의전 중퇴. 7월, 일시 귀국하여 주안(朱安)과 결혼하고 다시 도일.
1907년(27세)	여름, 잡지 『신생』 창간 계획이 실패로 종결됨. 산문 「인간의 역사」 「악마파 시의 힘」 「과학사 교본」 「문화의 편향」 집필(「인간의 역사」는 1907년 12월에 발표되었고 나머지는 전부 1908년에 발표됨. 발표 지면은 허난성 출신 재일 유학생 잡지 「하남」).
1908년(28세)	12월에 발표된 산문 「악성惡聲의 타파」는 이 해에 집필된 것으로 추정됨. 혁명가이자 사상가이며 학자인 장타이옌(章太炎)에게 『설문해자(說文解字)』를 배움.
1909년(29세)	러시아 및 동구의 소설을 번역하여 『역외(域外) 소설집』 두 권을 출판. 8월에 귀국, 항주(杭州)의 절강양급(浙江兩級)사범학당 교사로 취임하여 화학 및 생리위생학을 가르침.
1910년(30세)	8월, 소흥부(紹興府) 중학당 교사로 취임.
1911년(31세)	10월, 신해혁명으로 청나라가 멸망하고 중화민국 정부가 수립됨. 루쉰은 산회(山會)초급사범학당 학감으로 취임(11월에 교장 취임). 겨울에 한문소설 「회구(懷舊)」를 씀(1913년에 발표).
1912년(32세)	2월, 남경 정부의 교육부 직원으로 취임. 5월, 북경 천도와 함께 북경으로 이주.
1918년(38세)	5월, 단편소설 「광인일기」를 루쉰(魯迅)이라는 필명으

로『신청년(新靑年)』에 발표.

1919년(39세)   단편소설「쿵이지」「약」 발표.

1920년(40세)   단편소설「내일」「작은 사건」「두발 이야기」「풍파(風波)」 발표. 가을학기부터 북경대학과 북경사범대학에 출강.

1921년(41세)   단편소설「고향」 발표. 12월 4일, 중편소설「아Q정전」의 연재 발표를 시작(다음 해 2월 2일에 발표를 끝냄).

1922년(42세)   7월, 러시아 작가 예로쎈코의『동화집』번역 출판. 단편소설「단오절」「흰빛」「토끼와 고양이」「오리의 희극」「마을 연극」「부주산(不周山)」(뒤에「하늘을 깁다」로 개제) 발표.

1923년(43세)   8월, 15편의 중단편을 묶은 첫 창작집『외침(吶喊)』 출판. 북경여자고등사범학교(뒤에 북경여자사범대학으로 개명)에 출강. 12월, 중국문학 연구서『중국소설사략』 상권 출판.

1924년(44세)   단편소설「복을 비는 제사」「술집에서」「행복한 가정」「비누」 발표. 6월,『중국소설사략』하권 출판.

1925년(45세)   단편소설「장명등(長明燈)」「조리돌리기」「까오(高) 선생」「형제」「이혼」 발표. 10월, 단편소설「고독한 사람」「상서」 탈고(다음 해에 창작집『방황』에 수록). 11월, 산문집『열풍』 출판.

1926년(46세)   5~6월, 징인위(敬隱漁)가 프랑스어로 번역한「아Q정전」이 로망 롤랑의 추천으로 프랑스의 문예지

『Europe』제41호와 제42호에 분재됨. 6월, 산문집『화개집(華蓋集)』출판. 8월, 11편의 단편소설을 묶은 두 번째 창작집『방황』출판. 북경을 떠남. 9월, 하문(廈門) 대학 문과 교수로 취임. 단편소설「미간척(眉間尺)」(뒤에「칼을 만들다」로 개제) 탈고(다음 해 4월에 발표). 12월, 단편소설「달을 향하여(奔月)」탈고(다음 해 1월에 발표).

1927년(47세)　　1월, 하문을 떠나 광주(廣州)로 감. 중산(中山)대학 문과 교수로 취임. 3월, 산문집『분(墳)』출판. 4월, 국민당 우파의 반공 쿠데타 발발. 7월, 산문시집『야초(野草)』출판. 9월, 광주를 떠남. 10월, 상해(上海)에 도착하여 쉬꽝핑(許廣平)과 동거를 시작.

1928년(48세)　　9월, 산문집『아침 꽃을 저녁에 줍다(朝華夕拾)』출판. 10월, 산문집『이이집(而已集)』출판.

1929년(49세)　　6월, 루나차르스끼의『예술론』번역 출판. 10월, 루나차르스끼의『문예와 비평』번역 출판.

1930년(50세)　　2월, 자유운동대동맹에 참가. 3월, 중국좌익작가연맹의 공동 대표 3명 중 하나로 선임됨. 7월, 쁠레하노프의『예술론』번역 출판.

1932년(52세)　　9월, 산문집『삼한집(三閑集)』출판. 10월, 산문집『이심집(二心集)』출판.

1933년(53세)　　3월, 소설선집『루쉰 자선집』출판. 4월, 서간집『양지서(兩地書)』출판. 7월, 산문선집『루쉰 잡감선집(雜感選集)』출판. 10월, 산문집『위자유서(僞自由書)』출판.

1934년(54세)	3월, 산문집『남강북조집(南腔北調集)』출판. 8월, 단편소설「공격하지 말라」탈고. 12월, 산문집『준풍월담(准風月談)』출판.
1935년(55세)	5월, 산문집『집외집(集外集)』출판. 9월, 산문집『문외문담(門外文談)』출판. 11월, 단편소설「홍수를 다스리다」탈고. 12월, 단편소설「고사리를 캐다」「관문밖으로」「다시 살아나다」탈고.
1936년(56세)	1월, 8편의 단편소설을 묶어 세 번째 창작집『새로 쓰는 옛날이야기(故事新編)』출판. 6월, 산문집『화변문학(花邊文學)』출판. 10월 19일, 지병인 폐병으로 서거.

아Q정전

초판 1쇄 발행 | 1996년 10월 15일
개정판 1쇄 발행 | 2006년 10월 16일
개정증보판 1쇄 발행 | 2023년 10월 27일

지은이 | 루쉰
옮긴이 | 전형준
펴낸이 | 염종선
책임편집 | 김준성
조판 | 박아경
펴낸곳 | (주)창비
등록 | 1986년 8월 5일 제85호
주소 | 10881 경기도 파주시 회동길 184
전화 | 031-955-3333
팩스 | 영업 031-955-3399 · 편집 031-955-3400
홈페이지 | www.changbi.com
전자우편 | ya@changbi.com

ⓒ (주)창비 2023
ISBN 978-89-364-7946-6 03820

* 이 책 내용의 전부 또는 일부를 재사용하려면
  반드시 저작권자와 창비 양측의 동의를 받아야 합니다.
* 책값은 뒤표지에 표시되어 있습니다.